秋天的孤独

散文中国

李天斌 著

天津出版传媒集团
天津人民出版社

图书在版编目(CIP)数据

散文中国. 秋天的孤独 / 李天斌著. -- 天津：天津人民出版社, 2018.4

ISBN 978-7-201-12940-2

Ⅰ. ①散… Ⅱ. ①李… Ⅲ. ①散文集-中国-当代 Ⅳ. ①I267

中国版本图书馆 CIP 数据核字(2018)第 046206 号

散文中国. 秋天的孤独

SANWENZHONGGUO·QIUTIANDEGUDU

出　　版　天津人民出版社
出 版 人　黄　沛
地　　址　天津市和平区西康路 35 号康岳大厦
邮政编码　300051
邮购电话　(022)23332469
网　　址　http://www.tjrmcbs.com
电子信箱　tjrmcbs@126.com

责任编辑　伍绍东
装帧设计　汤　磊

印　　刷　高教社(天津)印务有限公司
经　　销　新华书店
开　　本　787 毫米×1092 毫米　1/16
印　　张　12.5
插　　页　2
字　　数　200 千字
版次印次　2018 年 4 月第 1 版　2018 年 4 月第 1 次印刷
定　　价　32.00 元

目录
Contents

自序

第壹辑

月光忆/3
泥土上的乡村/8
平民的一生/13
在农历的天空下/17
民间乡村/22
旧历年/28
桃花劫/33
我跟一块土地的纠葛/37

第贰辑

旧时光/45
春天的暗示/51
时间的旧址/59
隐约的血脉/63
乡村俗语/68
草木生命/72
乡村物事/76
稻子上的乡村时光/82

目录
Contents

第叁辑

泥土的节气／89
像模像样的村庄／110
乡村的胎记／115
老了的房子，老了的父亲／124
穿过村子的火车／130
乡村女人的爱情／133
一生／137

第肆辑

风吹四季／147
孤独的乡村老人／152
2012年的村庄／156
秩序内外／164
世上人家／173
母亲的尘世／181
乡村老屋／187

后记／191

自　序

我生于村庄，长于村庄，离开村庄后想的还是村庄。

村庄于我而言，更像个梦境。无论过去、现在，还是将来。

还在村庄行走的时候，我以为乡村的一切，便是生命的地老天荒。那些人，那些山，那些河流，那些田野，那些谷物和大豆，那些玉米和高粱，甚至一只鸟和一朵桃花，就已经是我的一生。我从没有想到这些会改变，也从没想到我的生命里还会有其他故事。

在我最早的认知和期待里，从村庄到村庄，便是我的起点和归宿。

可是后来，一切都变了。时代在变，我自己也在变。一切似乎都在跟村庄“过不去”，一切似乎都在想着要把村庄既定的秩序打乱，似乎唯有这样的改变，才是进步，才是发展。——这其实也无可厚非，甚至还是时代和个体生命的“正途”！只是另一方面，当在享受着“进步”与“发展”的同时，当在某个早晨或是黄昏或是子夜里回过头去，却一定会因为某些已经改变的秩序而失落，而孤独，一定会觉得那些失去的或许才是我们内心深处所渴望的，才是我们生命最妥帖的安慰。

我写作《秋天的孤独》，便是为了寻求这样的安慰。

写作《秋天的孤独》的时候，我离开乡村已经多年。

我读书，参加工作，一直到县城定居，其间只是偶尔回村看看父母，乡村于我，其实早已变得陌生，除了一些年长的还熟悉外，新长起来的孩子把我当成了外乡人。每一次抬头，那些几乎每一个角落均留有我足印的山坡和土地都还像从前一样停在那里，这时候，我突然就涌起深深的悲怆，在熟悉和陌生之间，在回忆和现实的夹缝里，我觉得自己是个彻彻底底的失败者。至今仍然生活在乡村的人们，至少他们还能够在一份“熟悉”里获得生命的安然，而我这个一直想着“求变”的不安分者，却注定只能在这样的“陌生”里忍受着失去故乡甚至是被故乡抛弃的失落与孤独。

所以，我决定回到过去，写作《秋天的孤独》。

过去的记忆，深切，却也恍惚。所有的人与事都是真实的，他们跟我一样都属于乡村的一部分，也都毫无疑问地跟我一起在后来的某天消失在了时间之中。从这个角度去观察和思考，我所写下的，或许也还是一个乡村的命运，以及一个人对那命运的记录和思考。

我相信，这跟所有以乡村为题材的写作者的情感如出一辙。这或许便属于我们现在所钟情也最难忘的公共词语——“乡愁”的范畴，在对“乡愁”的回望里，或许也还折射出一个时代共同的疼痛与无奈。

当然，每个人的“乡愁”都是不同的，那些情感的细节，永远只携带着个人的体温、气息，携带着不同地域、不同文化、不同宗教信仰的个体烙印。对于我而言，我写下的乡村里的人与事，我笔下对于乡村那一份既爱又恨且生死难离的情愫，仅仅属于我自己。

我的乡村没有任何出奇厚重的历史，只是一个日常乡村。所有的人与事均只在日常中出生和死亡。随着时代的变迁，经历了由质朴到浮躁的嬗变，一直到后来乡村拆迁，人心从此不古，无疑，我喜欢先前的质朴，可是对后来的浮躁我也不能不正视。虽然于那“混乱”之中，我也曾有过彷徨，有过焦虑，甚至有过厌恶和不屑，可是到后来，我都在内心完成了自我的妥协与和解。我觉得错不在他们，他们其实也只是于“进步”与“发展”中沉浮的一根草，他们的命运，除了顺应“时势”之外，原本无能为力。

这或许就说到了乡村秩序被打乱的根由。乡村一日三餐的生活秩序、精神道德秩序的改变，以及个体生命在其间的遭遇，幸与不幸，都与这不古之人心有着紧密的联系。作为一名写作者，我觉得他或她更应该把今天乡村的这一实质说出来，可是因为我的平庸，我虽意识到却无法实现自己的所想，只能选取在我印象中比较深刻的那一部分，而且也仅是表象上的那一部分，如实地写下内心的所思所想，甚至更多的只是一种情感的倾诉，跟思想已经隔了厚厚一堵墙。

在我离开乡村多年后，我断断续续写下了对乡村的记忆。这记忆里有昨天的亲历，也有今天看到的和听到的故事。今天的故事在写下之后，又很快成为记忆，就像乡村本身，总在快速地改变，快速地坍塌，快速地消失，一切都显得飘忽不定，一切都在以“梦境”的方式，向我告别，向我提示时间与生命存在的本质形式。

因为是断断续续写下的，所以文章并不成系列，不同时期文章的语言和叙事也迥然有别，但都同出一源，一方面是我对乡村的一纸深情，一方面是乡村给我的安慰，——多年之后，一直到我在时间中彻底消失，我依然相信，这样的深情和安慰仍然会是灵魂中不受时光局限的事物，在时光中长生、久传……

第壹辑

月光忆

一切都归于静寂。月亮慢慢往上挪着，步态优雅，静如远离风尘的女子；想那女子，该是活在前朝，或者一首诗里，古典的，幽怨的，顾盼生风，宛若花容。月光则如花屑，落英缤纷，落在我家院子里。院子很小，也很旧，若即若离的青石板一脸斑驳。月光落在上面，恍若陈年的双目，更像逝去的时光与心事。这一直让我怀疑，月光似乎是赶从前过来的；在从前，月光早就苍老不堪了。

月光还有一个特点：冷而艳。即使夏天，月光落下来，院子里也仿佛堆满霜色，心是清凉的，亦如秋色，繁华褪尽，却深沉炫目。院子旁有一老墙，墙边有几棵椿树。椿树已经很老，没有谁愿意去惊扰它们，它们留在月光里的梦，像久远的歌，渺然无痕；树上一直是鸟雀的乐园，只不知鸟们是否也有梦？梦与生活，从未相离相弃。鸟跟人比邻而居，就像相安无事的两家人；一院子的岁月，因此宁静生香。

老墙根下，还栽着七八种花草。大约是水竹、牡丹、月季、仙人掌、红玫瑰、夜来香之类，都是些俗烂的事物。只是月光落下来，却也疏影横斜、暗香浮动。时能过，境能迁，紧贴心灵的那份诗意却不会变。再加上后来读了点书，就觉得在这样的夜里，院子里也该有一把前朝的藤椅，藤椅上坐着一个长须飘飘的老祖父，他一手抚弄长须，一手展开线装的书页，一边慢腾腾地教孙子背诵一首诗，诗也必定是古人描写月光的句子。这样的匹配，温润如玉，紧贴心灵。但我家的院子没有这样的藤椅，也没这样的老祖父。我的祖父虽然进过私塾，也能熟背《三字经》《百家姓》，但就是一字不识。月光落下来，他只是抡起一杆长长的烟斗，在院子里留下一袭长影，然后就说上几句无关紧要的话，一晃就消失了。

从这个院子里消失的，还有我的奶奶。奶奶不到六十岁，头发就已一片银白。那时候，我常会看见奶奶从月光下走过，她银白的头发，在月光下杂乱不堪，就像暗地生出的一片枯草。印象中，她跟爷爷一样，当她从院子里走出去，又走回来，就不在了；月光洒落的路上，在竹林那边，一闪身，她就被月色吞没了，仿佛狐仙与聊斋的画境，目乱心悸；月色或许还是魔术师手中的幕布，展开的瞬间，院子里的风景，早已物是人非。

月亮升起来，整个村子就入梦了；我想月亮一定是梦的使者，从开始到最后，月亮都长着梦的翅膀。此时，炊烟早已歇下；最后一声鸟啼，悄无声息地躲进了巢穴；山岳褪去白日里的沸腾，冷峻无比；泥土和石头，表情松弛下来；远处的树林，幽森如城堡，城堡静谧得比梦还要深远；倒是纺织娘和蟋蟀这班虫子，粉墨登场，一声复一声，高低起伏，为月起舞。一颗心的世界，突然迷离起来。

这样的夜，一颗心与一轮月亮，是贴得最近的事物。

你站在月色里，静静地看着远方。远方有什么东西呢？你不知道。但你还是要看，有几分固执，甚至有点义无反顾；月光就像某根莫名的琴弦，不经意地拨动你的情思。据说在月圆之夜，每一只青蛙都会立起身子，面月而立，双目噙泪……而你是否就是这样的一只青蛙呢？你分明知道，一轮圆月，就是一只青蛙的诗歌与宗教。

山野无遮无拦，月光一泻千里。

一切都在隐退。山峰、河流、沟壑、树木、庄稼，甚至匍匐在地的泥土，都隐去了自己的轮廓；月光就像若干年后发明的一滴涂改液，把一切粗糙的、凸显的都消除掉，只剩一地美好，供你想象；想象是一种诗意——呈现和消弭的过程，一颗心，必将充盈一个夜晚，甚至一生的季节。

这样的月夜，我是否也曾心潮起伏呢？不记得了。只记得有一条河流，的确到我的梦里来过，那个梦，早已随一抹月色潜入我的心魂，趁我不设防时，就向我举起回忆之剑。

那个夜晚，月光皎洁，一片岑寂，白天飞过的蝴蝶与蜻蜓，早已躲进了花朵和草根下；点水雀仅留下一个幻影，在水波上飞翔。一河清清亮亮的水，在月光下微微起伏，像一个女子轻微的喘息；两岸的艾蒿、狗尾草和蒲公英，一片朦胧，深情摇曳。我一边想着，一边走着，突然就看见了河岸上坐着一个背影；背影模糊、苍老，像贴在月光上的一张旧纸。还没回过神，他就面对着我站立起来了。

我很快认出了他是村里的幺公。先前，幺公并非村里人，无妻、无儿、无女，孤身一人，靠赶鸭为生。有一年，他赶着鸭群来到河流上，看上了这里，从此就停了下来。对河流的了解，没有谁比得过他。哪里的水深些，哪里的水浅些，哪里的鱼儿多些，哪里的螃蟹多些，甚至哪里有那么一块或滚圆或尖削的石头，他都一清二楚。终年在河流里来来去去，河水因季节的变化而变化，比如或凉了，或暖了，或深秋了，或开春了，往往是他首先知道；他甚至成了村子感知二十四节气的“天气预报”。

我有点不知所措。因为村里已疯传他就要离开村子，被他侄儿接走养老了。我觉得该跟他说点什么，但什么也没说；他分明也想跟我说点什么，但也什么都没说……若干年后，我才读懂了这是一个老人与一条河流的告别；那场景，就像一个无法安静的梦，让我回想一个月夜埋藏的真相。

入秋了，月亮一夜比一夜圆。从春到夏，再到秋，月亮一直追赶着季节的脚步；只是月亮并不动声色，花开花落，去留之间，面无表情。只有到了秋天，你才会惊觉一轮月亮的变化。这时候，云是淡的，天是高的，大地与河流是低的，一切事物都为月亮腾出了位置，将月亮推上主角；就像春花一样，在季节深处灿然开放。

入秋的月亮，最圆，也最干净，就像一个饱满的女子，深情凝眸。如果说春夏的月亮是个清纯少女，那么一轮秋月，则像做了母亲的少妇，更加绰约诱人。这时候，庄稼渐趋饱满，玉米、稻子、大豆、高粱、南瓜……一切植物都充盈起来。月光照着它们，一层晶莹祥和的光无边无际；植物们则表情丰富，面目生动。这时候，清凉的月色底下，却一下子热闹起来。纺织娘和蟋蟀它们，已不是先前的浅吟低唱，而是一声高过一声，摇滚而过，多了几分酣畅；蛙声抓紧最后的机会，凭空热烈了许多，像一席夜宴的高潮。更关键的是，人们也纷纷赶到月光下。据说在秋月之夜，庇护庄稼的神灵会四处走动，只要你撞上，就会有好运气，秋后必定五谷丰登。远远看去，人影晃动，喊叫声，呼哨声，欢笑声遍布山野；一轮秋月，也因此烙上人世的气息，从此不再是一个人的清幽与寂寞。

从村子往北，约五里路，有座月亮山。山长相普通，并没特别处。从肉眼判断，它与诗意毫不沾边——它为什么会拥有这个名字呢？我曾经很想知道答案，但每一次都不了了之。不过，月亮山在我心中，却是神秘的。

月亮山的半腰上，有一间石头垒起的小屋，屋里住着一个老人。老人亦是孤独之身，据说没结过婚，为啥不结婚，却是个谜。老人从来不进村，即使哪家有红白喜事，也请不动他。老人常年住在月亮山，喂有几十只羊，羊们清一色的白，白得像一地月光。记得某个秋夜，怀着好奇，我们几个趁着秋夜撞神的机会悄悄爬近了老人的小屋。在那里，明月高悬，秋风劲吹，羊群席地而卧，众声消隐，一双双幽蓝的眼睛鬼魅般忽闪，仿佛遗落尘世的精灵，更像一群神祇，遥望天堂。屋里没燃灯，不见老人。就在我们四处搜寻时，一串声音银瓶般破裂——是箫音，有点幽怨，却清澈如水，一尘不染……那个秋夜，老人始终没有出现；但我想，他一定发现了我们；他不偏不倚准时响起的箫声，一定是有意而为；但他究竟是何用意呢？一管长箫，对几个仓皇冒失的孩子而言，毕竟难解如谜。

很多年没到月亮山了，住在那里的老人，肯定已随他的羊群走远；远走的背后，一定有忧伤如月光生生不息。但回想时，竟发现自己没有一丝的疼痛，只觉得在一轮秋月的照耀下，那个人更像一个遥远冷血的传说——鼓捣思念，却又毫不动情……以至于我总疑心自己刚做了个梦？总疑心那个人是否存在过？

记忆中，还有一轮明月，一直落在我家西窗上。

西窗开在灶房上，没有玻璃，只有几根钢条。月光透过窗子，没有阻拦，率意而为。月光落在上面，一般是凌晨四点左右。这时候，月亮已快走完它一夜的行程，随时都会跌入山谷。也许是临要别离的缘故，此时的月光特别清凉。月光落下来，就像酝酿经年的泪，点点滴滴，都能让你怦然心动；尤其是，从西窗抬头上去，恰好就看见博多岭上那片坟茔，幽森如注，使月光多了几许凄迷，让人怯怯的，也惘惘的。

每天此时，我都要准时起床；而母亲早已在西窗下为我做好了早餐，吃过后我要到六里外的镇上读书。此时的村子，没一点声息，寂静如墓冢；除了母亲与我，一切都还在梦乡。一直有好几年，母亲始终陪着我；一直到我学会做早餐了，母亲仍然陪着我；母亲的影子，就这样留在了西窗的月光下。

从我家过去两里路的尾纳冲，有一个我的同学，已忘了名字，只记得姓吴。因为要多走路，他比我起得更早；往往是，我还没吃完早餐，他就摸到我家院子了。那几年，能把孩子送进学校的，上邻下寨没几家；能到镇上读中学的，更是少之又少。因此，我跟吴同学一度感到了幸运，并多次在月光下谈及此事，还谈起我们的梦和理想——考取中专或师范，端上铁饭碗，离农门而去……至今想来，那样的场景，美好而凄凉。我们学习都很用功；只是很遗憾，未及初中毕业，吴同学就因病死去；他的死，是我平生少数几次近距离所感知的死亡事件——突然、悄然，让人猝不及防，却又不可更改；就像从黑暗中蓦地伸出一只手，把你拽着，往黑暗中坠落……吴同学死后，我惊恐到了极点；一个人在月光下行走时，总觉得有一只黑手，随时都会朝我伸来；有时惊然回头，惨白的月亮地上，一片岑寂，宛若空谷，忍不住就毛发竖立、一身冷汗……顿觉人生的脆弱和不确定，惶惑不已。

好在我终于走通了月光下的那条路。十五岁那年的秋天，我考取了师范。为了搭早班车去学校报到，母亲最后一次在月落西窗时为我做早餐(只不知，此后母亲是否真睡上了安稳觉？)；这一次，母亲还把我送到村口两里外的山垭上；当我走出老远，回过头，早起的风中，月光朦胧，树影婆娑；母亲的身影，如千年的一块石头，一动不动，深情遥望。瞬间的错觉，唤起了我的第一次热泪。

后来时光荏苒，母亲在月光中一年年老去；我也在一年年的月光中不断靠近母亲，总想陪她多说些话或多待些时间。近四十岁时，一个月圆之夜，在城里的某个阳台上，我突然就想起了月光下跟我一起上学的吴同学，怅然若失之际，突然就很想去看看他的母亲。我想，作为一个母亲，她不单希望看到孩子从月光中走出去；她更希望看到的，是一个从月光中走回来的孩子……

泥土上的乡村

在乡村,一个人的故事,往往是从一抔泥土开始的。

譬如我,一睁开眼睛,就看见了泥土:房屋是泥土的颜色,灶台是泥土的颜色,场院是泥土的颜色,草木是泥土的颜色,河流是泥土的颜色,就连天空也是泥土的颜色……一开始,泥土就挟裹和覆盖了我;一开始,泥土就住进了我的心房,我是泥土上生长的一株植物。

及至稍稍长高后,母亲就迫不及待地对我说:“人是吃泥土长大的。”在母亲看来,这样的启蒙对孩子而言,意义重大。母亲最大的担心就是怕我不认识泥土,怕我不懂得跟泥土亲近。

泥土就是一种粮食,它可以喂养我们的生命——不单是我的母亲,我相信所有乡村的母亲都一样,她们不识文化,不懂得修辞,但一抔泥土对她们而言,是不需要拐弯抹角的,泥土一直就住在她们的心上,紧贴心灵的事物,远比一个苍白的说辞要深刻得多。

泥土是母性的,在乡村,所有的风景都因这一特质而美丽、而灵动。

一个乡村母亲小心翼翼地锄过每一粒泥土,小心翼翼地扶起每一株豆叶和玉米苗的时候,泥土立即就显得整齐起来,干净的脸庞就生动起来,一缕风从那里经过,一只调皮的山鼠竟然也在那里扭起了腰肢……每一次,我都会心生恍惚,觉得母亲们就是此时的一个女王,泥土是她们头上漂亮的王冠。

一个乡村母亲赤着脚从泥土上走过,泥土沾满了她白皙的皮肤。阳光像一些跃动的颗粒,落在泥土上,很多年,我都能听见那些近似金属的声音,明亮而又干净的声音,从泥土中长出来,一直攀爬到母亲们的心房上,一直长成郁郁葱葱的一片森林。在森林里,母亲们就像一个个美丽的公主,那些温暖的泥土,散发着阵阵花朵的清香。

多少年了,我不得不承认,当我每一次想起并提起泥土的时候,母亲们都会以童话般的形象走进我的记忆。就像一个经年的梦境,她们一直就在那里,始终就在那里;她们从来就没想过要撤离,从来就没想过要离你而去。

从一缕柔情出发,泥土上的乡村,就像真正的乡村了。

真正的乡村,是以一抔泥土为标志的。

房屋是泥土筑成的,灶台是泥土垒成的,场院是泥土铺成的,草木长在泥土上,河流从泥土上流过,天空和飞鸟,以泥土为背景……一切都以泥土为道具,一切都以泥土为主角;整个乡村,其实就是泥土的一场盛宴;在时间的中央,一抔泥土,是不可或缺的风景。

如果还需要打个比喻, 泥土其实可以视为长在乡村之上的一株向日葵,一直在引领乡村的某个方向。

在乡村,自始至终,从老人到孩子,一直都是沿着这个方向行走的。

这个方向就像泥土本身一样——只生长庄稼,然后剥开谷壳,最后从中取出米粒;一条浅浅的流水线就是一生的行程,但这个行程,却包含了最丰盈的哲理,就像一面镜子,照亮乡村的每一条道路。

在乡村,泥土是朴实的,尤其在母亲们眼里,泥土其实就是一颗玉米种,就是一个长成的玉米棒以及一顿饱暖的晚餐。泥土从来就没有其他的奢求,就像母亲们终其一生都没有其他奢求一样。

泥土更是简单的,在母亲们看来,它没有繁复的心事,它仅仅需要一声温暖的问候——相互见面时,你喊我一声,我招呼你一句,彼此没有恶意,彼此都渴望亲如一家人,世界就是如此的简单,人生就是如此的简单,就像我们随手画出的一个符号,线条间是纯朴的自然与从容,当然,也还有一份潜藏内心的踏实和温暖。

泥土还是仁慈的,一个人死亡后,泥土将其覆盖,并永世安慰他或她的骨殖与灵魂。所以在乡村, 人们都说:“人从泥土中来, 又回到泥土中去。”——话说得朴实,就像从枝头飘落的一片树叶,落在泥土上,阒无声息;但话说得却很贴近心灵,就像一服清凉剂,时时让人耳清目明。

很多年,很多人,正是在这服清凉剂中缓缓地从容地行走着,不紧不慢,不躁动,不虚妄;就像泥土一样活着,就活在泥土之中,从内到外,从上到下,一抔泥土的世界,就是一生的世界。

譬如我的祖父,在泥土上活了整整七十年,从来脚不离土、心不离乡。更主要的是, 泥土的秉性让他的一生获得了圆融——他从未与人争高下,从未与人争执，更从未与人发生过吵骂，一抔泥土让他活得真实而且安泰。一直到他去世，我都没有发现过他有任何一丝内心的游离。

其实又何止我的祖父，在乡村，像祖父这样的人比比皆是。他们性格各异、家境各有不同，但他们都有一个共同的特点——在一抔泥土中安居，身心就因之而清澈了；在一抔泥土之上，欲望可以降到最低，失落和忧郁可以绕开村子远走；一抔泥土的世界，虽然很小，却可以永安此心。

譬如我，直到现在，虽然离开了乡村，虽然历经俗世的烟尘，甚至有人打我，有人骂我，但梦里梦外，一睁开眼睛，我依然像多年前一样看见了泥土，看见了泥土上的祖父，看见了从泥土上走过的那些岁月，到最后，我就都忍了下来，继而就不在意了；一颗心，一旦与一抔泥土重逢，一切愤怒的恶魔，就逃之夭夭了。

泥土上的乡村，就像风平浪静的一轮圆月，照彻心灵的同时，也照亮时间与日子。

不过，在乡村，泥土也还是会有磨难的。

譬如我的母亲，泥土留给她的记忆，就是从饥饿开始的。

那时候，母亲大约七八岁。那时候她太饿了，趁外婆以及在同一块地里栽玉米的人们不注意的刹那，快速地抓起混着泥土的几颗玉米种，一下子就灌进了嘴里。但她失败了——就在这一刹那，她偷窃的行为被发现了；在人们愤怒并汹涌如水的目光下，她被外婆强按住嘴，逼着吐出已经嚼碎但还来不及吞进肚里的玉米种；紧接着，她被定上了偷吃集体粮食的罪名，外婆还因此被批斗并扣了整整两个星期的口粮……

那时候，不单是母亲饿了，就连草木们也饿了。

母亲说，那时候，没有饭吃，人们纷纷涌上山野，不论昼夜，只要一看见植物，枇杷树、红子刺、克妈兜、漆树……不管叫得出名字还是叫不出名字，只要哪里有植物，锄头和镰刀就指向哪里。一时间，泥土失去了草木，草木失去了泥土，枯黄与血红泻满山野，一切都朝向了死亡的方向；而更让母亲心惊肉跳的，则是跟她同龄的一个女孩，在吃了漆树皮后解不出大便而死亡，母亲的妹妹——我的小姨也因此而全身浮肿，险些丢掉性命……

从此母亲越发深信，是泥土养活了人，养活了人间草木；从此母亲还深信，在磨难面前，人是应该敬重泥土的，在泥土面前，人永远是卑微和渺小的一群。

只不知，又多年后，当一次次目睹一抔泥土已无法在乡村安身时，母亲又作何想？

实际的情形是，现在的乡村，早已不是泥土的乡村了。往往是，先是打工潮的袭击——村里凡是有点劳力的，一夜之间都纷纷外出打工了，一块块的土地被撂荒，杂草和荆棘很快从中长出来，人与庄稼的气息在陈腐的时光中销声匿迹；再几年，三两座厂房趾高气扬地移居到此地，座座高耸入云的烟囱紧紧压住乡村的头颅，蘑菇般的黑烟不舍昼夜地覆盖人们的视线，浓烈的煤烟味熏黑了每一寸土地的肺叶；又几年，一个规模盛大的火车站或是新开发的城市浩浩荡荡地开进来，一时间，土地全被征拨，挖机的声音，钢铁碰撞的声音，人群的喧哗声不绝于耳……就像一个个被搅坏的鸟巢，凌乱的树叶、枝丫与杂草，以及夹杂在其中的几根鸟羽，铺满一地；头顶则是四顾彷徨失去家园的群鸟，原本有序的秩序，顷刻之间被颠覆。

比起母亲们当年的饥饿，现在泥土所遭遇的磨难，已经更加深重——泥土咋就这样爱出事呢？很多次我都在想，出了事的泥土，就像一个个面目斑驳的老人，他们静静地坐在那里，时间已经抵达最后的刻度，向晚的岁月让人心生怜悯。

我就不止一次从这样的乡村走过。每一次，我都会在一幢大门紧闭、房梁塌落、荒草丛生、人去楼空的房屋前伫立良久。我总是静静地看着那些残留在门楣上的对联，总是想象着先前人们居住其间的热闹，总想寻觅到一丝人的体温与气息；然后我哀叹——在被遗弃的梦里，很容易让人想起夜凉如水的午夜，一只虫子爬过一朵荷叶的寂寞与仓皇；就像孤独，一不小心就让你想起通向死亡的入口。

我也不止一次从荆棘和荒草丛生的泥土上走过。每一次，这里空无一人，只有不知生死与愁郁的鸟雀，偶尔飞落这里；只有成双成对的蝴蝶与蜻蜓，在它们自己的华丽中上演地老天荒；只有一些寂寥的野花，在枝头独自开放；只有一些冰冷的墓冢，在遥远的时光中独自沉沦———切都是静寂的，一切都是无声的，一切都是让人怅惘的——在泥土和庄稼以及人们远走的背后，真正意义上的乡村，是否已经消失？而那些曾经热闹的，那些曾经不离不弃的梦境，是否也将不复存在？

时间到这里，泥土上的乡村，显然已经走到了尽头。

不过我又相信，作为泥土上的乡村，它终究是不会消失的，至少在心上，不管岁月如何嬗变，不论时间怎样变幻莫测，我们永远都会记得那个梦。

譬如我，我就一直记得那些声音："人是吃泥土长大的。""人从泥土中来，又回到泥土中去。"……那些最初的声音，甚至是时光越显得遥远，那声音就越显得亲切，亲切得接近神秘的魔咒，如影随形；往往是，当我走在路上，趁我不注意时，那声音就会开始响起，先是一个点，从岁月的某个暗角升起来，然后逐渐弥漫，就像一些扩散的音符，萦绕开来，到最后，将我彻底覆盖……

这样的声音，永远属于泥土，永远属于乡村；我相信，即使遥隔千年，光阴全非，当你回过头，在一片废墟之上，你依然会捧起一抔泥土，甚至极有可能会跪下去，然后为之痛哭失声……

平民的一生

有些时候我总是想，在乡村，一个人来到世上，活了几十年，最后死去。活着没有留下什么，死去更没有留下什么。即使墓碑上的名字，也很快被风吹掉被水洗掉。时间埋葬肉身的同时，也埋葬了一生。一生就这样过去了——这样的形式，已经组成一支生命长流，前赴后继，生生不息。

我总是有几分忧郁。生命的价值和意义曾让我质疑。尘世之上，生命可以有多种形式——泥土外的生命，可以用精神来铭记和延续，一个人可以活出超越肉体意义上的生命。在我的乡村，生命却是如此千篇一律——活过了，死了，埋葬在走过的土地上，一堆没有标签的泥土，至多成为提醒血脉传递的一种存在。然后一晃就是若干年，一晃就没有谁记住了。

比如我爷爷的曾祖母。我至今不知道她的坟墓葬于何处。这从爷爷那一辈就已经成了秘密。爷爷总是说：“时间太长了，谁还会记得呢？”一座坟墓的被遗忘，似乎很是顺理成章。还有后来村里的许多人，比我大的，比我小的，他们活过了，死了，埋葬在村野的某一隅，然后被人们忘记，被时间忘记。时间不断地制造秘密——在时间之上，他们的一生，就这样终结，成为后世的忧伤。

而我总会想起他们。他们在泥土上生，在泥土上息，悄无声息地来，悄无声息地去，他们一生的行程，究竟有着怎样的苦乐悲欢？曾经很多年，这样的心结一直成为我无比怀念他们的缘由。而我，也企图从那怀念中找寻出乡村生命的质地。

在我的乡村，我亲眼目送肉身告别尘世的第一个亲人是我的奶奶。奶奶仅活了六十四岁。但用奶奶的话说，她已经感到满足。奶奶一生多病，在四十几岁时就有好几次差点死去，只是每次都奇迹般活了过来。因为这样的原因，对于死，奶奶总是很平静。记得奶奶很早就为自己准备了寿衣。每年的六月，奶奶总要把寿衣拿到太阳底下晒。那时我还小，每看到寿衣，就会涌起对于死亡的恐惧。奶奶却不是这样的。记得奶奶总是小心地把寿衣上的每一处皱褶抚平，小心地拍打每一缕尘灰——近乎某种仪式，神圣且肃穆。再后来，奶奶还为自己准备好了棺材。在她没离世的那些年，那口棺材就一直放在她的床头。她的房间光线幽暗，黑色的棺材泛着死寂的气息，使得我一直不敢走进去。那时候，对我而言，奶奶就像一个谜——我想奶奶为何就不惧怕死亡呢？及至后来奶奶去世，及至后来我可以静心地看着她的遗容并最后抚摸她的脸庞，及至后来——很多年后，当我也平静地考虑起死亡的话题时，才觉得自己曾经的幼稚。而我也明白，能平静地对待死亡，那是一种境界，更是一种生命的哲学。

在乡村，像奶奶这样走过一生的比比皆是。他们活过了，逐渐老了，就开始平静地为自己准备后事。他们把这当成一生最后的圆满，总用这样的方式迎接自己的死亡。他们内心静如止水。还有的老了，觉得活够了，谁也不告知，就悄悄作别了尘世，作别了自己。潘大爷爷就是这样的。在村里，潘大爷爷活了整整八十岁。八十岁的他依然还可以用火药枪打猎，还可以打猎的他在那个秋风来临的深夜，突然就不想活了，突然就自己把寿衣穿上，睡进棺材，并使劲盖上了棺盖。子女们发现他时，他早已安静地死去，只剩一支用红布包裹的猎枪，孤独地挂在篱笆上。没有谁知道他为何要选择这样的方式，不过死了就死了。当几炷香烟和几张黄纸燃过，当泥土最后把棺材覆盖，他留下的秘密，一个平民的离世，很快就被日常所淹没。

也还有这样的人，他们生于泥土，却不满于泥土的生活。他们拼了命离开泥土，企图找寻另外的路途。他们走出村子，一去多年，他们也活过了，也死了，死在异乡。家里有点钱也有点能力的，就想些办法去寻了尸体，化成一捧骨灰，最后葬进被死者遗弃的土地上。土地用它的仁慈，最终宽容了这些魂灵。更多的人家，则当没发生任何事，一任死者的尸骨在遥远的异乡长眠——至多是年节或清明之类的节日，往空摆上一碗饭菜，烧上几炷香烟和几张黄纸，远远地喊上几声死者生前的名字，就算对异乡亡魂的祭奠了。我幼年的伙伴老朝就是这亡魂中的一员。老朝跟我同岁。我还在读初中时，他就不顾一切离开了村子，最后在云南某县抢劫被判劳教三年。劳教归来后，很快又离开村子，最后在北方某城市因抢劫杀死人被判死刑。直到现在，他的家人始终没去寻他的骨骸——他的埋骨之地成了秘密。唯一留给家人的，仅是某公安局对他执行死刑的通知书。这份通知书被他父亲仔细保管了很多年，直至他父亲最后去世。我无从知道他父亲内心的秘密——

在对一份执刑通知书的凝望里，一个平民的内心或平静或风起云涌，让我无限黯然。还有杨大奶奶，在村里活了六十多岁，儿孙满堂。后来却执意要外出行医卖药，最后也死在了异乡。她的死讯传到村里，已是半年之后。多年来，她的孙子们总计划着要去寻她的坟墓，但终于没有成行。好在死了也就死了，在日常的时光下，似乎已经没有谁再记起这事——一个平民的消失，一个平民的一生，一生的荣辱得失，终于被时间之尘覆盖。

我的岳叔父是今年五月死的。岳叔父死于自杀。在乡村，这样的死亡方式无处不在，此起彼伏。这样的方式很简单，简单得就像身后的一个句号。有的人活过了，老了，觉得儿子、媳妇不孝顺，一气之下就用一根绳子或是一瓶农药结束了自己的生命。用生命的代价换回村人对儿子、媳妇的几声骂名。有的年轻女人，因为丈夫花心（色欲实在是恶之花，它无处不在，不分乡村城市、平民贵族），在努力挽回丈夫爱心无果后，往往也走上了这条路。我的岳叔父却不是这样。岳叔父的自杀，是因为与岳叔母吵架。在村里，两位老人已携手走过了几十年的风雨，彼此也都是六十多岁的老人。但他们一直有绕不过去的心结——他们一生都在打骂。用他儿子的话说，架打得狠，话骂得“花哨”——打骂构成了他们的一生。每一次打骂，都被忍了下来。偏偏这次，岳叔父一下子忍受不住，一下子就喝了一瓶钾氨磷。在医院抢救醒来的间隙，他仍然高喊着让他死去——我想他真是想死了。他活过了，不想活了，就让生命终止于一瓶钾氨磷了。生命的过程就这样简单。一个平民的一生，爱或者恨，最后交给一瓶钾氨磷去发言。

还有的孩子（是的，他们仅是孩子，愿他们的魂灵得到地母仁慈的安慰），原本没有活够。他们来到尘世之上，很多事物，他们还没有亲历，比如婚姻，比如性。他们还没有完全成为一个生物学意义上的人。他们还想再走一走。只是疾病很快就选择了他们。只是我没有想到，当死亡来临（也许他们幼小的心也知这一宿命的不可更改），他们竟然也如成人般平静。那个叫作美的小女孩，小学四年级的学生，不幸患了重病，双眼严重凸出，最后死在某个夏天的早晨。她死时，村子四周的映山红开满了山野，耀眼的红在层层绿树中迎风怒放。那天我刚好回村，他父亲把她的尸体放在堂屋的一角。她母亲一直在哭。她母亲告诉我，说美临死时，紧紧拽住母亲的手，说她并不怕死，只是叫母亲一定不要悲伤……“她是多么的懂事啊”——她母亲一直无法释怀。一个幼小的生命，就这样潦草地走过了一生。走过就走过了，就像季节，就像落花，并不因为美丽可以停留。而那个叫作鹏的孩子，一个正读高中的男孩，原本患的是脑膜炎，却被医生误诊为感冒。我去看他时，他已被高烧烧得迷迷糊糊。当他父亲对他说出我，他竟然跟我打了声招呼。那一声招呼里满含平静，以至于我相信他很快会好起来。但他第二天就死了。一个孩子的一生，就此匆匆画上句号，并很快被风雨吞没。

我曾仔细地计算过一个平民生命的时限(当然贵族的生命也是有时限的，我们要感谢这一点上的众生平等)。一个人大抵能亲历并记住的最多是五代人。爷爷辈、父辈、同辈、子女辈、孙子辈——这已是最大限度的福祉。生命的局限，是与更多的遗憾紧紧相连的。我们每个人，或许都不同程度地希望自己能活得长久些——这是肉体在世俗意义上的本能。但这又有什么意义呢？在我的乡村，像这样如己所愿活到近百岁的老人为数也不少。活到这样的年纪，他们依然可以上山割草、放牛，依然像年轻时一样干活、吃饭。时间在他们的肉身上，仿佛是凝固的和定格的。时间流动的气息，只有通过过早死去的儿孙辈，才会传递到他们内心。村里的一个老奶奶就是这样的，活了将近百岁，儿子死了，孙子也死了，她亲手埋葬了他们。时间在她这里成了生活的利器——她一生的疼痛和忧伤，在时间的刀锋之下，一次次被切割得支离破碎。我想，她大约一定想过死——死亡又有什么大不了呢？死亡至少可以抚平和消解她的时间之痛。

这大抵就是平民的一生了。活了，老了，走过了，最后死了，活得长的，活得短的，最后都在泥土中安息——身前身后的一切都已经水流云散，就像花开了，花又落了，最后成为尘土，没有谁记住他们的名字。至多在若干年后的某个时刻，有一个人，偶尔路过他们坟前，面对坟上年年荣枯的荒草，然后轻轻地叹一声："咦，这是谁呢？这是哪一朝哪一代的坟墓啊——"

在农历的天空下

1.农历岁月

农历于我，是近乎特殊的情结。我的关于村庄的回忆，究其实质而言，亦是属于农历的。在村庄变迁的路上，真正留有我生命印记的，大都属于农历时光。这使得后来我读一个叫苇岸的作家时，对他觉得自己只适宜生活在十九世纪农耕文明里的说法深有同感。农历的部分，农耕文明质朴的一面，一样让我留念。尽管我并不像他认为生活在二十(或二十一)世纪是个错误，但对真正属于农历的时间，的确让我挥之不去。

那些年月，整座村庄几乎没有一块手表或挂钟。村庄的时间概念主要源于二十四节气。比如清明一到，就知道路旁的阎王刺要开花，春天也就真正来临；谷雨到时，就知道该播种了；立秋到了，就知道该储备力量，做好收割谷物的准备；立冬开始，就知道要做好一冬三个月的藏储，以打发那漫长雪天的时光。年年如斯，恒久不变。就连每个人的出生年月，也以农历计。我就是这样的，档案上的十二月二十四日，实际上是我农历的出生日期。至于公历，父母是无法知道的。而我现在简历中常写的一月二十七日，则是后来在万年历里查来的。我亦常常会跟母亲发生争执，母亲说应依农历，说公历不准。我明白母亲心思。在她看来，人的生命，总能从农历中寻到遥远神秘的对应。换言之，只有农历的刻度，才是生命的刻度。这不是母亲的诳言。因为每年农历十二月二十四日，母亲照例会给我煮上两个鸡蛋，并默默替我祈祷健康平安。母亲认为，只有这天的祈祷，才能呼应神灵的庇护。即使在我远离村庄的这些年月，亦不例外。在母亲的世界里，只有农历的生命，至亲至纯。

在乡亲们眼里，农历的概念亦贯穿了他们岁月的全部。在二十四节气的循环里，他们所能感知的是春种、夏耕、秋收、冬藏的轮回。一个轮回所衍生的稼穑沧桑,就是一生的行程。在泥土和鸟语的芬芳里,他们就像朝拜者,在近乎“三步一身”的等身长头里,默默地走过四季。这让我后来读一些古诗时特别激动。后来,当我读到如“鱼戏莲叶东,鱼戏莲叶西,鱼戏莲叶南,鱼戏莲叶北”“采采芣苢,薄言采之;采采芣苢,薄言掇之”的句子时,忍不住就会把诗歌里的意象跟乡亲们的农历场景联系起来。在一份诗意的底下,那份纯朴和美好,让我温馨不已。

而我必须提到他。在曾经的农历岁月里,我始终相信,他是一种标志性的存在。作为庄稼的“好把式”(即种庄稼的能手),在村庄,他曾经获取了至高无上的尊敬。他生命的荣光,真切地见证了农历岁月的尊崇。他叫曾光权。还很小时,我就不断听到父辈们在不同场合提到他的名字。从父辈们的谈话里,我知道曾光权对于农事一道,无所不知,无所不晓。尤其是他对于土地和庄稼的态度,虔诚之情堪称楷模。也因了这样的原因,在村庄,他一直是人们公认的领头人。慢慢地,对农事的敬畏从土地上延伸到生活中,无论是谁家遇着大事小事,都需要他主持。只是预料不到的是(有谁又能预料得到呢),后来,在打工潮的席卷下,乡亲们都远离了土地和四季。在人们的不屑一顾里,他作为庄稼的“好把式”,不经意间就成了一个时代终结的最后意象。这让我总会生出一些莫名的怅惘来。只是不知道,在那怅惘里,是否也隐藏着时代变迁下的怀念与疼痛?

2.一只布谷

前夜刚落了雨,雨不是很大,却在地块间留下极为滋润的湿痕。清晨,树木的绿色更加明显,生命的那一缕生动仿佛向外凸着。空气中浮着一层薄薄的清香味——泥土和野草混合的,以及一堆湿热牛粪的原味。偶尔的一只蜜蜂迫不及待在晨露里企图追赶花事。太阳就在这时越过所有树梢,它简单、明快、流动的线条构成春天质朴的色彩。在这样的背景下,布谷开始啼鸣,从远处幽深的山谷响起,一直穿过村庄和山野。像传说中的信使,它无限清幽、寂然,并明显带了忧郁。它的到来,在让整个山野愈加透明沉静的同时,却也多了份隐约的惘然。

母亲总爱在此时说起它的名字:布谷。母亲并不懂得有关它的传说,及一切传说的悲情。但母亲知道,作为报春鸟,布谷是季节的另一种名词和语言。母亲总爱屏足了气息，叫我掏空耳朵仔细听。母亲说："你听——栽早苞谷——栽早苞谷——"母亲接着说："季节终于到了……"我常是惶惑的。我总被母亲凝重的表情所感染。

我约略地懂得，它与庄稼有关。单是它的名字，就容易让人想起谷物一样的意象。那些谷物的影子，粗糙的肌肤，总让我想起诸多亲切的词汇。它跟谷物一样，属于大地上生长的事物。而母亲同样与庄稼有关。作为农人，母亲的一生，为庄稼而生，为庄稼而息。生息之间，便是四季。所以我懂得母亲，当她说起布谷时，她是激动的，也是忧郁的。布谷的到来，如同农事的开端，一定让她在四季的过程里欢欣或失落。

那些年月，一株庄稼的枯荣，总系着母亲的得失。母亲常常告诫我们，对于庄稼，你哄它一时，它就要哄你一季。如果不精心侍弄，它将以荒年回报。所以母亲总是很小心，当布谷开始啼鸣，她就要从楼上取出年前准备好的玉米种，精选出来的颗粒，饱满光亮。母亲不断用手摩挲，用目光摩挲。我则站在一旁，看母亲仔细筛捡其中的灰尘，并挑出那些略微瘪凹的玉米。母亲总是一丝不苟。我那时并不懂得这些细节与布谷间的联系，不懂得"季节到了"对于母亲的意义，但我猜想，当布谷作为一种物候、一种内心的时序，让她在端详一颗玉米中感到踏实和温暖时，她一定就感到了行走在大地上的幸福和憧憬。

母亲就是这样的。对于布谷的啼鸣，总是很在意。母亲有一句最直观简易的话：该播种时就要播种，该收割时就要收割。母亲最不容许的，就是错过不该错过的季节。母亲就爱嘲笑我干爹一家。我干爹在山东某厂上班，干妈在家务农。但长期以来，因为有着一份固定且不低的工资收入，他们对一株庄稼的好坏并不在乎。对于布谷的啼鸣，似乎也不是放在心上的事。他们家的农活，总要慢村人半拍，甚至一拍，有时索性就丢了荒。这对他们家而言，并不重要。但在母亲看来，却是对季节的不敬，甚或叛逆行为。所以母亲总是嘲笑这种懒散和随意，并以此作为反面教材不断校正我们对于农事的态度。现在想来，这其实就是我们关于生命话题最初的启蒙。应该说，后来，我时时怀着对于时序和季节的敬畏，怀着对于既定秩序的尊崇，正缘于母亲潜移默化的影响。

还需一提的是，很多年后，当我彻底走出农历的村庄，在所谓公历的规则里，在钢筋和水泥的丛林里一次次错过四季，我就会无比怀念报春的布谷，耳畔就会再次传来那清幽、寂然的声音——“栽早苞谷——栽早苞谷——”

像一种天籁，让我冬眠的内心苏醒过来。

3.最初的谚语

在农历的村庄行走，谚语跟物候和时序一样，是村人认识自然的一种标志，似乎也成为时间的某种刻度。

农历的村庄，似乎一片盲谷。一切的文明，包括时间的运行轮转，似乎都像那些未曾有人涉足的植被，覆盖于幽深邈远的岁月；一切都像深山流淌的清泉，永居于世外；就像睡着的一处河床，一块被时间风雨浸润的石头，在流水的肌肤里，做那恒久的梦。一切正如春江、花与月夜的幽恍迷离，所有的来路、去途，皆逃不出混沌时空的重重围困。就在这样的时态之下，谚语应运而生。曾经很多年，谚语就在这样的环境下，成为村人行走的主要标识。

在农历的村庄，最初进入每一个生命成长旅程的，就是谚语。就像入学时的第一个拼音或字符，作为知识的启蒙和上路的开端，必须掌握。我就记得，我在村庄的成长，就是从谚语开始的。

那是一个入秋的季节，我跟母亲被一场突然的大雨压缩在腾龙寺的一块岩石下。那是午后，凌乱的秋风一阵紧似一阵，玉米叶随风晃动，最后横七竖八地裹在玉米秆上，那些矮小的原本散乱的豆叶，此时纷纷向着大地匍匐而去。风挟裹着泥土的黏稠味，还有伏天遗留的燥热，一起逼向我们的额头。整个山野一片狼藉。我不断问母亲：“这雨会不会停下来？”我担心这场大雨会阻断我们回家的路。母亲不说话，只是不断抬起头来，目光穿过厚厚的雨帘，不断辨识移动的云层。稍后，母亲说：“不用怕，这只是过云雨，一会儿就随风吹去了。”后来的事实证实了母亲的判断。正是从此时起，我就知道了所谓谚语的神秘——母亲对我说：“云跑东，雨落空；云跑西，披蓑衣；云跑南，雨成团；云跑北，好晒麦……”母亲又说：“刚才这阵雨，是从南边的云团来的，现在的云，已往东边移去，雨也就落空了……”

这就是我所认识的谚语的开始。稍后，我还知道了很多，比如“朝霞不出门，晚霞行千里”；比如“有雨坡戴帽，无雨雾满天”；比如“一九二九，怀中揣手；三九四九，冻死猪狗；五九六九，隔河看柳；七九河开，八九燕归来……”从这些谚语开始，我为自己独立在村庄行走找到了最早的依凭。它作为一种常识，正如生命旅途必备的行囊，当我能准确地做出判断时，母亲也就放心我在山野间的脚步了。而许多年后，每当忆及这个细节，我就会涌起无限温暖，作为一种生存的智慧甚或技能，谚语的存在，一定程度地记载了村庄的历史——那些混沌的，甚或蒙昧的时间，原是靠了这朴素和简约的方式，靠了这质朴的光所照亮！

现在，村庄的历史，早已超出了谚语时代。除小学课本依然一年年程式化提到谚语外，早已没有任何一个母亲，再把谚语当作孩子的启蒙。谚语之于村庄，之于我们的生命，早成为丢失并遗弃的符号。现在的村庄，在文明的吹拂下，所谓的盲谷、河床、石头及流水肌肤里恒久的梦，所谓春江、花与月夜的传说，早成遗迹，抑或怀念中的失落和慰藉。于是，我往往就有了一份惘然。那些最初的谚语，在成为时间灰烬的同时，是否有着记录和呈现的属性呢？

民间乡村

1.天地君亲师

民间乡村，家家户户必设神龛，神龛正中必贴上五个字：天地君亲师。逢年过节，或是婚丧嫁娶，便焚香燃烛对其祷告，不单是祷告的人需要面目肃净，即使在一旁的妻子孩童，也不能作声，仿佛一个乡村的礼乐大典，很容易让人想起人世精神的慎重与端庄。

小时我每每看着父亲行那仪式，便会立身噤声，仿佛深渊薄冰在前。虽然懵懂，总觉得在那五个字里，必定藏有人世的崇敬，甚至觉得人世的秘密，或许也藏在那里，而自己关于人世最初的想象和憧憬，经后来确定也是从那里开始的。

那五个字，除了要居中外，一笔一画一定得用颜氏正楷，还必得要请一个从旧年的私塾里走出来的老先生执笔。老先生青衣善眉，挥毫运笔一如古风流转，也唯有这古意，才配得上那五个字里的肃穆——天地如神，君亲师如礼；在人世，似乎这便是准则，是皈依。

天地君亲师的旁边，是一副清秀的行楷：耕读传家久，诗书继世长。比起那一笔一画的端正，这稍稍又有了几分人世的率性，从笔法到内容，似乎就像那清肃之地升起的一缕烟火，约略地透出世俗的气息，并紧贴乡村的日常。

敬神知礼的同时，便是来自俗世的期待。一份传家和继世的思想，直如荒寂野地的一朵菊，众木枯萎中，虽不敢说照亮了乡村的日子，却一定是温暖涌动的。尤其是多年后，当乡村日子照旧，耕读与诗书却如梦般始终缥缈难觅，这期待就越加显得质朴无比，宛若盛世繁华下的清守与坚持。

天地君亲师两旁，便是灶王、菩萨和四海观音之类。众神分居两侧，宛如众星拱月，把那原本俗常的几个字，推上了至尊至崇的位置。而人世的尊卑友爱秩序，便在这最初的牌位里形成。只是让我觉得惊奇的是，天地君亲师原本只是庙堂上的思想，想不到在民间乡村，也会有如此热烈蓬勃的景象。

年节过去，婚丧嫁娶结束，天地君亲师依然高悬于神龛正中，而且在神龛上，除了一对永远的香炉外，必定是不能搁置其他杂物的，必得要保持那自始至终的清洁。甚至是，每隔两三日，父亲便要为之擦去尘埃，仿佛菩提树下的殷勤拂拭，其间的坚持与虔诚让人动容。四季之中，日子虽然忙碌，却不可以忘记一份崇敬和礼数。《论语》里有“慎终追远，民德归厚”及“不知礼，无以立也”的句子，仔细想想，或许在我的民间乡村，是否也有这样的文化自觉，一如流落民间的奇花异卉？——这算不算意外中的人世景致呢？因为在乡村，真实的情形必是：一方面高悬天地君亲师的牌位，一方面却是日出日落，锄禾担柴，渔樵闲话才是正经事，至于诗书之类的精神话题，总是远在日子之外的。

2.菩萨引

梵语上说，菩萨是觉悟的众生，又是使他人觉悟的有情。也就是说，凡已觉悟者，凡一切能使人觉悟者，一切有情，均是菩萨。

菩萨来到民间乡村后，似乎就有了点以讹传讹的嫌疑。先是《西游记》里那个手持净水瓶和杨柳枝的观世音被认作菩萨，再后来，一个洞穴，一块石头，一棵树，一朵花，只要稍有奇异处，都可以被视为菩萨之身，只不过没有观世音正宗而已。身形尚且幻化无常，自然更不敢奢望对那“菩萨”真意的理解了。

不过，这些似乎都不重要。重要的是，在民间乡村，菩萨只有一个最确切的定义：替人祛邪消灾的神。我小时每见到家家户户张贴的观世音画像，便会觉得有神秘自头顶而下，直逼全身，每一个毛孔均觉得似有“凉飕飕”的冷风吹过，也总会觉得，这仙界与地上俗世毕竟是不同的。

再经过那些被视为菩萨的洞穴、石头以及一树一花时，心总是绷得紧紧的，眼睛从来不敢斜视菩萨的方向，只紧紧盯着前面的路，甚至恨不得生出一双翅膀快速飞过去。这样的心理又是一种奇异，按理，菩萨既然是祛邪消灾的神，就必定是好神，对人应该是可亲的。但我小时每每路遇菩萨，却要惊慌失措，总觉得会有一只手从那里伸出来，将我拽走似的。也终于确定，仙界与地上俗世，即使内心各自觉得亲，也各有各的排斥和拒绝。

生病或是有了三灾八难时，却必定要来拜菩萨。拜菩萨时，张贴的观世音画像便不再起作用，必得要到观音洞或观音庙去，去时必定要扯上一丈二尺的红布，以及足够的香蜡纸烛。如果不灵验，那就改到洞穴石头或是一树一花之前，民间乡村普遍相信“药医有缘人”，说不准观世音不能解决的问题，山野小菩萨却能解决也未尝不可。这反映到人世道理上来，便是大有大的威仪，小有小的妙处，关键处还得看一个“缘”字，这样的大小道理，便是世间万物固有的秩序。

我小时对菩萨的又敬又畏，仔细究来，是缘于我的外曾祖母。印象中外曾祖母始终独居于一隅，远远地避着外曾祖父。外曾祖父来寻她，她也不理，却也不另嫁。没有谁告诉我这其间的原因，但我想在外曾祖父那里，一定是有让外曾祖母伤透了心的地方，而且这一伤心，便是她全部的尘世。外曾祖母一生留给我的印象，就是她一个人在屋子里供起的一个又一个的菩萨塑像。外曾祖母终其一生都没有离开过这些菩萨，一直到死，她才放下安放在菩萨里的尘世。

还有一点可以确信的便是，小时候我总会看见不断有人前去跪在那些菩萨塑像前，外曾祖母则安静地坐在一边，一边敲打木鱼，一边替跪着的人念经祷告，至于菩萨是否真的显灵，人们的愿望是否最终达成，我是不知道的。只记得去的人始终络绎不绝，连我也曾经随母亲去接受过外曾祖母给我们的祷告。外曾祖母清修的世界，也在这一来来往往的人群里有了小小的热闹。后来外曾祖母去世，那些菩萨还在，便由她的儿媳继承了她的衣钵，只是我再没去看过那些菩萨。因为我觉得在外曾祖母衣钵传承的这一点上，始终有人世的一份奇诡甚至是滑稽在里面。

3.土地菩萨

民间乡村的菩萨，虽分类较多，却要数土地菩萨最受人待见。

一方面，人食五谷杂粮而生，五谷杂粮则依赖土地滋润，土地菩萨在村人心中，好比衣食父母，一份人子的敬意切切地在那里生长传播。另一方面，土地菩萨心性随和，并不需要花冠垂旒和璎珞霞帔之类，最多是一块石质之身,并且很随便地用笔墨勾出那鼻眼眉毛,便可领受神意了。正是这紧贴日常的气息,使得在众多的菩萨里,土地菩萨应该是最能贴心贴意的神祇了。

再者,土地菩萨一般不选择地点,即使如荒野小径,她也不嫌弃那四周疯长的杂草,安之若素地居住于此。而最为人称道的是,土地菩萨还不讲究居室的宏伟庄严,即使只有几块勉强能遮挡风雨的瓦片,也可安顿此身。最后便是土地菩萨往往数量众多,要不了三里五里的距离,便能重复看见她们的身影,一个个的土地菩萨,几乎遍布乡村内外。正如遍地丛生的草木一样,贱是一定有些贱了,但那种亲切感却是别的菩萨无从显现的。

我小时记住的土地菩萨,大约就有十个还要多。每一个都极为简陋,就像一个个衣衫褴褛的村人。不过,简陋并不意味着就没有庄严,就像寻常人家,日子虽然过得艰难,但内心却是万万不能落魄的,那种自我的圆满和修持,就像瓦檐上的炊烟,必定是不能缺失的。这不,单是从小小庙门上那一副红红的对联,便可以看见这精神的挺括与别致。对联是这样写的:"有心为善,虽善不赏;无心为恶,虽恶不罚。"书法的劲道虽然差了些,但一笔一画,颇见风格。我小时不大懂得这些字的意思,一直到后来在《聊斋志异》中读到原句时,忍不住就惊诧起来。我真没想到在民间乡村,竟然也会有书斋深处的潇洒风流。

祭祀土地菩萨,不需特别地选择日子,在村人心中,土地菩萨就跟脚底下的土地一样,无处不在,无时不在。土地菩萨不像那些高高在上的神灵,她一直就在那低处,在人们的视线所及范围内,在每一次日出日落时,在每一棵禾苗拔节生长的过程里,在每一餐饮食和每一次睡梦中,在她随时随地对人们的注视里,人们也可以随时随地对她表示敬意。至于祭祀之物,也不用特别讲究,甚至可以不用,只需烧点不多的香纸,内心便可以获得安宁通畅。

我小时看到母亲很随意地向土地菩萨祭祀时,还曾经心有疑问,总觉得这样是怠慢了菩萨,必定得不到保佑的。但当我看到如母亲一样随意祭祀的人很多时,担心也就消失了。多年后在《聊斋志异》中读到"有花有酒春常在,无烛无灯夜自明"句,遂有一种突然的人世透彻和洞明之感,始觉得无论是土地菩萨,还是寻常村人,他们彼此都是从容与放达,彼此都不计较,而民间的乡村世界,也因此丰饶起来。

4.指路碑

在乡村岔路口，均会看见一块块小小的石碑，上面标明此去东南西北的路，并还会贴上一些鸡毛，涂上鸡血和朱砂，借此驱邪避祟。也由于当时的涂抹很是用力，所以虽经风雨剥蚀，那些印记竟然能长留不灭。仔细再看下去，便知是某一孩童，于某年某月某日为路人立下的指路碑，祈望借此善事，消除灾痛云云。

这便是乡村的指路碑，也是乡村人世精神的一景。

立指路碑时，必得要请一个巫师，由巫师在前面带路，父母相携抱着孩子，跟着巫师的唱词，绕着即将立起的指路碑转三圈，三圈之后，再燃上一串鞭炮，才能将指路碑郑重立起。立起后，就摆出早准备好的一桌饭菜，再燃起一炷香，所有人一边看着那香灰一点点脱落，一边焦急地等待。等什么呢？原来，在乡村，大凡小孩出生后，必定要为其找一个“保爷”，找“保爷”时，最好的标准是按着小孩的属相去找，比如小孩是属龙的，则一定要找到夫妇双方都是属龙的，其寓意是大龙如父母，小龙如孩子，庇护自然天成、天衣无缝；又一种认为，如果小孩是属虎的，则要找的那对夫妇，必定一个要属牛，一个要属兔，恰好将“虎”围在中间，“上下”结合的庇护，也如“铜墙铁壁”，外邪无法入侵，从而保住孩子的平安健康。能恰好找到的，便被认为有缘分，相互之间从此如亲戚般来往走动。但毕竟这样的缘分只在少数，更多的孩子在寻“保爷”时，只好退而求其次地借助立指路碑，在一炷香的过程里，如果有谁第一个从此路过，那这个人必定就是孩子命里的“保爷”；如果恰好是个中年人，便认作“干爹”或是“干妈”；如果路过的是年高的老人，便认作“干爷爷”或是“干奶奶”；再如果是小孩，则认作“干哥哥”或是“干弟弟”，总之称呼可以视实际情况而定，但必须选定第一个从此路过的人做“保爷”，这是规矩，也是缘分。

我小时也立过一块指路碑。我一出生，便体弱多病，一直到五岁上下，依然不会说话。乡村原本迷信，我的父母也陷在其中不能自拔，一方面担心我是个哑巴，一方面却不带我去看医生（当然也有可能是没有看医生的条件），只是去找了算命先生为我测算。据算命先生说，我之所以不会说话，是因为我前生是个和尚，不但犯了清规戒律，还故意给人指错路，所以必要为我立一块指路碑并寻找一个“保爷”，方能化解这一罪愆。

于是，父母按算命先生的指示，在某岔路口为我立了一块指路碑，并如愿为我寻找到了“保爷”。之后，据母亲说，就在第二年清明前后，当她带着我在某座荒弃的寺庙里栽苞谷时，我果真开口说了话。但我一直认定这不过都是巧合，只是母亲始终觉得，我之所以能开口说话，完全是靠了一块指路碑的庇护。这不，母亲又是购买猪肉又是购买红布，又是焚香又是烧纸地对着一块指路碑表示了隆重的谢意，一份乡村里的有情有义和知恩图报，在此颇能引人感慨。

一直到我长大，那指路碑都还在。包括我的名字，还能在那斑驳的石纹和风雨里看出。每次割草放牛或是野玩路过，虽不去跪拜，却也双目含情，总觉得那小小石碑，便如自己身体似的，是自己留在那山野岔路上的魂魄。再后来，大约在我四十岁的某天，乡村拆迁，我亲眼目睹属于我的那块小小的指路碑被一个庞大的挖机掘起来，然后快速地被掩埋于厚厚的土堆之下……其时，真有一种岁月苍茫、人世如梦的慨叹。我确切地相信，乡村的人世精神，至此肯定到了一个岔路口。

旧历年

1.敬　母

西方有“母难日”的说法，说孩子出生的时刻，即母亲的受难日。其实在我的乡村，也有这样的说法。我小时便经常听说：“儿奔生，娘奔死。”说的便是母亲分娩的时刻，这个时刻，既是孩子的生日，也是母亲在生死线上挣扎的时候。

正因为这样的原因，在我的乡村，对母亲的尊崇，往往要胜过父亲。父亲们往往也甘愿把自己摆到其次，如果有小孩跟母亲不睦，甚至稍稍顶撞母亲，父亲们就会大声呵斥孩子，说你咋就这样忤逆？又说你母亲为了生你，已经去阎王殿里走了一圈呢。孩子们便都会知道自己错了，并且立刻就变得懂事起来，房前屋后忙着帮助母亲做这做那。来自小小心灵的悔意，把对母亲的敬意，一下子就从冬雪转到春风里了。

我小时每每读到水漫金山的传说，或者是状元寻母的故事，便常常觉得人世之上，唯有对母亲的敬意最是赤子之情，最是能牵人情怀的念想。每次看到母亲在生活里奔波忙碌的身影，总忍不住会涌起一种隐约的功名思想，甚至幻想着自己也能金榜题名、仕宦有期，再或者英雄系马、壮士磨剑，总之在出人头地后回报母亲。

对母亲们的敬意，尤其是在母亲们去世之后表现得较为突出。

我小时便知道，每当有母亲们去世，必定要为其诵念《血盆经》。关于《血盆经》，古书里说的是，因为母亲生育总是沾染血污，会触污神佛，死后下地狱，必将在血盆池中受苦，唯有在生前为其诵《血盆经》，才能除此一劫。明人汤显祖在《南柯记·念女》这样记述：“到问契玄禅师，他说凡生产过多，定有触污地神天圣之处，可请一部《血盆经》去，叫他母子们长斋三年，总行忏悔，自然灾消福长，减病延年。”在我的乡村，母亲们生前是不需诵

《血盆经》的，只有去世之时才诵念，诵念时必得要特意设置一间经堂，孝男孝女跪满一堂，并举家吃素，以示清洁的敬意。不过，关于《血盆经》，我倒觉得佛家真有些不是，甚至是曲解了的。母亲们生育时虽然沾染血污，但那又怎能说是不洁呢？在那血污里，既是生命的诞生之光，又是母亲们的牺牲之光，均充满了生命的圣洁与肃穆，又怎会触污神佛呢？果然如此，神佛之心，或许也有失从容致远吧？

除了诵念《血盆经》外，在母亲们的葬礼上，凡亲生女儿，必要喊上一曲《清凉水》。关于“喊”，其实也就是唱的意思。但我无疑更喜欢“喊”字，总觉得一个“喊”字，更能让人看见那情感的真挚动人，也更能映照某个时刻的清凉无依。

喊《清凉水》时，必得在三更天。旧时乡村，没有手表记时，把一个夜晚分成“五更天”，“一更二更”尚属于浅夜，“四更”属于过渡，“五更”已近黎明，人世都处在喧闹之时。唯有“三更”正是夜深时候，正如花开正繁，酒醉正浓，而万物寂寂，人潮退去，世相隐退，一缕悲切之音便从遥远的天际慢慢清晰。这个时候，女儿们就要打来一盆清清亮亮的水，端端正正地放在灵前，然后虔诚地跪下去，一边呜呜地哭，一边轻轻地喊。至今我仍然能记得如下几句：

天上一声金鸡叫
地上儿女想娘恩
我娘要喝人间清凉水
我娘不喝阴间迷魂汤
清凉水，水凉清
我娘魂魄何时归

唱腔婉转凄切，哀怨如重重落霜。再加上每唱完一句，那喊的人便要舀出一瓢清水，洒向灵前的夜空，同时磕一个响头，那一份忧伤，就像一颗在此时醒着的心，人世清凉，诸多缱绻，均在此时荡漾漫漶。多年以来，我总不能走出这样的场景。我乡村的女儿们，在母亲们还未去世时，便一定要预先学会唱《清凉水》，好准备着在将来的某个三更天里，替自己的母亲轻轻地吟唱，去了结人世最后的情缘。多年以来，这已经成了村庄女儿人生必修的课题,——而整整一个乡村,乃至所有的旧时年月,也因为这样的坚持显得温婉柔情了许多。

2.端　午

我的乡村不知道屈原,却很看中端午。端午这天,家家户户都要扯来菖蒲。其实我们都不叫它菖蒲。我们并不知道它还有这样的名字,这个名字是多年后才知道的。那时候我们都叫它艾草,据说端午这天将其悬挂在门头上,就能驱邪避祟。又因端午正是蛇出没的季节,所以还在房前屋后泼洒雄黄酒,有个别人家,还吃雄黄酒,的确跟屈原的端午已经相去甚远了。

不过,端午这天,家家户户还是要包粽子的,这似乎又跟屈原扯上了关系。但真要问及包粽子的意义,却又没人能说得清。由屈原留存在端午里的家国情怀,流淌到我的乡村之后,早已无迹可寻,就像一条断流的河水,最多是只剩下了几块隐隐约约的石头,提醒后世一条河流曾经的存在。

从后山摘来青竹叶,再拿出隔年的糯米,便可包粽子了。旧时乡村,糯米极贵,有多余的,早都卖了换作儿女的书学费或是用在亲戚之间的来往上,但为了过端午,几乎家家户户在上年秋收时都要有意留下几斤糯米,实在无法留下的,想办法也要弄它三两斤。因为如果不包,等别人家小孩拿出煮熟的粽子满村溜达时,自家孩子就一定会觉得委屈,甚至觉得低人一等。端午包粽子,显然已经超越了风俗的范畴,更有那做人的脸面在其中。

我母亲包粽子的手极为灵巧。村里很多新媳妇,端午这天都要来跟母亲学习。新媳妇们总是笑眯眯地围坐在母亲身边,一方面听母亲仔细地讲解, 一方面目不斜视地看着母亲把一捧捧糯米和一张青竹叶上下翻卷,其用心完全不亚于对女红的专注。还有我姐姐和妹妹她们,因为近水楼台的缘故,未及出阁,便已从母亲那里学会了包粽子。

包粽子自然是女人的事。男人们在端午这天,想的却是雨水以及农事。

早在端午之前,农事就已经很深了。稻秧已经可以移栽,天气却一日比一日还要晴朗,河流里剩下的水已经细若游丝,新田根本打不出来,望着一天比一天高的稻秧,男人们的心也一天比一天焦急。好在时间终于到了端午,很久以来的焦急似乎就石头落地一般。因为每年端午,似乎都要下大雨涨大水的,俗称“端午水”。“端午水”年年如期而至的同时,也把农历节气的神秘，紧紧地留在人们心头。

一般是早晨，果然一直晴朗的天空突然就出现了几片碎碎的云朵，再下去，那云朵便连成了片，再下去，整个天空就像被施了魔法一样，顷刻之间大雨滂沱。就连一直专注于包粽子的母亲和小媳妇们，也都忍不住站到了屋檐下，抬起惊诧的目光，看着这神秘而至的大雨，而当她们重新回到粽子上来的时候，就觉得在一场突然而至的大雨和一个粽子之间，似乎也有某种神秘的关联和对应。

“端午水”之后，整个田野里便响起了欢快的吆喝着牛打田的声音，无论是男人女人，大人孩子，都纷纷走进了田里，把一根根稻秧，插进了刚刚打好的新田。一缕新的喜悦和希望，便在端午时节开始真正荡漾起来。因此，端午这天，还被亲切地称为“开秧门”的节日，到这里，我乡村的端午，跟屈原就已经彻彻底底地没了任何关系。

3.唱　戏

大观园里，每逢喜事，必定要唱戏，还要作诗。即使到后来人去园荒，那戏台仍然要搭起来。只是，在这里听到的已经不是人世的繁华和热闹，唱吟中满是繁华褪尽的落寞，是人世某种精神最后的挣扎和坚守。旧时乡村的戏，虽然也年年都要唱，丰年唱，荒年也要唱，却远没有这样的精神自觉，最多是寻觅一缕日子里的寄托，虽然跟精神有关，却不一定跟精神紧密相连。

不过，真要追根溯源，旧时乡村的唱戏，却也是有来历的。据说唱戏这一节目原本生长在江南之地，只是后来随朱元璋“调北征南”的队伍来到黔地，并从此在黔地山野里留存了下来。我先是怀疑此说是村人对帝王和历史的攀附，直到后来我能读书识字，并亲眼看到我的家谱上追溯到的祖籍也在江苏南京时，才相信了关于唱戏的传说，甚至还为我的乡村感到了几分莫名其妙的骄傲和自豪。

不过，传说毕竟是传说。真实的情形是，当一曲曲戏文流传到我能亲眼目睹时，早已经像一个流落民间并且没落了的贵族。虽然那一唱一吟之间，仍然是帝王将相和忠孝仁勇那般的庙堂文化，一眼一眉也还是来自庙堂的端庄和肃穆，但更多的却是缥缈——只需看一眼那简陋的舞台，再看一眼台下的泥土，生活与梦想的距离，就好比这唱戏之夜与那轮月亮的距离，凄清遥远。

旧时乡村听唱戏，人虽然多，甚至是四邻八寨的乡亲们都要来，但所有的一切却都是简陋的。舞台是简陋的，一盏盏的红灯笼是简陋的，演员的服饰也是简陋的，只有人们表现出来的热情堪称隆重。有时即使天上落着细雨，人们仍然要坚持着在那露天的舞台下坐着，而那露天舞台上的节目也一定要照样唱下去，那露天的红灯笼，也一定要照样高高挂着，真好比戏里的地老天荒，不论今夕何夕，也一直浪漫与坚贞下去。

戏曲里的节目，仅有《汉高祖斩蛇记》《三英战吕布》《杨家将》《岳家将》《穆桂英挂帅》等关于帝王将相的几出，抑或轻松些关于才子佳人的《唐伯虎点秋香》之类，却从来就没有过跟乡村的日子和岁月有关的节目。这实在是可以称得上奇异——村人并没有那些戏曲里的所谓高远的精神寄托，也不能从中找到紧贴自己日常的种种，这一矛盾，常常会引发我后来的思考。但我敢肯定的是，我小时每看一次那些节目，就都会有一次震撼，总觉得人世原来可以有另一种颜色，总觉得自己可以离开这山野里的大地、河流、庄稼，就像戏曲里的那些人，完全可以铿锵一下的。虽然我的命运证实了这只是一种妄想，但在后来的人生里，至少在精神上，我却是处处都能寻觅到那种铿锵之气的。不能不承认，那一台台的戏，有意无意之间，必也是有它意想不到的作用，好比潜移默化，润物无声。

我十五岁离开村子读师范后，不知怎的，唱戏也随之落幕，并从此不再上演，再到如今，已然是彻底地湮没了。每次想起，都会有一种怀念之后的怅惘，总觉得跟那些戏曲一起湮没的，并不仅仅是一段曾经的日子与岁月，——但还有什么呢？说句实话，至今我也还没有想明白。

桃花劫

我小时村里少桃花。成片的桃花不可见，最多是井头或是田畈里，就那么一株或者三五株，不显眼，更不敢夺目，只偷偷立在那里，独自寥落卑微，亦独自自生自灭。

桃花不被厚爱，是因为跟村人犯冲。在村人眼里，桃花总是轻薄之物。男人或是女人有了外遇，便被视为“命犯桃花”；而那“命犯桃花”的男女，则一定是万劫不复之身。一句“某某交了桃花运”，表面虽有羡慕之情，其实暗里对所谓“桃花”却充满了嘲讽和鄙薄。人心如此，桃花的处境，可见真是危险了。

世间之花，亦多得人之青睐。就拿为女孩取名一事，莲花桂花牡丹等等时常有之，却从来没有唤作“桃花”的。还有若是村里不晓事的女孩偶尔用桃花扮其面，必也要吓得父母一惊一乍的，总是用了最快的速度将那面上桃花抢夺下来，并狠狠地砸在地上，只剩下女孩怔怔地看着心爱的桃花而茫然，有的索性还急得大哭。父母则一边责怪女孩不懂事一边急急拉着女孩离开了，仿佛要跟桃花彻底划清界限的样子。

只是桃花虽然被人忌讳，可总也有人甘愿“命犯桃花”，即使做那“万劫不复”之身亦不悔。印象中就有宝珍嫂和权发哥，一个是有夫之妇，一个是有妻之夫，可二人终究相互倾心，虽寨老及族中长辈出面阻止亦不听，甚至举村对其不理亦无半步退却之心，只一心一意各自抛家别子睡到了一个炕头上。年龄再往上的，还有我的远房沉香表舅，那年在外开拖拉机时，带回来了一个年轻女子，原意让其跟他发妻我的表舅母同一个屋檐下生活，并希望彼此岁月安好。却不料我表舅母外表柔和，内里实则刚烈，始终不愿两女共一夫，在无法挽回我表舅初心时，便以一瓶敌敌畏了却了人世。事件的结果是我表舅遭到了最强烈的谴责，成为“命犯桃花”的典型教材，从此活在村人充满鄙夷的唾沫之中。即便到他垂垂老去之时，几个子女都还恼怒于因为他的负心逼死我舅母这件事，一直没有达成对他的谅解。也因为这些事件的发生，使得一朵桃花，仿佛就成了那花中妖魅，人人必得避之似的。

这真是对桃花的误解。其实若要说起桃花的底色，不过是因为其色堪比娇好的女子。但就是这样的一点联系，世人便将其视为轻薄之物，并对之深恶痛绝，这实在是牵强，甚至龌龊了。因为美并无罪过，真正有罪过的，我想应该是来自世人的妒忌。妒忌之心，从来如杂草，蔓生于人世的每个角落，挥之不去，除之不尽。更何况所谓“命犯桃花”之说，其实亦还有可商榷的余地。或许在那所谓的“命犯桃花”里，便是两颗心的真爱也未可知？

误解越深，桃花便越只有抱屈。村里人家，从来不主动种桃花，至于那井头或是田畈里的三五株，亦只是风偶然间吹落的种子，就像流落尘俗的女子，尽管风华绝代，终究被忽略被遗弃了。

自小我却对桃花便有一种莫名的爱意。

每年立春不久，寒冷还未褪尽，烟雨湿湿的，桃花就开了，一朵朵的粉红贴着枝头，仿佛身着薄纱的妙龄女子，春梦轻启一般；又仿佛一幅刚出纸的水墨，色彩和线条，尽是洇开来的圆润与柔媚。到井里看大人取水或是到田畈里野玩，我都会不自觉地立在桃花下，总觉得在那一朵朵的粉红之下，总有人世的欢喜荡漾。

我当然说不出那份欢喜的具体样子，但人世最初的模样，的确便是桃花给予我的。

有一年风吹来一颗桃花的种子落在我家屋后，因为不起眼，没有遭到人为阻止，两三年后竟至长成了。桃花初开时，却被我爷爷砍了。爷爷是清晨起来看见桃花开放就急匆匆拿起斧子的，等我醒来时红艳艳的桃花已经铺满了屋后的院子。桃花就好比开在梦中亦死在梦中的短暂。我急得在院里乱跑，一边看着碎在地上的桃花一边不分方向地乱跑。爷爷慌慌地看着我，却只怀疑我是遭遇了邪祟之类的；爷爷并不知道我在被砍倒的桃花里突然就看见了人世的落寞，并惊惶于这人世的底色了。

欢喜与落寞，都是桃花留给我的最初的印象。而我自小养成的伤感，以及对万物的悲悯，其实正是从这一朵桃花开始的。后来我对于一切悲哀的物事，总会落泪并为之心疼，便也仿佛是关于一朵桃花的一语成谶。

读过古书的王家太公却在屋后种了一片桃树。这无疑是个异数。民间房前屋后，多喜榆树和柳树，“榆柳荫堂前”，往往被说成是富贵的吉兆。王家太公的做法，亦算得上冒村里之大不韪了，可王家太公却对人们的非议嗤之以鼻，尤其是每年桃花开时，在浅浅的新阳里，从路上经过，便会看见王家太公手持一卷线装书，眼戴一副绿色镶边老花镜，神情欢愉地立在桃花下唱诗。王家太公立在那里，一方面是桃花灿烂如云霞，一方面是他长髯飘飘于春风里，再一方面是经他唱出的诗句跟一朵朵桃花的相互应和，就好比灵与肉的凝视与交融，仿佛遗世独立，亦仿佛得道成佛之身。桃花林被一道很深的栅栏隔着，用作栅栏的，均是王家太公亲手从山上砍来的荆棘，很能刺人，一般人根本无法从此翻越入园。多年之后，我突然想，或许那便是王家太公心上的一道栅栏，在通往一条充满荆棘的桃花的路上，唯有这样的栅栏，最能表明他因此而生的与人世的疏离与寂寞？

至今没人知道王家太公究竟在桃花下唱了什么诗，也没人知道他寄寓在一朵朵桃花下的精神世界。只是多年后，当我也读了几卷古书后，就胡乱猜想他唱的或许便是桃花诗，譬如“桃之夭夭，灼灼其华”之类。或许在他而言，桃花其实并非俗世之物，至于人们对桃花的误解，便是他的愤懑和忧伤？甚或他便是用这样的方式，企图为桃花正名？——在王家太公这里，我总觉得很有人世的一份庄严，让生命获得了必要的仪式。但所有的猜想，毕竟都随着王家太公最后的谢世成了秘密。唯一可见的，便是在王家太公身后，桃林被他的儿子迅速砍掉了。一朵桃花，复又归于俗世的日常。

王家太公之后，对桃花的有情，估计就要数我了。我自小对桃花那份莫名的爱意原本就有些与生俱来，再加上王家太公的那份诱惑，桃花在我心中，虽不敢说圣物一般，却实在是一般的世俗之物所不能及的。因为这样的原因，我一直也想像王家太公一样为桃花正名，就好比要还一个无辜遭到非议的女子的清白似的，总觉得在那里，有人世的某种负罪和责任同在的情愫。

我读桃花，每读一次，便觉情深一尺。小时看桃花在一池烟雨里粉红涌动，后又在春风里妩媚夺目，都觉得是人世的热闹与华美；甚至觉得立在桃花下的自己，亦仿佛金童之身，总有神赐予的福祉照亮似的。到后来跟诗文里的桃花邂逅，桃花的丰沛与深邃，更让自己情不能禁，总觉得在人世的精神之上，一定有一朵桃花始终越过所有的尘俗，一直在那里熠熠生辉。

在我看来，桃花一面是安静，一面是刚烈；前者典型的代表当数“桃花源”里的桃花，“缘溪行，忘路之远近。忽逢桃花林，夹岸数百步，中无杂树，芳草鲜美,落英缤纷。”一朵朵桃花,均是世外之物,忘却前生与后世,只安静地在自己的世界里花开花落,读来总有人世的清澈与洁净温暖人心。后者则要推《桃花扇》的故事:一个姓李名香君的女子,为保贞洁,撞墙自杀,最终血溅扇子,开成桃花……桃花至此,足可以让那世间的百媚千红黯然失色,足可让桃花洗除那所谓轻薄之名;桃花的重,足可以深入人心和灵魂里去。

当然,在安静和刚烈之间,桃花亦可半醉半醒。譬如那个唐寅:“酒醒只在花前坐,酒醉还来花下眠;半醒半醉日复日,花落花开年复年。”疯癫也罢,痴狂也好,一朵桃花的世界,便是此间岁月自然安好,便是至情至性的文采风流,便是我所向往的一种。而值得一提的是,或许真是缘分使然,有一年我就真的去到了唐寅的墓前,时值春日,江南湿湿的烟雨显得如愁似郁,就只墓旁桃花庵里的桃花,不管不顾地炽炽地开着。一边是寂寞,一边是热闹,置身其间,似醉似醒,似梦非梦,直让人觉得人世的诸多远意,均在一朵半是清晰半是朦胧的桃花里渐至分明……

不过以上这些,村人并不知道。在村人而言,一句“命犯桃花”的讹言,终至以讹传讹,让桃花背负了永世的骂名,让原本可以有人世嘉喜的桃花成劫成灾;于是我总会想,也许王家太公之后,只我能对桃花会意如斯?也许王家太公当年,一吟一唱之间,便是想求一个如我这样的知音?也许多年之后,有意无意之间,我早已把王家太公引为知己?只可惜缘铿一面,岁月渺远,只留一朵隔世的桃花,让我会意如斯的同时亦怅惘如斯。

古人说“人面桃花”,而我更愿意把一朵桃花说成心的样子。桃花之心,是人世的影子;一朵桃花,它就一直开在我的心上。

我跟一块土地的纠葛

1

这应该就是我记忆的开端——1978年,我五岁。我跟着父亲,父亲站在某块岩石上,默默地打量那些枯败的庄稼,然后摇摇头;然后掏出一支又一支的劣质香烟,不断从喉咙里吞进烟雾又吐出烟雾……我无法知道父亲在想什么。但现在,当我开始回忆,试图在三十年的岁月里勾勒我跟一块土地的纠葛,这个场景——一幅定格的画面,就成了我抵达某种永恒的端口。

进入——从父亲的表情开始。从土地开始。我确信,1978年,当父亲在不断燃起又不断熄灭的烟卷中麻木自己时,他一定是在为一块土地发愁——土地的集体所有制、“大集体”“大锅饭”导致群众生产积极性的低落、总是低产的庄稼和填不饱肚子的现实,肉体与精神的困惑和迷茫,一定让父亲不止一次幻想和叹息。父亲是个农民,他全部的体温只能紧贴土地——风调雨顺和五谷丰登,便是他生命最温暖最熨帖的姿态。

然而,进入——在一块土地的深处,1978年,我不知道,我其实已置身一场伟大的关于土地的历史变革中,党的十一届三中全会,让父亲和乡亲们,迎来了生命的涅槃……

我无法记述那场变革的宏大背景,但我无疑记住了一些细节——父亲和乡亲们,拿着丈量土地的工具,从一块土地进入另一块土地,从一户人家的名字到另一户人家的名字……分完土地后,他们一大群人就坐在田埂上,开始抽烟和大声说话,那种开怀和爽朗的笑,始终感染着我——一种蓬勃的生命激情,荡满了整个村庄!

此后,父亲告诉我,说我们家真正有了土地,说只要我们放勤快一点,就不会饿肚子了。父亲是喜悦的——父亲很精神地靠在竹制的躺椅上,悠闲地吐着烟圈,一个,又一个,圆圆的,父亲甚至向我炫耀,他说,你看,后面的烟圈正从前面的烟圈中穿过呢……我不知道父亲有没有怀疑过我能否懂得他的喜悦,一场历史的变革,留在我心里的,其实仅是一些零碎的热闹——我五岁的年龄,根本无法领会一块土地的意义。

我对一块土地的进入,源于后来对一头牛的审视。

多年后我一直记得这样的场景——向晚的夕阳一片通红,山雀叽叽喳喳地在树与树之间乱飞,归巢的企图与欲望明显搅乱了乡村黄昏的秩序。我却没有丝毫的慌乱。我知道,此时,我必须握着父亲递过来的镰刀出发。这种姿势,是我既定的规则。我绝对不能有任何的破坏行为。在父亲眼里,牛与土地紧密相连,伺候一头牛,就等于伺候了土地……

所以我别无选择,只是狠狠地往嘴里吞进了一滴溢出来的泪。我至今不知道它意味着内心的委屈还是其他,但有一个细节,让我彻底感受到父亲对一块土地的深情厚谊——就在我极不情愿之时,忍不住就骂了起来,我说:“狗日的牛呵,我还不如你!”我的声音生硬且荒寒,像一块横空砸来的石头。父亲如弹簧般回过头来,他显然被我吓了一跳,愣愣地看着我,目光怪怪的。半晌,他结结巴巴地说:“你,你,你他妈说什么屁话?”然后是沉默,长久的沉默,伴着父亲一滴浑浊的泪……从此,我似乎隐约地懂得,一块土地之于父亲,如同肉体之于生命,如同神性的刻度,需要我用一生的时间去揣摸与丈量!

2

我永远弄不明白,后来,父亲为什么会突然痛恨起土地来。

那是一个六月的午后,在一块晒得近乎干裂的土地上,父亲抬头看了看依然在绽放着烈焰的太阳和地里枯黄的庄稼后,就狠狠地对我挤出了一句话:“你必须离开这里,必须……”父亲没有说出对土地的恨,但从他的满面怒容,我就知道他一定怀着深深的仇恨——一场持续不断的干旱,已然摧毁了他建立在土地上的希望!

父亲原本希望我能在土地上完成他的接力。他就曾因我跟一块土地的疏离涌起深深的失望——在那些春天的地块上,我总会用一只手摩挲着另一只手,疼痛漫过十指的每一个关节;我总看见有黑色的液体,正在血管里涌动。我常常想扔下锄头——在手掌上的血泡里停留，我总是无法完成对一块土地的进入，总在用一种逃离的姿势跟地块对话。但父亲总是不断催我加快速度，不断重复说，春天不播种，秋天就没有收获呢。父亲不断地弯下腰去，那些地块，开始分崩离析……而当父亲终于发现我手掌上的血泡后，就说我细皮嫩肉，不像个男人，对我不屑一顾……

后来我对父亲说，我在学校获得了一等奖学金，我的成绩是最好的。也许通过读书，我能找到另外的生活方式。但父亲并不在乎。相对于一块土地而言，我的学习成绩遥远而又虚幻——他开始叫我学习泡稻谷种——这是春天，父亲说，清明已过，谷雨到来，必须泡种，再不泡种，就要耽误了农时。我跟在父亲身后，看着他从囤箩里抬出稻谷种，倒进水缸，泡湿后再取出来，再用树叶盖上……父亲一直都认定，只有一块土地，才是我立身的根本。

但这个六月，在一场持续的干旱后，我却意外地听到了父亲对一块土地的痛恨。我永远不会知道，当父亲决定要把我“驱逐”时，他是否想起曾经(也许也是永恒的)对于一块土地刻骨铭心的皈依？

3

我想起了一盏煤油灯。现在，当我就要叙述我对一块土地的背叛之旅时，就想起了它——我始终认定，正是它，在那些漆黑的夜晚照着我走进每一册书本，继而照着我一步步离开了土地。

1984年，我十一岁，到乡中学读书。乡中学离家有六里路，走读是不可能的，特别是冬天更不可能。所以父亲四处联系寝室让我住校。那时学校背后是供销社，供销社有很多空房子，父亲找了关系，让我住进了其中一间。当父亲领着我通过那个幽深的长长的过道时，整座楼房静悄悄的，过道两边的房间门无一例外地挂着一把冰冷的铁锁，显然已经废弃多年，没有一点人气。我涌起了深深的恐惧，甚至能感觉到冷风把头发竖起来和穿透脊背的力度。特别是当父亲终于为我铺好床铺，最后消失在过道那头时，我平生第一次感觉到了毛骨悚然——第一次的离家，就这样交付给了一场漫无边际的恐怖与惶惑。

是夜，我点亮了煤油灯。那是一盏用墨水瓶制作的煤油灯，灯管用新的铝片制成，灯焰是新的白纸，父亲把它搓成一根细小的绳，从灯管里穿过，最后露出短短的一截。父亲叮嘱我，灯焰不要露出太多，要节约用油，能照亮就行。但当我把它点燃，当那微弱的光在漆黑的夜里显得微不足道时，我还是忍不住拨了拨灯焰——我不知道这个细节是为了消除当时的恐惧还是寄托着某种祈愿，只是，当看见那微弱的光焰不断变得明亮，我突然就有了勇气和力量。我就想，一定要在这盏煤油灯的照耀之下，完成父亲对我的“驱逐”……

而现在，此刻，当我在一盏煤油灯的光影里打捞那些时间的细节，竟然有一种哭泣的冲动，不是因为自己在一盏煤油灯下的义无反顾，而是因为我还想起了一个有关土地的片断——一场连绵的春雨不断地飘落，我听到了我的同学（校长的儿子）对雨天的痛骂。他说：“这个狗日的天，怎么天天下雨，害得老子的鞋子总是沾满泥巴……”其时，我正想着父亲们在雨里劳作的身影，忍不住就反驳了他一句，说：“如果不下雨，如果农民种不下庄稼，你们这些居民户口吃什么……”我几乎是愤怒甚至带着仇恨的，总觉得自己对于土地的感情遭到了他的亵渎。他显然也被我的无理激怒了，跳过来，左手揪住我的衣领，右手的拳头砸在了我的鼻子上，紧接着一串鲜红的血液就从鼻孔里流淌出来……这次打架最后以我向他道歉而告终。我也自认理亏，因为我明白他咒骂雨天的言行，其实跟我并不相关。只是多年后，我却一直为自己情不自禁对一场雨天的维护涌起深深的感动——那其实是对一块土地的依恋和忧伤！

但是，当我在一盏煤油灯下企图背叛土地时，我又能真正明白这矛盾的、模糊的情结么？

4

我终于离开了土地。

1988年的秋大，在补习了一年初三后，我终于考取了师范。

获悉考分上线的消息时，我正在村口的十字路口晃悠。密密麻麻的茁壮的玉米正在渐起的秋风里散发着成熟的气息。但我并没有留心这一切。我在这里晃悠，觉得烦躁无比——我一直在焦急地等待今年师范录取线的情况。我想去打听消息，但不知该往哪里去，我在十字路口不断徘徊，一会儿想去学校，一会儿又想去县城……恰好同学高斌从这里经过，他刚从县城回来，并说他跟我的考分都上了录取线。我兴奋无比，一口气就往父母劳作的杨柳田跑去。父亲也是兴奋的，他从秧田里直起身子，手中握着一株刚刚拔起来的稗草，脸上泛着柔和的笑。除了笑外，他几乎说不出话，这种状态一直持续了大约几分钟。最后，父亲只是说了一句——在长长地吁了一口气后，他说："你终于可以离开土地了……"

我也终于如释重负。尽管我不是很明白父亲跟土地究竟发生了怎样的隔阂、冲突及至仇恨，但一想到自己柔弱的身板可以不用再对一块土地进入时，还是感觉到了近乎逃脱一劫的喜悦……

这年的秋天，父亲第一次为我买了一双皮鞋，把我送出了村庄。因为是第一次穿皮鞋，而且是高跟的，所以我不止一次蹩了双脚，最后是一瘸一拐上了客车……但我终究是高兴的，当村庄的一块块土地从车窗外不断后退，当坐在另一个县城宽敞明亮的教室里开始人生的另一种航向，当想起那些同龄的伙伴，只能如父辈一样把自己的生命紧贴土地时，我甚至替自己庆幸起来……

只是我永远没有料到，多年后，当我与一块土地渐行渐远时，我却会一次次在键盘上敲打着与土地相关的文字，那种近乎挽歌般的眷念和悲悼，一次次让我想要重新走进土地，在一块土地的深处重新打量那些走失的时光……

5

事实是，三十年后的今天，我就无数次回到村里的土地上。

我有时一个人，有时带着女儿，回到村里，然后坐在某块岩石或者站在某条田埂上，静静看着熟悉而又陌生的土地。我其实并不知道要在这里寻找什么——曾经的贫穷与落后，温暖与忧伤，失落与安慰，背叛与皈依，其实，我并不需要在这里得到佐证或者诠释。我静静地站在这里，目光空洞而又苍茫，过去、现在，还有将来，就像一些隐秘的时空隧道，安置我此时的四处奔逐！——沉沦或者升华，我俨然只剩一个风干的影子。

父母至今仍在这里劳作——他们的固执和倔强让我知晓一块土地在他们内心的根深蒂固。我曾劝他们跟我到城里去，但他们都明确表示离不开土地，即使因为年老体衰只能在上面种下一些易于耕作的农作物，仍然舍不得放弃——这一直让我费解，一方面他们不愿意让我继续在这里刨食，另一方面却又对这里不离不弃。这一份复杂的情愫，是否已然超出了一块土地的涵盖？我不知道，也不想知道。我静静站在这里，或者偶尔跟父母一起握着镰刀，企图在一株庄稼和土地的心脏里进入，我最终感到了彻底的失败——我充其量只是一个过客，从土地的边缘仓皇离去或者归来，始终无法完成对它的紧紧贴近。

而他们又能真正地贴近吗？他们——我那些并没有考取职业学校而只能把生命交付给土地的乡亲，他们又能真正在一块土地深处放置自己么？

我突然就有了流泪的冲动——一块土地的被疏远甚至遗忘，除了印证时代的变迁外，是否还丈量着内心与内心的距离？

我这样想，因为在这里，我还看见了土地的萧疏和荒芜——一块块不见人影的土地上，除了没有生气的庄稼和偶尔落下来的一只或是几只鸟雀，似乎只有风，在岁月与时间深处见证着一块土地的落寞与遗失。

现在，他们都已全部出去打工了。曾经热闹无比的土地，只留下老人和小孩，象征性在上面做着最后的守护——那些老人佝偻的背影，那些小孩单薄的身影，当他们在土地上缓缓移动时，他们是否知道我的目光，正在为一些莫名的人事泪流满面？

不过我毕竟也还是欣慰的——一方面是萧疏和荒芜的土地，另一方面是村里逐渐耸立起来的崭新的高楼、水泥路、瓷砖、地板砖，还有不停地响着的录音机……尽管他们在外出打工的路上付出了沉重的代价（有的死亡，有的残废，有的精神失常），但这些崭新的气象却真实地见证着他们选择的必要性和正确性——在义无反顾的路上，土地于他们而言，已经只是一个与生活无关的名词。

但真的无关吗？——天高、云淡，那只逐渐隐没的雁，还有风，此刻，当我静静地站在这里，突然就觉得岁月与时间的广袤和幽深，在它们的胁迫和掌控下，即使轻微如尘芥和蜉蝣，有谁又能真正逃脱对土地的依附？

第贰辑

旧时光

1.某个暴露的鸟巢

我总会用很长的时间仔细地去想某个暴露的鸟巢，就像想生命中某件重大的往事。

一个鸟巢，它暴露与否，甚至鸟巢本身，它在滚滚尘世中是微不足道的，完全可以没有必要进入一个人的视线。但事实是，每一次，在许多人事的烟尘之后，我都会看见一个鸟巢，一个暴露的鸟巢，紧贴在时间与心灵的深处——多少年了，它始终固执的眼神，有时让你怀疑它就是你身体的某个部分，熟稔和陌生兼在的某种烙印。

鸟巢暴露出来，秋风就已经很深了，天空变得很低，云朵们仿佛要坠落下来，微雨湿湿的，一层薄薄的雾像隔年的纱巾，色泽灰暗，浮在山头上，视线里满是陈旧的气息；周围的事物纷纷隐去，只有一个鸟巢，却撞入了你的视线——它静静地挂在某棵高大的树上，树叶纷纷褪尽，光秃秃的枝丫尽是岁月深处的青苍；它挂在那里，会是怎样的一种表情呢？它是孤独并忧郁的吗？——初见它的时候，你总会怔在那里，时间与心灵，均像秋风漫过的苍茫；一个鸟巢所引发的思绪，更增添了一缕秋风的迷惘。

作为一个鸟巢，当它还没有暴露出来，尽管所有的枝叶将其覆盖，但它其实与人世挨得最近。那时候，每天都会有一只、两只或是更多的鸟，以一个鸟巢为圆心飞出飞进，它们从你头顶飞过，或是站在树枝上跟你默默对视，此时的鸟巢，俨然就是你的生活之一。但现在，当一个鸟巢暴露出来，鸟们已经迁徙而去，时间与心灵早已斑驳不堪；一个挂在枝头的鸟巢，仿佛被人世所抛弃似的，远远的，只一凝眸，就有一份沉沉的牵挂浮上来——但究竟牵挂什么呢？你其实也不太清楚，只是一缕细柔的情愫，顷刻间就如水漫洇了。

不过,我始终相信一个暴露的鸟巢,就像秋风一样,必定是有其寓意的。作为秋风中唯一呈现的事物,它一定不是偶然的——很多时候我甚至怀疑它还是某种神祇,昭告时间也启示心灵。它静静地挂在那里,四周一片空寂,生命全是消瘦与落寞的底色。它在那里,甚至极有可能还有了拯救的属性——在被秋风挟裹的大地上,在众生纷纷隐遁之时,一个暴露的鸟巢,就像一缕若隐若现的光,在坚持和留守的背后,擦亮某一隅天空。

记得我的祖父就喜欢一个人坐在老屋前的石礅上仰望某个暴露的鸟巢。老屋已经很老了,石墙上已经长出了一簇簇的青草,屋檐下淡黄的水渍,在墙壁上流了一地;那扇柴门,亦是容光向晚,岁月不居,一脸沧桑,低头抬头之间,尽是不忍目睹的颜色;石礅也已经很老了,至少也历经了百年的岁月,雕刻石礅的那个人,早已消失在风中;石刻的花纹,已经被石头重新淹没,人世的真相却如丝如缕地从那一层掩蔽中呈现出来,一点一滴地酝酿着岁月的荒寂与渺远;我的祖父也已经很老了,一双眼睛空荡荡的,几十年的人世烟云,此时都聚拢为对某个暴露的鸟巢的一望——我相信我的祖父一定是孤独并忧郁的,一个暴露的鸟巢,在空落落的背景里,就像一个人的一生,到最后,一切都远走了,剩下的,最多是某种顾影自怜的回望。

我还相信在祖父的晚年,他所有的心事一定都是连着某个暴露的鸟巢的。这时候,子女们都已离开老屋另寻生活去了,尤其是他的两个儿子,亦即我的父亲与二叔,早已因为家事而反目并注定永成陌路;而他的老伴——我的祖母早已离世,只剩下他一个人,在一间空空的老屋下敷衍时日。那时候,他就这样一个人坐着,茫然地坐着;不说话,只是一边不断地仰着头,一边任嘴巴将烟斗里的一袋旱烟咂得生生地响。也因为他的沉默,又因为我对于他的畏怯,所以始终无从过问他的内心;我只是猜测,当祖父一个人坐在石礅上仰望鸟巢时,一个鸟巢的前世今生,在秋风中明明灭灭的瞬间,那些破碎的、或成堆漫过眼前的往事,或许就是他内心的真实写照了?

从祖父起,多年来我一直想:一个暴露的鸟巢,它总是具备了人世的深度的;它就像某个深刻的隐喻,在它那里,时间与心灵都已经抵达了某个临界点,就像神祇发出的最后的声音——那么幽渺,却又那么真切;那么心碎,却又那么充满诱惑……就像一个迷离的梦境,引你陷入,并让你在自己的世界里不知所终。

那么，我一直看见的那个暴露的鸟巢，它是否就是祖父留在这个尘世的最后的那双眼睛呢？——关于鸟巢，关于祖父，他们是不是早有合谋，要让我在经年的回眸里去想起并深深地理解某个词语所蕴藏的全部苍凉？

2.旧照片

多年后我总会仔细地端详某张旧照片，并在那里无语凝噎。

一张旧照片，在我看来，它无疑就是怀旧的一件衣衫。往事一旦落在照片上，岁月似乎就老去了一截，一直到最后，整个人就深陷了下去，时间与心灵均是持续下坠的过程。

一张旧照片，或许是多年前，当你还是个不谙世事的孩子时，母亲有意无意地为你拍下的某个瞬间；也或许是在后来，你为你自己留下的一份得失；再或者是有一天，当你突然发现父母老了，就为他们记录下这转瞬即逝的容颜……一张旧照片的诞生，弥漫的其实都是生死的情愫。

我一直珍藏着这样一张旧照片：照片是黑白的，姐姐跟我、弟弟还有大妹四个半大孩子站成一排，手拉着手(那时我最小的妹妹还没有出生，要不在照片的某一端，也该还有她的身影)，一个个虽然蓬头垢面，穿得也极为简单和破烂，却都笑得灿烂无比，照片的背景是我们家的老房子：一隅茅草和一扇低矮的木门……这是母亲在某年请某个走乡串寨的摄影师拍下的，这张照片先是放在我们家那块木质的相框里，后来我将它取了出来，不论走到哪里都随身携带。有空的时候，还会把它拿出来，仔细端详一番，每一次都会想起儿时一家人相携相依的生活，想起如今各散四方的兄弟姐妹，还想起母亲留在一张照片上的心思以及她垂垂老去的时光，以及无法停留的人事，每一次都忍不住唏嘘。

尤其值得一提的是，这同时也是我们儿时唯一的一张照片。在这张照片之前与之后，母亲从未给我们拍过照，不是她不想拍，实在是经济条件不允许(当然也或许是对照片的不在意)。不独母亲这样，在很多岁月里，一张照片对村人而言均是很奢侈的一件事，很多村人终其一生都没有留下任何一张照片。譬如我的祖父祖母，还有外祖母，在他们逝去之后，每次想再看看他们的模样时，均只能靠想象，每一扇记忆之门都模糊不堪——那时候我就想，一张旧照片的缺失，都深烙上岁月的疼痛，时间与心灵在这里均是一些忧伤的说辞。

我至今仔细珍藏的还有另一张旧照片，照片是嵌在身份证上的，他是我的姨父。姨父跟我很要好，他生前，每遇困难时，必定都要找我，一直到他临去世之前，更是将我视为唯一可以托付后事的人。姨父去世的那个月，他的妻子和大儿子因为出车祸一起死亡，留下三个孙子，最大的仅仅六岁；那时候，姨父已经身患癌症卧床不起；在勉强支撑着把丧事办完后，终于再也支持不住，不几天就跟着妻儿谢世了。而最让我难忘的是，姨父在头天晚上就已经说不出话了，但一直未断气，其间他的很多至亲呼唤他，他始终没有任何反应。一直到第二天早上我赶到时，当我对着他说出我的名字时，他竟然一下子发出了声音，并挣扎着想要坐起来——他分明是想跟我说什么，但他终于无法说话了，就这样强撑了几个小时，带着一句没有说出的话离开了人世。

很多时候，我都会静静地看着身份证上的姨父，总想着一个人最后的遗憾、无奈与绝望；我想，那一份情愫，对一个弥留之际的人而言，胜似风霜刀剑，一点点切割的，全是身陷陌路的疼痛；我还想，从一张旧照片起，这种疼痛还将无限蔓延，它让另一个人懂得，时间与心灵的疼痛，必定是摧毁性的，所有的事情，较之而言，都将显得微不足道。

大约是某个雪夜，闲着无事时，我还无意中翻出了一张旧照片：照片已经褪色，一片潮湿，就像落在纸上的模糊的点点泪痕；照片的主角，一个跟我一起从小长大的某个朋友，早在十年前因为车祸死亡了；而拍下照片的另一个朋友，也早已因病逝去。端详它的时候，我长久说不出一句话，总觉得大雪覆盖之下，一片苍茫空寂之中，时间与心灵均是被挟裹的窒息；而更让我感慨的是，当我有一天很郑重地想将这张照片送给他的妻子时，她却没有表现出热情，虽没拒绝，却轻描淡写的不了了之了。我无从知道她放弃收藏一张旧照片的理由，但事件本身让我觉得无限惘然，总觉得在时间与心灵之下，一个人的情感世界，永远是最复杂难解的事物。

而我似乎也懂得，一张旧照片，当它切入你的世界，你仿佛就嗅到了岁月的遥远与荒芜；在那里，你看到了一条多年前的小径，往事似风吹拂似水弥漫；只是早已杂草丛生，苔痕遍布，就像时间与心灵，在斑驳的印象里一片狼藉，并终于无法辨认了。赫拉克利特说，“人不可能两次踏进同一条河流”，每个人的河流，永远只属于自己，它就流淌在那无法复制的时光里。

3.手艺人的时光

多年后，他们总会自逝去的时光里一次次跳出来，一次次拍着我的肩头，并轻轻地“喂”一声，不用说话，我早已经泪流满面。

他们都是从前乡村的手艺人，有的业已故去多年，有的尚在人世，不过都已老去。他们从前的影子，常常会在某个时刻，在我不经意时，趁我不设防时，就像梦一样袭击了我；他们在我的梦里，就像时光与心灵的某个侧影，暗喻某些秘密的路途。

从前的乡村，手艺人是被人们所敬仰着的，一句“天干饿不死手艺人”的说辞，近乎箴言，被世代相传。几乎每一个村人，从懂事开始，就渴盼着做一个手艺人；几乎每一个村人，都不同程度地做过关于手艺人的梦——但实际的情形是，或许因为天赋，也或许因为各自家庭经济等条件的限制，并不是每个村人都能成为手艺人的，对更多的村人而言，手艺人大多只是一个梦，留在日子之上供自己遐想；只有少数几个，经过一番投入与磨练，有幸成了手艺人，也有幸成了乡村敬仰的对象。

这种梦，在我的堂祖母那里尤其明晰。

堂祖母生有两个儿子。等不到儿子们真正成年，就变卖家产，让他们分别拜了石匠与木匠为师。在两个儿子学成后的很多年月，堂祖母内心的荣耀达到了极致——无论在她自己还是村人看来，一个“石木二匠”都囊括了的家庭，意味着人人都渴望的门楣的振兴，烟火的鼎盛。

这样的荣耀一直持续到堂祖母离世，一直到她离世，时光的格局依然停留在从前的日子里，对乡村手艺人的敬仰依旧没有消减。我想堂祖母一定是幸福的，在她的生命里，并没有经历过时光的嬗变，一切都是平静的，一切都是照旧的，时间与心灵的深处，是现世的安稳和静好的岁月。

村里的一个铁匠，却没有堂祖母这般幸运。就在他抛却一切、费尽心思将毕生所学全部传授给儿子时，生活却已经发生了变化——从前乡村手艺人的辉煌，已经急转直下，几乎是转眼之间，打工的潮流就挟裹并覆盖了一切，一切手艺的收入，都已经不及打工所带来的实惠；于是乎，就像明日黄花、美人迟暮，一切的手艺，都纷纷凋落了。

这时候，不单铁匠是落寞的，其实我也是落寞的。我的幼年时代，大多的时间均是在铁匠铺度过的。那时候的日子清闲而又悠长，为了有效地打发时间，我总是跟着很多人一起聚集到铁匠铺消磨时日。通常一边是铁匠叮叮当当地敲打着他的铁具，一边是一大帮闲人，围坐在铁匠铺的一角，在一副纸牌或一张棋盘上不断厮杀；到最后，打铁的、消闲的成了一个整体，如果偶尔缺了谁，剩下的一方就会觉得少了些什么，心里还会生出莫名的失落与牵挂。所以我总是想，在消失的铁匠铺之后，我们所为之落寞的，并不仅仅是一份经济上的得失，或许还有一份不复再来的质朴亲切的时光让人悼挽？

不过，在从前的乡村，真正让我向往的手艺，并不是以上这些。我最向往的，是像大祖父一样的手艺人。大祖父是村里唯一进过私塾并学有所成的人，每逢春节，几乎每家每户都要请他前去书写春联。印象中，我最爱看的就是大祖父先是挽起袖口，然后深吸一口气，最后悬腕提笔，再看下去就见他笔走龙蛇，直到一副春联尘埃落定，他则双目凝神，犹如一个禅定的老僧，少顷，微笑如花朵般在他苍老的脸上荡漾……我一直以为在所有的乡村手艺人中，唯有大祖父是最潇洒也最值得羡慕的；后来，我果真学起了大祖父的手艺，在乡村教书的几年里，还像大祖父一样为村人写起了春联……

只是让我预料不到的是，跟其他手艺一样，大祖父跟我的手艺，很快也式微了。如今的乡村，早已不在意一副春联的位置，有继续贴春联的，大多也仅是胡乱地在街上买下千人一面的印刷体，其间的深意与韵味，早已变成一种枯燥的敷衍和应付。时间与心灵行走至此，就像经冬的一池死水，早已没了涟漪，即使春风，也掀不起丝毫的微澜了。

多年前读歌德的《浮士德》，就记住了这几句："假如我对某一瞬间说/请停住，你真美丽/你就可以将我套上枷锁/那时我情愿将自己毁灭……"我一直将此视为对美的义无反顾的某种殉情；多年之后，面对消失的乡村手艺人，我又一次想起这几句，并不止一次猜想："是否会有某个人，也企望某一瞬美丽的停留并甘愿为之埋葬自己呢？"

答案肯定是不确定的；就像时间与心灵，永远都是一个秘密。

春天的暗示

1.风　语

我觉得只剩下风了——有点夸张，却是事实。风是空的，村子更是空的，包括一间房子。没人住的房子，一间间面目苍老，枯发丛生，经年的气息一览无余。风过处，无遮无拦，风一溜烟就没了。我想风一定是沮丧的。失去依傍，生命就少了光焰，温暖向来都努力挂靠心灵。

风吹过池塘，水上应该有几朵荷的，至少要有去秋的几根枯枝，漾出几缕春容。再或者有一两只鹅，浮在树荫下，伸出一对红掌，诱惑春色。但这些都没有。池塘静悄悄的，水也愣在那里，面目凝滞，陈旧如昨夜的肌肤。

关于风，我认为这个春天，比以往任何时候都落寞。风独自在村里乱窜，找不到方向。先前，我固执地认为，风是借着炊烟走路的。炊烟是风嵌在村里的指南针。曾经很多年，我从外面归来，循着炊烟，才找到回家的路。但现在，炊烟已随村人离去——风或许也成了迷路的孩子？

风中很少有人了，包括喜欢跑在风里的孩子。母亲说，只要稍稍有点劳力的，都外出打工了。我想，他们会知风的寂寞么？一缕风，是否也会让他们寻到回家的路？——这样想，便发现有一丝忧伤，不易察觉的忧伤，在骨头里若明若暗。再细看时，荒草覆路，道途空落，旧年的一只鞋印，在河滩上零落如梦。没人点缀的风，实在不像风的样子——你甚至看不见它的一个眼神，它就隐没了。它的心事，混沌，不着边际，在另一个人的身上扑朔迷离。

不过，春天还是有了踪影。草木们一点点葱茏起来，阳光清水般干净，蜜蜂与花朵，还有蝴蝶，正欲现身。一只布谷，从山野深处，唱出了第一个音符——有些慵懒、陈旧，却也张开难得的亮色。蚂蚁成群结队，向春天的腹地迈进。只是，它们不知道村子已成为孤岛，时光是陈旧的道具。人与物，甚至人与人，总是隔膜的。两种不同的内心，彼此疏离的世界。

风从树梢吹过，吹过枝丫间的鸟巢。鸟巢仅有一个，有些突兀，像一块涂上去的补丁或疮疤，它可能是乌鸦的，可能是喜鹊的，也可能是其他鸟类的，但一定是去年的。至于鸟们今年还来不来，则是一个问号。问号悬挂在村子上空，像一声幽叹，也像某种凭吊，或者期待——它有点不确定，就像此时的村子，面对离去的村人，无奈之下，是爬满内心的惶惑。

风从我的指间吹过——时光分明已在此蛰居多年。我要说，当风在指间滑落，我就发觉自己一直没离开过风。我是风中长大的孩子，风喂养了我的骨头与灵魂。很多年，我迎着风走遍了村子的每寸土地，我能叫出所有植物和鸟雀的名字。闭上眼睛，我也知道哪里有一块石头、一处水洼，哪里有一棵树，哪里长满荆棘与藤蔓，哪里有八月最熟最甜的地瓜，哪里有少见的野鸡和野兔出没。尤其是，很多次，我都在风中拾到一支笔。母亲觉得这一事件充满巫味，她固执地认为，能拾到笔的孩子，一定是幸运的孩子。母亲笃信，我这一生，一定会借助一支笔存活。这个细节，像某种祝福，多年来一直被我的身体珍藏。

终于正式说到我的母亲了。我承认，回到村子的刹那，我就觉得母亲和风密不可分了。像一幅幽暗曲折的画——母亲一个人坐在石阶上，风吹起她斑白的鬓发，目光空洞，像一张陈年的白纸，铺开看不见的心事。母亲一定有心事的。这么多年，一个人守着老去的屋子，一个人看风一点点吹动檐下的蛛网，心也一点点沉陷，时光会是怎样的事物呢？——我深信，即使穷尽一生，母亲也不一定懂得其间的寓意。风呈给她的，最多是一张老照片，那些霉绿的陈香，抬头或低眉之际，如水弥漫，如此而已。

时光终究是一个秘密——关于风，我想，它更像母亲身上的某个胎记。

2.荒草记

最先想起的，竟然是《诗经》中的两句："野有蔓草，零露漙兮；有美一人，清扬婉兮。"只不过，那时的景象极富生机。蔓草往上，有女子美目顾盼，爱情一脸灿烂。不像现在，一地苍黄，除了荒草，只有荒草。

现在，我也站在村子的野外，时间是多年后的春天。按往年的惯例，这片野地，早已是油菜花端上的盛宴。一朵朵的黄花，铺天盖地，阳光涂上一层金属的颜色，暖意像水墨画上的洇迹，流淌在所有的方向。但它已经留给记忆或想象了。作为逝去的事物，在蔓草间，它更像引人忧郁的媒介。

看得出，土地已被遗弃多时。簇生的荒草，应该是去年，或者前年，甚至更早就迁徙而来了。一簇簇的，净是些经历时间的面目；一簇簇的，侵入每一寸土地，包括道路；一簇簇的，在春天和村子的视线里，像一些陈年旧事，神态漂浮。

关于草，现在说起它，我竟恍惚不已。从《诗经》起，经唐诗宋词，到我自己，一路走来，草一直像时间设置的某个隐喻——很多年，我觉得草就长在人们的身体里，一簇簇的草，缠绕着欢愉或悲伤。比如："离离原上草，一岁一枯荣"，在这里，草是永不凋谢的生命之喻；又如："朱雀桥边野草花，乌衣巷口夕阳斜"，草在这里，是人世代谢的沧桑；再如最动情的这句："细雨湿流光，芳草年年与恨长"，流年之下，芳草与离恨齐飞，别梦共惆怅一色。人世与草的纠缠，太多太碎，不容细举。总之，草更像时间的场，草长在哪里，哪里就有了生命的气息。

只不过，现在，那气息，已归于沉寂。

很多年，我也是随草而生的。在村里，草是我最为亲近的植物。我勉强能背动箩筐时，就学会了与草对话。我每天都要割草，以喂养用来耕地的老牛。那时，老牛是被父亲捧在掌上的，容不得质疑和背叛。所以从春到冬，草几乎是我四季的旅程。比之于一头牛和一簇草，我的生命薄如一张纸，我就像身陷其中的奴隶，不能自拔。有一年夏天，我在草地上遇到一个中年男人，他用鄙夷和鼓励的口吻对我说："草算什么东西？你要走到山外去。"然后他快速离去，留下一个决然的转身，连同漫天飞舞的蜻蜓，从此挂在我眼里。我始终不知道他是谁，但这句掷地有声的话一直让我心烦意乱。导致后来很多次，我都梦想走出一片草地，一直走到草和牛看不见的地方……这很像个梦境，它自始至终让我在精神的梦游中，一次次慰藉挟裹自身的现实，安抚躁动的肉体与灵魂。

时间本身就是一句偈语。多年后，当我真的从山外归来，中年男人的声音仿佛某种预言，在一地荒草间响彻村野。我不得不接受一个现实：草们走到这里，已是末路。不单我遗弃了它们，村人也遗弃了它们。一条末路，或许就是心与情的尽头？这让我不由得想起了阮籍。据说他喝醉后，喜欢在末路上痛哭。现在，我惊异地发现，那一声痛哭，就像废墟中的罂粟，绚丽之下，毒汁射向春天的心脏。

荒草之侧，有流水之声，却不见流水的身子。不知名的草，纷繁芜杂，相互渗透，从两岸汹涌而下，一直覆到水面上，像一张人世的网，遮蔽了一个清晰的世界。此岸到彼岸，石桥早已不见，对岸已在回首和遥望中。一只点水雀，固执地在水上留守，企图寻觅过去的点点碧波，只不知，面对从前，它是否也如我一般怅然？

荒草中央，耸立起一座烟囱。炼焦炭的烟囱，高耸入云，宛若悬空的利剑。煤烟肆虐，空中盛开着朵朵黑色的蘑菇。烟囱立在那里，高傲，不可一世，像一个入侵者，也像某种昭告。君临天下的气势，压向村子。荒草一路匍匐，湿风细雨飘过，呜咽遍耳……

关于荒草，至此我才明白，它一直以逃亡的姿势，让春天窥到了时间的方向。

3.门

摄影大师比尔·布兰德有一幅关于门的作品：一个层次纵深的房间，房间里一扇微微开启的门，占据了几乎从左到右的全部画面。最右边开出一条缝，里面一片暗黑，从中探出一个中年男人的大半张脸，一双忧郁的眼睛向外看着，门内门外，瞬间变得诡秘无比。

这是一次艺术与现实的变形与失重，它定格了比尔·布兰德内心的某种秩序。

多年后我想的则是，一扇门，在春天，会处于怎样的位置呢？

在春天，一扇门静静地立在那里。门是木门，上了年纪，没有漆色，或许先前有的，只是已被时间洗去。时间的一大喜好，就是一次次跟每一张脸较劲。脸是时间最持久的敌人。在春天，一扇门的脸庞，显然是一种呈现，默不作声中，我却听到内心的某种汹涌。

门是紧闭着的，门上还挂了一把铁锁。门的两侧，隐约可见往年贴上去的对联，在纸张的残片间，富贵平安的字样依稀可辨，一份愿望露出时间的本来面目。只是，这个春天，它分明是陌生的——在人去门关的时候，一份愿望，怕也像一张脸，不复先前的心情了？

石阶之下，野草争相从暗绿的青苔上涌出。檐上的雨滴，固定地垂落在某块石头上，像一根扯不断的直线。石头悄然凹下去，一个浅浅的斛凸出来。水滴石穿的隐喻，混在野草和青苔之间，仿佛混乱的不同的旅程，一起丈量一扇门与春天的距离。

门前的樱桃树，已露出一层绒绒的细白。不远的小山岗上，九米光黄色的花朵一路蔓延。鸟逐渐多了起来。虽然空中总是落着一层湿湿的雨丝，看得出，春天还是有些按捺不住了。只是不知道，一扇门，它在春天，是否也有波澜涌动呢？

我突然就有些怅惘了。

我知道，多年来，我一直在想着这样的一扇门。

很多年，我总爱推开一扇暗红色的木门。木门很苍老，仿佛水洗过似的，细密清晰的纹理丝毫没有隐藏。只不过，那时我并没有触摸到藏在其间的奥秘，并不知那是时间的另一种阅读。时间对我而言，一直显得遥远，它最多是来自身体的某种提醒，但转瞬之间，又不自觉地消失殆尽。

木门内住着我的祖父，还有祖母。到我有记忆时，他们似乎就很苍老了。他们一生没有照片，我不曾见过他们年轻时的样子，以至于我始终认为，从出生起，他们一直就这样了——面皮皲裂，目光呆滞，两鬓带霜，说话一声比一声慢，时间显得拖沓而又漫长。这样的感觉持续了很多年。一直到他们相继谢世，我才惊觉一扇门的短暂和脆弱。

再后来，门后又是我的父母了。这不得不再次涉及时间。很多时候，我甚至认为，一扇门，它其实就是时间的全部现场。当我们推开一扇门，再推开一扇门，又推开另一扇门时，时间不经意地就已原形毕露——它像一个陷阱，在不设防中，你就坠落其间，成为又一个猎物。

父母至今在村里，守着一扇门过活。门也很老了，每天，他们推开一扇门，或者关上一扇门，时间就静静地关闭或开启了。对他们而言，关闭或开启，从本质上说，都在接近同一件事物。每次回来，我都惧怕推开或关上那扇门。我知道，每重复一次这样的动作，时光就向屋檐下的蛛网靠近一步——结网的过程，其实就是时间消失的过程。我知道我在担心什么。那是一种愿望，更是一种无奈。

不过，关于门，在这个春天，它分明已超出了一个人的范畴。事实是，当春天一步步向深处走去时，村人纷纷离去，留下一扇又一扇的门，众多的门，一起紧紧关闭。除了偶尔的一只鸟雀外，再没有任何一个人，愿意站立其后窥视。一扇门的意义已经面无表情，心若死灰。

我想门一定是遭遇意外了，关于门的隐喻，一定被时间所颠覆了。这样的结局，或许早就在比尔·布兰德的视觉中开始了。在他那里，来自时间的启示，艺术与现实绽开的两极，早已暗示了一扇门的宿命。

它比任何的内心，都要丰富和离奇得多。

4.桃之夭夭

一棵树，一棵开花的桃树，它应该长在什么地方呢？

我想，应该有潺潺而下的流水，流水清澈安静，就像一句挂在石壁上的情诗，历经千年；流水之上，应该有阳光和湛蓝的云朵，还要有翔集于此的各色鸟类，宛若镶嵌其上的明眸；更主要的还要有一女子，这女子必定面若桃花，其华灼灼；女子一定唱着一首古老的歌谣，歌谣必定与爱情有关，她和那首歌，就住在一朵桃花的心窝上。

这可能是一种想象，或索性就是受了《诗经》的启发，在《诗经》里，就有“桃之夭夭，灼灼其华”的关于桃树的描述。一棵桃树的烙印，毕竟由来已久。

不过，我所看见的这棵桃树，这棵开花的桃树，早已不是《诗经》里的那棵了。在时间之下，它如今已面目全非。它独自待在那里，四周挤满了厂房。我猜想先前一定是有很多树的，只是其他树后来被砍了，只留下了它，它待在那里，或许还时时想起先前的热闹？厂房是临时搭起来的，简易而杂乱，因为要抢占地盘的，才会有这种慌乱与无序。“抢占”是个很不雅的词，但如今这个寸土寸金的小城，四处都是它的身影。厂房是制水泥砖的，水泥的尘屑借助风的翅膀四处飞扬；残碎的石片和胶纸塞满了桃树的根部，不见一丝泥土，野草也深隐其下；更有那机器的声音、车子喇叭的声音罩在头上、穿过身子，仿佛一块布满皱褶的布，上面是狼藉不堪的画面。

花朵却是灼灼生辉的，一朵朵的红，还像先前一样紧贴枝头，向着春光执着地绽放；一朵朵的红，像是一些青春的眉眼，虽然尘埃紧逼，并不为之失色。初见之下，总让人想起生命的一份坚持与坚毅。稍后又觉得这样理解有些肤浅了。其实不论何种坚持与坚毅，均是来自内心的安静，安静是一剂清凉剂，它能慰藉所有的灵魂。只可惜很多人，并不能窥破其间的秘密。

不过，只剩下一棵树，终究是寂寞的；对最后的留守者而言，安静更像一抹深沉的颜色，或者一曲凉如暗夜的音乐，让我们的内心更加孤独。事实上，这个春天，在一棵树以及一树桃花的身上，春风和阳光分明已是往年的事；流水与鸟类，也躲在一首古老的情诗背后——这是否就是所谓的沦落呢？这样想，便有了几分凄惶——为一棵树，以及某种时间与精神的遗失。

至此，我终于发现，关于一棵桃树，一棵开花的桃树，它一定是住进了我的身体，就像从前的某个故人，让我不止一次地怀想那些熟稔并亲切的时光。

5.灯心草

太阳像一团微温的光，从房顶的西南方斜斜落下，铺散在春天午后的菜地上。地里去年种的油菜，现在开着黄而细碎的花朵；各色的野草也在那光焰的脊背上懒懒地伸着身子——实际上是有点迫不急待；一只白蝴蝶从菜花上经过，我记得那是它去年留下的路；风则像个迷途者，四处乱窜，秩序有些纷乱——众生共舞的瞬间，视觉充满了耀眼的障碍。

就在杂草间，我意外地看见了一棵灯心草。它细细的、柔柔的，夹在众草之间，显出几分卑微的羞怯。风吹过，它在那里微微起伏，像扬着什么手势，又像在暗示什么。我忍不住一惊。但一棵草会有什么可惊奇的呢？不见灯心草，已有多年。多年前，在我生活过的那个乡村，灯心草总是聚族而生的，在村野的某个角落，一不小心，你就看见了它们——不论是向着太阳还是风，它们无一例外地都安静无比，就像一群默默列队的神祇，凝眸天堂。

在我的乡村，灯心草虽然普遍，却并不是普通的草。据说它能通神避邪，只要是认为小孩丢了魂魄的，就要用它缠住小孩的身子，然后开始一种名叫“喊魂”的仪式。而“喊魂”必定选在某个夜晚，地点则是认为小孩魂魄丢失的某处荒野，也一定有一轮光光的月亮，远山一片岑寂，间或还有长长短短的蛐蛐声，再加上那有几分凄切的喊叫声，这样的场景制造出一种苍凉如水的旋律，很多年一直弥漫在你的心上；而一棵灯心草，也必定以其神秘的面目，让你回想经年。

无独有偶，后来在但丁的《神曲》里，竟然读到与此相似的场景：在一片黑暗的森林之中，当罪恶的花朵遍地丛生时，一棵灯心草却纤尘不染，茕茕独立；在那里，我还知道，从地狱往天堂上升的灵魂，都要用它做成一根围腰的带子；众花堕落之际，一棵灯心草，照亮了一条路……

一棵灯心草，或许就是从一卷古诗里流落到民间的神祇？在温暖众生的路上，一棵灯心草，分明被赋予了不同寻常的意义。

这样想，忍不住又看了看那棵灯心草——它还在那里，它始终微微起伏，却一脸安静，它显然并不知道发生在我身上的所有思想；而我，在杂草中，在风的叶脉上，也始终无法窥见它的心事。至于那些花朵、蝴蝶和阳光，我想，它们更像是诗歌有意制造的一种遮蔽。

只是有一点可以确定，似乎有一种尘封已久的温暖，正爬满通往我内心的每一条道路。

时间的旧址

1.亡魂的节日

村里的孩子,在略略知晓人事后,父母就要对其说起关于祭奠先祖的事。死去的先祖们在村人眼里,除了血脉亲情外,更是一种情感图腾。几乎每个父母都要对自己的孩子说:“一定要记住先祖,一定要懂得孝道。”

所以在村里,亡魂的节日甚至超过了活人的节日。通常是,在艰辛生活的背后,活人的节日可以马虎甚至忽略。但对于亡魂的节日,却一定要认真对待。许多年来,这已经成了村庄风俗的一种约定俗成。就像对待泥土与庄稼一样,其间的虔诚,一直让我无法释怀。

在村里,一年之中,亡魂们一共要过三个节日。一个是正月十五亮灯,一个是三月清明挂纸,一个是七月半烧包。这些节日,就像村人们必须经历的某种时序,必须完成的某种耕作,使村庄的时间充满了奇诡迷离的色彩。

每年正月十五晚上,每户人家都会准备好一盏盏的煤油灯,用白纸糊成灯笼罩着,把它们送到先祖们的坟上。也有偶尔的几家,因为有钱,索性买来蜡烛,并且还买来烟花炮竹之类,在先祖们的坟上燃放。那些夜晚,在村庄的山野间,那些明亮不一的灯盏,星星点点,漫山遍野,仿佛夜晚盛开的花朵,极为美丽。如今想来,那种景致的诱惑性依然存在。不过,那时在我内心涌起的,更多的是一种对于生的惶惑,对于死的敬畏。那时候,母亲除了让我们把灯盏送到先祖们的坟上外,还要在堂屋的神龛上点燃两盏长明灯。母亲总是说:“大年三十夜的火,正月十五晚上的灯。”在母亲的世界里,大年三十夜的火,正月十五晚上的灯,总是对应着我们生命的某种刻度。我虽然没有问过这其间的寓意,但从母亲的虔诚里已约略地懂得,——也许,这里面蕴藏着关于生与死的祈福,还有善良质朴的祝愿。

至于清明，按照村人们的说法，倒不是有关那个介之推与晋文公的传说。晋文公在清明祭奠介之推的传说，是写在纸上的历史(或许亦属于野史)，跟村庄隔了很远的距离。按照村人们的说法，是因为清明多雨，担心死去的先祖们在山野里被雨淋湿，所以必须给他们送蓑衣和篾帽去。我第一次听爷爷这样说起的时候，竟然激动得热泪盈眶。这一份充满人世烟火味的怀念，让我初步懂得了敬重长辈的道理。所以当我随着爷爷的指点，在那些远年的坟墓间，知道了谁是曾祖，谁是曾祖母，谁是二曾祖，以及更远的某某先祖时，我就已被深深地打动。而当我跟爷爷一起，把当作蓑衣和篾帽的柳条和白纸挂在他们的坟上，似乎看到了来自血脉温情的接力。特别是多年之后，当我带着女儿，也在清明来到爷爷的坟墓上时，对于血脉温情的怀想，竟让我无语凝噎。

实际上，在亡魂的节日中，最隆重的还要算七月半。七月半并不仅仅是一天的时间，而是从七月初一开始，直到月半。那些时候，从七月初一的早晨开始，村里每户人家就要取出去年收藏好的祖宗牌，把八仙桌移到堂屋左边的墙壁下，然后把祖宗牌挂上去，桌子上摆上香烛和水果一类的祭品。意即从这天早上就把所有死去的先祖接回家来，日日供奉，直到月半的晚上，把买来的黄纸用白纸封了，再分别写上各个先祖的名字，然后火化，意即送钱给他们，俗称“烧包”。当所有包烧完后，再把祖宗牌取下来，然后再次搁好，一年一度的月半才宣告结束。时间之长，费时最多的月半，一直被村人视为亡魂盛大的节日。它甚至像人间抑或传说中冥界的盛典——奶奶就曾经认真地告诉我，说在月半晚上，只要蹲在桥下，就能听到亡魂们返回山野的声音，那些隐隐约约的嘚嘚马蹄声，就是先祖们在月半之夜热热闹闹的证明……我倒不曾印证过奶奶所说的真假。但一个毋庸置疑的事实是，月半烧包的风俗就这样一代又一代在村庄传承了下来。一代又一代，月半复月半，村庄的时间就在这黄纸飘飞与青烟缭绕中绵延下来，村庄的历史，就因为这一别异的色彩打上了自己的烙印。

我想我一定不知道该说些什么。我又能说些什么呢？说它愚昧？说它落后？我想这些都不准确。只是一直隐隐地觉得，当我从村庄亡魂的节日中抽身出来，仿佛看见一些来自血脉的温情和暖意，像一条绵延不断的河流，在质朴的时光中生生不息地流淌……

2.水碾房的寓言

水碾房位于村庄的东面。水碾房过去,就是其他村的地段了。

水碾房旁边,是经年不息的坝口河。河水流到水碾房,就被参差错落的河床切割成一层层的瀑布,水势湍急有力。村民们因地制宜在这里开设了水碾房。听爷爷说,曾经很长的年月,村里每户人家的大米都是在这里碾出的。那时常年管理水碾房的是一罗姓人家,其妻年轻美貌,生就一副好嗓子。因为她的歌声,水碾房成了村里最热闹的处所。村里的许多人,正是在水碾房的歌声中不断长大,然后衰老,然后死去。我无缘知道那个歌者的名字,更无缘听到她宛转悠扬的歌声,甚至无缘目睹有关水碾房的丁点热闹。这让我很是遗憾。实际的情形是,当我能打量水碾房时,水碾房已不复存在。除了一截圆弧的石质磨盘和残破的墙壁外,先前的热闹早已湮没为废墟。而最让人为之唏嘘的,则是如今的水碾房,已成为村庄的墓地。密密麻麻的坟墓,使水碾房罩上了阴森冷凝的气息。

我不知道是否曾为水碾房的命运作过叹息。在它从尘世的热闹转为寂灭的过程中,我不知道是否想过时移代易的幻灭和沧桑。但有一点可以确定,在后来我所知道的水碾房的故事里,却寻到了一些仿佛寓言般的气息,仿佛窥到了村野生命的某种本质。很多年以来,这种气息一直安放在我的内心之上。

这种气息来于坟墓,也止于坟墓。在坟墓的内外,村野生命的一切,显得脆弱而且荒诞,就像坝口河边的一棵芦苇,随时会在风中折断,或者枯零。

在村里,我第一次亲眼目送一个姓罗的男人把肉身葬于水碾房。那时他大约三十多岁的样子。听说他原本不是村里人,只是因为家境贫寒,遂从另一个村子来到村里当了倒插门女婿。那时我还刚刚看到他端坐在我家的堂屋里跟父亲们一起喝酒吃饭。不承想几日后的某个深夜,突然传来他因病死亡的消息。后来我得知他当时患的是急性阑尾炎。如果当时把他送去医院,那他就不可能早早地走进水碾房。事实是,就在他剧烈的疼痛中,他妻子却认为是撞上了什么鬼怪,匆忙之间连夜请了阴阳先生前来为之赶鬼驱邪。赶鬼驱邪的宝剑还未停止舞动,他却已闭上了双眼。他的死亡,跟村里很多人的死亡如出一辙。这一直让我为之忧伤。在那些蒙昧落后的年月，许多无辜的生命，就这样匆匆地来，匆匆地去。他们甚至不曾知道自己真正的死因，就作别了尘世，成为水碾房的一缕孤魂。

我的堂二婶也是在三十岁上下就走进了水碾房，以一个乡村女人的青春做了村庄蒙昧时光的祭奠。我到今天也不知道她患的究竟是什么病，只记得她终日躺在床上，终日咳嗽，脸色苍白，及至最后骨瘦如柴。记得她总是从春天一直躺到冬天，又从冬天一直躺到春天。后来她死在冬月的某个早晨。她死的时候，一场罕见的大雪刚好覆盖了整个村庄。人们为此都说是上天的旨意。只是让我感到悲伤的是，在大爷爷看来，堂二婶一定是染上了某种不吉的东西，并一直耿耿于怀。就在把堂二婶送进水碾房后，大爷爷把她生前用过的一切衣物器具，包括娘家陪嫁的所有家具，一并焚毁，想借此躲避那不吉的邪气。这很是伤了堂二婶娘家人的心。堂二婶的娘家也是村里人。因为此事，堂二婶娘家差点就搬离了村庄。好在时间之尘终于覆盖了一切，曾经一切的忧伤，最终都以水碾房隆起的坟墓作为终结。在亡魂归来的瞬间，一切是非，已不再成为人们纠缠的话题。

现在的水碾房，因为远隔多年，我已无法知道都埋葬了哪些人。只是今年清明回村去，突然间觉得多出了许多陌生的坟墓。他们都是今年、去年、前年，或者更早的一些年月故去的人。他们从村里走过，最终都来到了水碾房。他们无一例外地都没有墓碑，他们的生卒，他们在村里一切的过往，都已风流云散。他们像一粒尘，最终落在了尘埃之外——他们像某种寓言，让我再次想起了人世代谢的荒芜与苍凉。

我想，这也许就是时间——我们灵魂的旧址。我们从哪里来，最终还要回到哪里去。只不过，当一切都谢幕后，我们在那里，淡定而又从容。一如宁静的水碾房。一如宁静的坟墓。

隐约的血脉

我现在想起了一本薄薄的家谱——几页薄薄的黄纸，年代也不久远，粗通文墨的大爷爷凭着一些零星的传说，用生硬的毛笔小楷竖排着记录下来。我想大爷爷一定是努力地把它装点成古色古香的——这种颜色和质地，最能见证一个家族的荣光与气势！然而，它毕竟是粗糙的，它简单而又琐碎，甚至还有许多不通顺的字词句。但就是这样的一本家谱，已足够让我反复端详并热血沸腾——一种寻找到生命最初出发地的激动，让我无限踏实并格外温暖。

在这本家谱里，我第一次找到了同样属于我们这一支的几句：李氏一世祖，祖籍南京应天府，系明太祖朱元璋调北征南时入黔。尽管除此外，再没有关于我们这一支的只言片语，但我仍然仿佛看见了那些隐约的血脉——关于先祖，那些透着体温的断裂的血脉，依然让我热泪盈眶。

而现在，我也终于确信，那些把血液不断延续直到我体内的先祖，他们的传递和接力，是那样的如梦依稀、遥不可及——一本缺失的家谱，只能让我，从爷爷奶奶的嘴里探寻那些血脉底下的艰难与混沌……

爷爷不懂文化，连自己的名字也不会写。听奶奶说，爷爷小的时候，因为有几亩薄地，家境不错，很小就入了私塾，读过的书远比大爷爷要多，可就是不学无术，除了背得部分《三字经》和《百家姓》外，整个私塾期间，就只是留下了把先生装进囤箩痛打的笑话……奶奶还说，爷爷玩劣的脾气，实际上与曾祖父的早逝有关。而我，正是从曾祖父的早逝里，开始寻觅李氏家族血脉延续的过程。

许多年后，我一直怀着虔诚的心情，对一场突如其来的秋雨心怀感恩。那时爷爷还不足两岁，脖子上生满了一种怪疮(没有人知道确切的病名)，在确认爷爷已经“死亡”后，曾祖父用一捆稻草，把爷爷裹上。就在他准备把爷爷抱往山上扔掉时，一场秋雨就如约而来。习惯了抽大烟的曾祖父不得不重新坐下来，说等雨停后再把爷爷扔掉。曾祖父没有想到，正是这场雨，让他留下了整个李氏家族唯一的血脉——奶奶对我说，就在雨快要停的一刻，爷爷的怪疮突然全部破裂，在脓水淌干后，爷爷重新发出了声音！而在爷爷奇迹般活过来的第二年，曾祖父却因病去世了，死时不满三十岁……我坐在一旁，听得心惊肉跳——我想着现在共计二十余口的家族，忍不住涌起一种死而复生的庆幸。

我一直弄不明白，为什么李氏血脉的延续，会是那样的细若游丝。当我在二曾祖父和三曾祖父的坟前跪下来，在隔年的遥远的祭拜里，那些血脉的温度，总让我想起生命的无常与无奈。

曾祖父共有弟兄三个。当他们都长大成人时，我的高祖，是满怀自豪和喜悦的——在传递血脉的过程里，他为这个家族做出了突出的贡献。三个儿子，让他看见了家族兴旺的希望。但让他想不到的是，三个儿子，竟然只留下了爷爷这唯一的血脉。曾祖早逝，二曾祖只留下一个女儿，三曾祖在一个叫六马的少数民族村寨被人下毒致死，以二十几岁的年龄和一个瘦小的坟堆成为家族永远的痛。我曾渴望窥视这一代先祖生活的场景，比如爷爷究竟跟谁生活长大的？比如我的二曾祖母，就是那个留下一个女儿的老人，为什么不见她的坟墓？比如……而我终究是困惑的，除了知道爷爷是跟二曾祖生活长大外，爷爷始终未曾告诉我有关这一代先祖的点滴信息。我不知道是因为他原本也只有一个模糊的影像，抑或是一些秘密让他无法启齿，只是后来，我无意间从村里一个杨姓老人的口中得知曾祖母与二曾祖母原来就是同一个人的真相。但我终究还是困惑的，我隐约记得，在二曾祖父女儿的家里，幼年的我曾见过她的母亲，也就是为我们李氏家族留下另一点血脉的女人。她究竟是什么时候来到李家又什么时候离开李家的？她与我的曾祖母之间，究竟有着怎样的关系？……我曾不止一次想要知道这些秘密，但我始终没有勇气问爷爷。或许在我的内心，也有着跟爷爷一样的心理——有一些秘密，原本是无法启齿的。

而我终于断定，这一代先祖的生活，是支离破碎的。我也终于明白，这样的家史，缺失一本古色古香的家谱，自然是情理中的事。我是沮丧的。一本缺失的家谱，从某种程度上提醒我——李氏家族的血脉，不单细若游丝，而且是卑微和贫贱的。特别是当我看到外祖父的家谱后，这种沮丧甚至变成了自卑。在外祖父的家谱里，有将军，有进士，还有皇帝亲自题字赐予的匾额——尽管这些在外祖父现在的家族里早已无从寻觅，但它依然让我羡慕无比……

我固执地不断抬起迷离的目光，企图在那些遥远的血脉里，找寻来自时间深处的一缕温情和暖意。

我再次想起了我的高祖。倒不是因为他为李氏家族血脉传递所做的贡献，而是因为他为李氏家族留下的生活依凭。事实是，那时候，他凭着自己的勤劳，跟着他父亲开垦出了现在村庄里的极大部分土地，使得李氏家族一直没有忍饥挨饿过——奶奶就不止一次自豪地对我说，这些土地，一直到爷爷二十多岁时，才被收归集体。而更让奶奶自豪的，则是曾祖母出殡时因为土地所带来的“风光”。奶奶说，那时候，很多人想租种我们家土地，所以竞相来帮忙，一口气把棺材送上了又高又陡的九头山上……毫无疑问，在一度让我自卑的隐约的血脉里，这唯一的“风光”让我感到了某种安慰。而当我企图寻找高祖的生平时，仅是从村里一个罗姓老人口中得知唯一的片断：在一个黄昏，我的高祖，赶着一匹驮着粮食的马归来。快到村口时，他一扬马鞭，一任马蹄飞驰而去。他自己则来到他开垦的地里，深情地注视。后来，有人中途拦住马并取走了粮食，我的高祖只是一笑了之。我知道，罗姓老人叙述这个场景的目的，是为了证实我高祖因为富裕对一袋粮食的不在乎。而我，透过满天的夕阳，却为能看见先祖们遥远的生活场景而温暖无比……

现在，我必须提到一座坟墓。在我即将要向上或向下追寻的血脉里，这座坟墓是一个转折，也是自李氏一世祖之后所能链接得上的一个环节。而从此往上，我只是从每年“七月半”祭祖时挂起的一块祖宗牌(我一直认为这祖宗牌就是我的家谱了)上得知，从一世祖到这座坟墓，李氏家族还经历了整整六代人，但那些先祖，除了一个个遥远模糊的名字，他们从哪里来，到哪里去，早已跟时间一起消隐了。他们不可知的生命轨迹，一次次让我感到这座坟墓的真实和一种寻找到血脉之根的慰藉。

这座坟墓，其实埋着两个人，就是我曾祖的父亲和大爷爷的曾祖父。他们是亲弟兄。直到现在，他们迁徙到这个村庄的故事，一直成为可以上溯的整个李氏家族史的开端。如同许多古老的故事一样——一个月黑风高的晚上，为了躲避仇人的追杀，弟兄二人千里迢迢来到这里，当看到这里地势平坦，土地肥沃，在最后回望一眼迢遥的家乡后，就在这里定居了下来。他们用自己的双手，把十里无人烟的荆棘之地，开垦成了良田好土……一个家族的血脉，从此在这块土地上延续下来。但让他们想不到的是，许多年后，就是为了这片土地，一个家族的两个支系，竟然把一脉相承演绎成了仇恨和杀伐……

这不得不又提到我曾祖的那一辈。在那一辈，曾祖和三曾祖早逝。憨厚老实的二曾祖并无争夺和扩张之心。但大爷爷的父亲，却打起了二曾祖的主意。在一次次精心策划之后，二曾祖的大部分土地归到了大爷爷父亲的名下。二曾祖也曾奋起理论过，但终究不是大爷爷父亲的对手。然而正是这些被强占的土地，在后来却帮了爷爷的忙，因为量少，爷爷只是被划成了“自耕农”的成分。大爷爷一家，却因土地众多被划成了“地主”——如果到此为止，我想一个家族的两个支系，大概不会发展成仇，及至覆水难收。但事实是，就在大爷爷一家被划成“地主”后，我的奶奶，为了所谓的“报复”，参与了对大爷爷一家惨烈的批斗……我不止一次为之觉得悲凉，在血脉延续的过程里，情与欲的纠缠，爱与恨的相煎，竟也不能幸免——在文明递进的路途上，这或许也是社会的某一幅缩影？

现在，我想该写写我的父辈了。父亲共有弟兄三人。要不是后来大爷爷的儿子——我的堂叔组织他的表兄弟们对我父亲和三叔殴打，我永远不会知道，我爷爷其实一共生下了五个儿子——在哀叹人手少敌不过大爷爷一家时，父亲就说，要是他死去的两个弟弟还在，那该多好！而当我问及两个叔叔为何死去时，我却涌起了另一种悲凉——奶奶说，其实他们患的也不是什么大病，只是因为忙做活路，没有给他们及时治疗……我倒不是为他们的死而痛苦（他们对我而言，只是一种模糊的符号，并无感情），我只是想，也许，在李氏家族血脉的延续中，对生命的漠视，或许正好反映了先祖们悲凉与艰难的生存况味……

最后，我想该沉重地叙述一下堂叔对父亲们“报复”的场景了——1991年的春节，就在我们一家像往常一样沉浸在浓浓的年味里准备辞旧迎新时，我们并不知道，一场蓄谋已久的暴力正向我们一点点逼近。当我们正准备祭祖时，有人慌慌张张来喊父亲（事后知道这个人也是对方事先设局特意派来的），说我的三叔被人打了。猝不及防的父亲在没有任何准备的情况下就往出事地点赶去，还未赶到地点，就被早已埋伏在路上的雨点般的棍棒打倒在地。我赶到现场时，只是看见了躺在地上的血肉模糊的父亲和三叔……我一直固执地相信，正是这幅场景，让我总有一种追寻血脉的冲动。

我总在想，血脉、仇恨甚至杀伐，它们之间的矛盾和顺理成章，是否一直在记录着人性的某种真实和悲哀？

这是否就是一本家谱——那些隐约的血脉，在隐约的时空里留给我们的启示？而我们，是否应该学会忘却，从而抓住生命中最温情的部分？——我想，这也许才是我们所要寻求的价值和意义。

乡村俗语

1.我们原本是吃灰尘长大的

“怕什么呢？我们原本是吃灰尘长大的。”在村里，每当人们从火塘里拿出烤熟了的食物，一边拍打着上面的灰尘一边总这样说。说者说得随意自然，听者也听得顺畅亲切。从没有谁怀疑过人们与灰尘间的距离。灰尘与生命，始终不离不弃，如影随形。

“怕什么呢？我们原本是吃灰尘长大的。”当人们这样说起时，并没有自轻自贱的意思。在村人看来，从生命诞生的那天起，就注定离不开灰尘，及至长大，直至最后死去，每一个生命从灰尘起，至灰尘终。灰尘成就了人们的一切。

“怕什么呢？我们原本是吃灰尘长大的。”说着这话时，人们显得是那样的安稳和踏实。对于灰尘，这种能有损健康的东西，人们的胃并不排斥它的进入。并不觉得这是有害的物质，相反总有一种舒坦贯穿其间。这样的细节甚至构成了村庄的日常，勾勒了村庄的生命常态。

“怕什么呢？我们原本是吃灰尘长大的。”在村里，在这样的俗语中，你看到的，几乎都是与灰尘紧密相连的村人。他们在灰尘中耕作，在灰尘中行走，在灰尘中歇息，他们总是一身尘埃，蓬头垢面。但他们从没觉得任何的不适。与灰尘为伴，他们显得是那样从容，甚至优雅。

“怕什么呢？我们原本是吃灰尘长大的。”我不知道自己是否曾为此忧伤过。但可以确定的是，多年后，当我不断想起这话时，涌起的只有感动。我知道，此话背后，是人们纯朴简约的生命追求，是一种境界。一定程度上揭示了乡村生命的某种特质，让人感到内心的纯净与闲适。

于是就想，这该成为我全部的欣慰了。于是在多年后，面对尘世的宠辱得失，我总会一次次默念：“怕什么呢？我们原本是吃灰尘长大的。”总认为，在这样的俗语下，我早已学会了宁静与淡泊。在现实的浮躁和喧嚣里，我完全可以做一个心空之人。

2.搭伙过日子

“搭伙过日子。”在村里，每当哪家夫妻闹别扭时，前来劝和的村人就会说着这样的话。村人们总是说：“有什么值得吵的呢？人生不过就是搭伙过日子而已。”如果谁家提到了离婚的事，村人则又会说：“为什么要这样呢？人生不过就是搭伙过日子而已，一晃几十年就过去了。”

“搭伙过日子。”在村人看来，这就是人与人之间生活与生存的关系。在村里，经常会有夫妻吵架，甚至大打出手，但几乎到最后都和好如初，几乎到最后，吵架的夫妻都会说：“算喽，人生不过就是搭伙过日子……”于是日子还是原来的日子，夫妻还是原来的夫妻，照样跟原来一样干活，一样吃饭，一样睡觉，仿佛什么也没发生。

“搭伙过日子。”曾经很多年，这句话一直成为维护夫妻关系的纽带。通常是，在某个闲暇的午后，几个闲聊的女人之间，总会有人问：“听说你家那口子对你不好，咋回事呵？”被问的女人也就说：“管他喽，人生不过就是搭伙过日子而已，跟谁过还不都一样？”问话的女人也就跟着说：“是嘞，是嘞，就是搭伙过日子。”在这里，“搭伙过日子”，甚至成了一种爱情观。应该说，很多岁月里，正是这一观点支撑了村人过日子的信念。不论是富裕的人家，还是贫穷的人家，都和和美美地走了下来。从来没有谁家，因为生活与日子的艰难而离异过。

“搭伙过日子。”在村人看来，它就是这样的贴近心灵，让人释怀。生活中的艰辛磨难也好，感情中的纠葛也好，相比一份实在的日子而言，其实都无关紧要。在村人看来，“搭伙过日子”，原本就是一份美好，甚至是一份幸福。它可以遮蔽一切生活的风雨，让人们忘记一切的幸与不幸，让村人的岁月平静安稳。

“搭伙过日子。”它就这样，像一种潜移默化的内心秩序，仿佛一种无言的训导，让日子更像日子，让生命感受生命的那份温润与踏实。

3.人生不就图个热闹吗

“人生不就图个热闹吗？”在村里，每当年节或是喜庆之时，人们总要这样问别人或者问自己。人们总要说：“人生不就图个热闹吗？热闹一回算一回。”话虽然说得有些消极，实际上却也反衬出内心热情的一面。

“人生不就图个热闹吗？”在村人看来，不管生命的底色如何，向往热闹，这是生命的一种需求。正因此，村人们总会在平静的生活中努力弄出些热闹来。比如结婚时，村人们总要倾其所有，摆上几天酒席，约了四邻八寨的乡亲前来庆贺。被贺者和贺者都会说：“不管有吃无吃，一个人一生就这么一次，好好图个热闹嘞。”比如逢年过节，或是想办法买了好吃的，或是给娃儿们换上新衣时，就对着别人或兀自地说：“管他喽，人生不就图个热闹吗？哄个娃儿高兴嘞。”甚至是老人过世时，虽然办不起隆重的葬礼，却一定要请到四邻八寨的乡亲前来唱孝歌。孝歌整夜整夜地唱，主家或者歌者都会说：“不管有钱无钱，亡人就死这一回嘞，就热热闹闹地送送亡人吧。”

“人生不就图个热闹吗？”按照村人的理解，人们辛苦一世，匆匆地来，匆匆地去，热闹一回，有何不可呢？“一世的汉子玩不起，一时的汉子还玩不起吗？”尽管没钱，一时的热闹却是必需的。除了对一份热闹的向往外，其实还关乎面子，甚至关乎尊严问题。这似乎还成了人们的信条。平时的日子可以清苦，自己的艰难可以悄悄埋藏，但关乎脸面和尊严的热闹，却是要紧紧抓住的。

“人生不就图个热闹吗？”话虽说得轻松，但另一方面，正因了这份热闹，村人为此演绎了许多悲欣交集的故事。比如借钱给儿女操办婚事，比如借钱安葬老人，比如借钱给亲戚或是乡亲们送礼，热闹是热闹了，热闹之后，却是日子的紧巴与亏空。许多村人的一生，就在这样的循环里走过。只是让我感到安慰的是，从没有谁为此埋怨和后悔。相反，当他们经历了应有的热闹后，就会无比欣慰地说：“我这一生，完成了应该完成的事，可以放心地走了……”他们并不会因为生活的窘迫而对热闹心生厌恶。热闹于他们而言，已经是一种责任，甚或一种价值。

“人生不就图个热闹吗？”是的，人生就这么点事，该抓住的，绝不放下。该热闹的时候，就热闹一回。现在看来，我倒也对这看似消极实则充满生命热度的俗语生出几分喜欢了。

4.人最终都要走这条路嘞

“人最终都要走这条路嘞。”在村里，每当老人辞世时，人们就要说上这句话。面对丧家的悲戚，人们总要安慰说：“别伤心了，人最终都要走这条路嘞……”村人们就这样，你家老人过世时我安慰你，我家老人过世时你安慰我。安慰的话一样。安慰的口气也一样。每户人家都得到过别人的安慰，每户人家也都安慰过别人。

“人最终都要走这条路嘞。”在安慰别人或接受别人安慰时，村人们都会说：“是嘞，人最终都要走这条路嘞。”言下之意，每个人都懂得这是个体生命最终的归属。但实际上，除寿终正寝的老人外，若是安慰那些早夭的丧家时，村人们虽这样说，但其实心却是怯怯的，“人最终都要走这条路嘞”。村人们都知道这仅是一种不切实的安慰，于事无补，但村人们还是要说：“人最终都要走这条路嘞。”那意思是说，早夭或者晚亡，不过是时间不同而已，其结果都一样。“人最终都要走这条路嘞。”又何必为此伤悲呢？

“人最终都要走这条路嘞。”是的，热闹也好，寂寞也罢，从村里走过，所有的生命最终都要走到这条路上。看得开也好，放不下也罢，每个人都要这样走过。一条路就是一生。所以当村人们这样说起时，不管怎样，这话终究成了一种安慰。无论是早夭还是寿终正寝的丧家，也就多了一份坦然，一份随意，少了一份挂怀。我甚至曾为此涌起深深的感激。私下想，或许正是这一份安慰，让村人获取了面对死亡和生活的勇气？也或许，正是这份超然和淡然，让村人的生命获得了某种圆满？

但村人是否理解这层意义呢？“人最终都要走这条路嘞。”当他们这样说着别人，直至别人最后这样说起他们时，是否知道一句普通的俗语，其实就是通往他们生活与尘世的入口——一种世俗的哲学，一直贯穿他们生命的全过程？我不敢确定，只是相信，人们必将继续这样说：“人最终都要走这条路嘞。”在这条路上，一个村庄的时光，不经意地就走完了嬗变的路途，就有了时移和代易的温暖或者沧桑。

草木生命

在乡村，生命与草木息息相关。

名字起于草木，如葫芦、花生、桐花、菊花等等；房屋以茅草盖顶，柱头和椽子用树木做，家具用木料制；吃的是草木长出来的粮食，烧的是草木，草木成灰后，还用作肥料；生病了，百草都是药：消炎、理气、通经络，草木化成水，温养五脏六腑；死了，埋进土里，最多来年，草木就在坟头长起来，并很快郁郁葱葱，覆盖肉身与骨殖的同时，也唤醒一份记忆的余香……从生到死，草木俨然乡村的经纬，一株草木，即物质和精神的所有地理。

没有草木的乡村，算不上乡村。乡村是肉体，草木是魂魄。房子落成后，还必须要栽下草木，所谓“前榆后柳，不富即贵”——多年前爷爷就告诫父亲，说草木长起来，一间房子，一个村子就有了荫蔽；草木长起来，一颗心，就有了安身之地。到了父亲，他还是这样告诫我。时光传递的手中，一株草木的位置，近似神祇。

从一株草木出发，乡村就是乡村了。

在乡村，草木遍布每一个角落，像流水，从山野沟壑间一路蔓延，一直流淌到房前屋后。往往是，一抬头，一低头，你就看见了那抹嫩绿，和着风与泥土的味道，与各色野花的芬芳，在你心间弥漫；还有音乐般起伏的鸟声、虫鸣声，以及飞翔的蝴蝶与蜻蜓，它们在阳光下铺展开来，那流水，就多了几分韵致，就成了一幅画，一首诗……即使事隔多年，光阴全非，你仍然走不出那幅画境；在心上，始终有一份干净明媚的诱惑挂着，颇像倾其一生的怀念。

离开村子多年，我念念不忘的，就是乡村的草木。我曾经有二十余年，在这草木间行走。很小的时候，父亲就给我准备了一副草木行头——竹子做成的篾帽，棕叶织成的蓑衣。那时候，这样的雨具是必不可少的，一副蓑衣与篾帽，是乡村的暗语和标志。听爷爷说，不单是活人需要它们，就连死去的先祖们，也离不开。我也目睹每年的清明，爷爷都要虔诚地到先祖们坟头挂上白纸，说白纸就是阴间的蓑衣、篾帽，有了它们，亡魂就不会被雨淋湿。一副雨具，不仅有怀念，也通向时间的深处。而真正让我为之感叹的，则是爷爷去世后，仅留下了这样一副雨具，一份执着的精神认知及乡村生命的朴素底色，让我永久怀想。

到我七八岁，就索性与草木为伍了。每天，我都要割草打柴。为此，我几乎走遍了每一寸山野，即使隐秘的山路和洞穴，闭上眼也能摸到，也认下了很多草木，譬如百花草、马扑草、五叶藤、夜光材、鸭掌木、何首乌、九米光……每一种草木的称呼，就像一个个存在心间的乳名，熟稔而且亲切。当我俯下身去，一手摸到它们，另一手挥动镰刀将其割下，似乎就看到一缕温情泛上来——柔润遍布身体的叶脉，阳光般的手指抚摸内心；有时，扒开草丛，我还会看到某把生锈的镰刀，甚至某只面目不堪的胶鞋，于是就会怔上一阵，就会莫名地想，它们究竟是谁留下的呢？从这里走过去的，都有哪些人？他们最终落在了哪棵草根下？……想象是漂浮的，方向模糊甚至充满了偶然性，想象的冲动却是真实的。多年后，有好几次想起这个细节，忍不住就热泪盈眶——或许，一块草地，早对我暗示了什么？而我，也一定有什么东西留在了那里？

只是，在时间背后，一块草地上的生命秘密，早已遗失在风中。

在乡村，草木们的生命是顽强的。沙砾之上，岩罅之间，都可以生长。通常是，某堵悬崖峭壁上，粒土不存，但一株草木或一簇草木，却在那里屹立，根须裸露、盘根错节——山风浩荡、四季更迭中，容颜不改，心向苍穹，一份坚韧与不屈让人动容。

众多的草木，则深扎于泥土，风吹不倒，霜打不去。记得那时候，秋天到来时，父亲还要带我爬到坡地上，割尽草木，再放上一把火。我曾疑惑地问父亲："烧了它们不就死了吗？"父亲说："明年一开春，它们就发了，甚至长得更好。"父亲所言不虚。第二年，几阵春风后，我果然又看见了茂密的草木，生命的奇观颇有让人叹为观止的意味。为此，后来读到"野火烧不尽，春风吹又生"，还很有些愤愤不平，总觉这诗句，并不是诗人的原创，它早被父辈他们写在草木上，并代代相传了；父辈他们，其实才是地道的诗人。

而我，或许也是一株顽强的草木了？我自幼体弱多病，据母亲说，有很多次，我都会突然死去，气息全无，父亲甚至下定了把我扔掉的决心。但很多次，我都奇迹般活了过来，父母都说我命大，也命硬，经霜后，又在春风中复活了(复活是一个多么美好的词);奶奶也该是一株风吹不倒的草木了?在她四十岁那年,肚子里莫名其妙地长了一个包块,让她吃不下、睡不好。终于有一次,生性暴躁的奶奶,抓起手中正砍着猪草的菜刀,一刀就割了下去,包块被割掉,血淌了一地,伤口抹上一层草色……意外的是,奶奶竟然就此病愈——一次奇迹,再次证实草木生命的质地。

不过,不知为何,在我听到的比喻中,更多的是草木的脆弱和不堪。

譬如“人是三截草,三穷三富不到老”,这句话说的是:人的一生穷富无常,不能因一时富裕而忘乎所以,也不要为一时穷困灰心丧气。不管哪种情况,都隐隐地透出生命的一份磨难与沧桑;譬如“人生一世,草木一秋”,说的又是生命的短暂,人生就像一根草,春夏发芽开花,秋冬花叶枯去,直至零落入尘,其间不过匆匆一瞬;譬如“女儿都是菜籽命”,直接将女儿比喻成一颗菜籽——在乡村的传统里,女儿是别人家的人,嫁到哪里,就落在哪里,就像在山野中撒下去的菜籽,落在哪里,哪里就是一生。这样的比喻,说的是生命的无助与不确定性,还有一份惶然与凄怆——以至于很多年,我总会想起远嫁他乡并最终无人所知的姑姑、姐姐、妹妹她们。和一株草木相比,她们更像一缕山风,一迈出脚步,从此就踪影难觅了。

一旦以草木喻人,草木似乎就变得轻而且贱了。

往往是,在乡村,一旦有人夭亡,就会有人想起草木生命的易碎,就有人会说:“人这棵草呵,咋就经不住风吹雨打呢……”一声叹息里,生命的窘态与无奈显露无遗。

我记得,在村里,总有很多小孩,尚在襁褓或稍稍长大,未及经历人生四季,就被疾病所收割。在一株草木尖上,生命仅容得下一个匆匆的点头。奶奶说过,在她生下的子女中,就有两个仅留下这样的身影,然后就没了。多年后,奶奶总是痛心疾首——奶奶说他们其实也没患什么大病,只是在那个缺医少药的年代,一个人能否活下来,全靠命运。多年后我也听得心惊肉跳——命运究竟是什么东西呢?在一株草木上,命运或许仅是一滴露珠,随时都会在风中跌落,并粉身碎骨。

还记得我有一个小学同学,白天还跟我一起玩山楂果,到晚上,就因急性阑尾炎死去。他母亲抱住他的尸体痛哭不止。这时候,他爷爷一字一句发话了:“人就像一棵草,风吹来,哪有不折断的时候?”很多年,我一直记得这句话;很多年,在远离乡村的岁月,这句平静从容(或许更是波澜涌动)的叙述，就像一把锋利的刀子，一点点切割我内心的疼痛。

在乡村，一株草木上的生命，还是卑微和无语的——四季之中，时间之上，它从不张扬，甘于卑怯，它始终默默地——风吹雨打、光照尘掩的过程，始终寂寞无闻、无声无息。

村里的很多人，他们来到了尘世，最后离开尘世，自始至终，除村人外，没有谁知道他们。他们就像一棵草，随意地生、随意地死，生死的过程，连风也忽略了；往往是，风有一天从往年的路上经过，才发觉这个人没了。譬如就我而言，每次回村去，都会看见一些新起的坟茔，没有立碑，不见死者名讳，觉得无限陌生，一问之下，才知村里很多熟悉的人已然故去。惊奇之下，忍不住就有莫名的忧伤，如洪水泛滥。

他们中，很少有人能留下故事。往往是，一抔黄土埋下去，他们的生平从此也被掩埋了。而实际上，我更相信，他们的故事，从出生起，在日起日落中，早就没了亮色，甚或已是锈迹斑斑，无可辨认了。一株草木上的故事，他们所承载的，最多是生命意义上的那具肉体——与精神和灵魂无关，他们之上，仅止于一份世俗生活的存在与消亡。他们出生了，最后死亡了，一生的风流云散，除了草木本身的荣枯外，再无其他。

在乡村，也还有这样的生命写照——他们一路走来，走过了四季，一直到牙齿落了，头发白了，眼睛花了，腰弯了，背驼了，甚至是不能吃饭只能吞饭了的时候，风仍然没有将他们吹没。这时候，他们无一例外地又羡慕起早早折断的草木来，“这风呵，咋就不把我也弄断呢？”至此，生命只剩下死亡的期盼——很多年，我一直渴望走进他们的内心；我想，在他们而言，死亡或许早已静如止水，甚至已成为肉身最后的福祉？而到此为止，一株草木上的生命，或许已没有言说的必要了？

究竟还有什么可说的呢？说与不说，似乎已不重要，也无关意义的存在。唯一有所悟的是，关于一株草木，它一定是情态各异、引人沉思的——在乡村，一株草木上的生命，其实就是百态人生，坚韧与顽强，脆弱与不堪，幸与不幸，所有的场景，均在那里呈现。是否，一株草木，即是乡村生命的全部隐喻了？

乡村物事

1.虚构的风物

毫无疑问,我曾期待着村庄的风物。比如期待着能有一些在历史上比较响亮的地名或河流;期待着能有那么一个有着响亮名字的人,曾经从这里走过;期待着那些丰厚的文化蕴藏,能把村庄普通的日子镀上不寻常的光芒和质地。

但我失望了。这里仅是云贵高原上一个普普通通的村庄。这里不曾有名山大川,古寺古塔,亦不曾有那么一条官道。这里的山水,每一寸土地,都极度平常。日头和风雨所及处,丝毫寻不出我所能有的期待。称得上风物的,或许就是那么一些零碎景致。但正是这些景致,也让我生出无比温馨的情愫来。

比如瀑布。在村子的出口处,分布着两条河流。一条的源头是从白腊田起,流经杨柳田后,平缓的河道开始变得峻急,在磨角山下,一堵长约百米、宽五十米、约四十五度斜角的石壁突兀着,流水也开始迅急起来,用了俯冲的姿势,在这里飞珠溅玉。若是涨水季节,猛增的水流,如雷的吼声,倒也有铺天盖地的气势。远望去,十里水帘的瀑布盛景,让你感叹自然美的无处不在。另一条则起源于坝口,走完平缓的田块后,就进入了水碾房地段。至此,每隔几米,便有一道石壁出现,层层相连,其整饬有序宛然人工笔下的巧妙构思,酷似斧凿痕迹。流水从上面倾泻下来,仿佛阳光下散开的窗帘,灵动诗意。它是狭小的,但一级级的水帘连起来,就有了很深的层次感,也多了几分幽深妩媚,像是被时间与岁月遗弃的妙龄村姑,兀自在山野里生长或零落。

除瀑布外,能算得上风物的,就只有腾龙寺了。腾龙寺位于月亮山与大坡之间。作为村庄唯一有点历史和文化厚度的风物,它的过去和现在,无疑能燃起我向往和诱惑的火焰。我是在某个阳光朗照的午后爬上腾龙寺的。我到时,跟村庄的时间一样,腾龙寺的香火已经历了几世几劫。除了那只依然静卧于荒草丛里的石狮,除了那些完整的石阶外,曾经的宝殿与禅房、木鱼与诵经声,曾经的香客与烟火,早被午后的太阳隐藏在了荒草深处。热闹早已零落成泥。除了那些不断飞过山岗的蜻蜓,我什么也没看见。时间在这里已成为久远的秘密,时间已不容许我有任何妄想。一只飞翔的蜻蜓,仿佛被时间遗弃的偈语,除沧桑外,一切皆隐秘无形。倒是后来听母亲说,我小时候一直学不会说话,直到五岁那年,母亲带着我在腾龙寺干活,一个下乡知青不断逗我,我涨红了脖子,在激烈的紧张后,终于喊出了平生第一句话:“爸爸。”知青们不以为然。倒是母亲当即就跪了下去,认定一定是腾龙寺的菩萨显灵保佑,才没让我成为哑巴。此后,在母亲眼里,腾龙寺就成了我生命的庇护神,并嘱我用心,对其怀有一生的敬仰。

此外,我还曾用心寻觅过的风物,是一个神秘的所在。它叫千秋榜。我最初听说这名字时非常兴奋。私下想这应该是村庄众多名字中最为响亮的了,它具有必要的诗意和历史厚度。但我终究还是失望了。就是这唯一能激发我对于村庄铿锵之气怀想的地名,实际上也是乌有的。实际的情形是,从爷爷的爷爷开始,就没有谁再能指出千秋榜所在的具体方向和位置了。更没有谁知道,在一份诗意和厚度下,是否潜藏着一段让人振奋或叹息的秘密?是否能让村庄的日常镀上不寻常的光芒和质地?是否能让我的遗憾稍稍获得某种弥补?总之是没有谁可以考证了。于是我只能想,或许这确乎是个真实的遗迹,或许索性就是杜撰的地名,但不管怎样,它的流传至今,至少折射了村人的某种期待——对于过往岁月的某种记忆或见证?抑或,对于质朴生命之外、泥土之外的追寻和向往?

我低首自问,在虚构或真实的风物上,我也算窥到村庄日常的些许秘密了?

2.水麻柳与何首乌

水麻柳与何首乌,它们仅是村庄众多植物中的两种,跟众多植物一样,依附于山野的某个角落,连片而生抑或独自繁衍,都透着寂静的气息。它们是普通的,但作为日常事物的组成部分,一度融入了我们的生活。

比如它们的名字,我就觉得非常亲切。在村庄,每一处地块,每一座山坡,每一株植物,村人总能有一个与之相对应的名字,并总能切近它们的形或神。这个名字用那带了泥味的声音喊出来,就多了几分贴近心魂的气味。拿水麻柳为例,单从名字看,就与水有关,总能让人想起一幅傍水而居的温馨画面。

不过,我提起它们,倒不是因为名字,而是在村庄的日子里,作为植物之外,它们还有一个明显的其他属性——作为药物的功能。它们曾因为与生命的气息紧密相关而显得无限神秘。

那些年月,总有怀孕的妇女们遇着大出血,亦总有因此而不能生育的妇女。于村庄而言,这是关系死生的大事。也可以说,它关系着一个村庄、一个家族的繁衍生息,在一定程度上让村人觉得生命的脆弱。那些时候,面对缺医少药的历史条件,一场意外的疾病,往往就能改变一个人甚或一个家族的命运。村人们为此是惶惑的。于是,具有药物属性的植物们,就这样承载了村人的希望,走进了村人的生活。而水麻柳,作为能治愈妇女大出血的药物,则一直是以传说的形式存在的。

懂得医治妇女大出血的,是一杨姓男人。不论是谁家遇上了,只要找到他,他都会爽快地把药寻来,并用特有的方式,让患者吞服下去,也总能药到病除。他是爽直和善良的,从不收取患者一分钱。但他更是神秘的,每当有人试图探取这药名,他总是想法遮掩,说这是祖传的秘方,虽可济世救人,但依了祖训,却不能公开。只是后来,有那么几个稍稍懂得药道的草医,偷偷从那药的性味功能分析,遂得出是水麻柳的判断。从此,水麻柳能治大出血的传说,也就在村庄传播开来。但传播归传播,后来有患了此疾的,亦不敢冒那尝试的危险,仍旧找了那杨姓男人。所以关于水麻柳的传说,只是一个传说。在流动的时光中,那一份神秘,也日渐深重悠远。

至于何首乌,则直接与我的身体紧密相连。那些在我身体里不断生长不断枯萎的希望,事隔多年后仍会让我无限酸楚。

就在那年,当我的肾脏出了问题后,稍通医道的大爷爷就说:“只有找到并蒂而生并已长成人形的何首乌,才能治好你的病。”我为此几乎走遍了所有的山野,翻遍了所有的何首乌藤蔓,但我终是失望了。我从来就没找到这种何首乌。于是,它像千年修炼的药妖,一直让我觉得神秘不已,而我也就更加笃信大爷爷的缘分之说。——大爷爷总是说:“药医有缘人,要得到这种何首乌，需要时间和缘分……”我那时是灰心和失望的。我不知道在我既定的缘分里，是否会有这样的奇遇。但我依然一次又一次企图在某个偶然的瞬间与长成人形的何首乌相遇……

于是我懂得了，生命中偶然的相遇，有时就能成为一生的刻度。我也学会了珍惜，对那些后来日子中偶然或必然的相遇，总是满怀感激，满怀对于生命芬芳的无限留念。

3.泥土的乳名

很多年，我一直记不住他们的学名。

在农历的村庄，从生到死，学名似乎与每个人并不相关。倒是那些乳名，永远伴随一生。那些乳名，全都沾了泥土味，风里雨里，率真而又朴实，就像日常的烟火，很能切近人心。

比如葫芦。在他出生时，他父亲刚好从地里摘了葫芦回来，这个名词就成了他一生的代号。比如冬狗，因为出生在冬天，父母希望他能像家中的狗一样健康乖巧，于是就取了这名字。比如小棒，出生时父亲刚好从山上找回一根用作牛鞭的红子刺，也就近乎随便叫了。比如斑鸠、八哥儿、猫儿、小马、小牛、老虎、老熊，甚至如豺狗之类，自然中的一切事物，皆可作为名字。而且总是重复，一个自然村寨总会有很多个小马小牛之类的。而奇就奇在，从来没有任何一个人会把他们混淆。虽然人们在说起他们时，并没有用什么特别的符号具体区分出来，听众却总能从你所说的气味知道你说的是此小马小牛，而非彼小马小牛，这种相融而又相互区别的色彩，一度成为村庄别异的景致。

很多年来，在没字典和书本词汇作为依据的年月里，每个人的乳名，就这样紧紧依附于自然中的物事，在相似却不相同的秩序里，生生不息。

这自然与他们的文化程度有关，或者说这是一种不文明的体现。生活在这些乳名中间，我却从没觉得有任何不妥之处。当我或村人喊着他们时，并不觉得有什么别扭和阻隔之类，反倒是那些亲切的情愫，仿佛跟着泥土，进入我们的心扉，让我们感受来自集体的一份温暖和踏实。曾经很多年，我就在这些自然的名字里，在山野的质朴和温馨中慢慢长大，并慢慢培育了诚恳而简单的秉性。

那些时候，无论是在村里，还是在山野间，你都会听到有些野突突的，却带了亲切的呼喊："小——马——小——牛——"喊声此起彼伏，喊声通过四围高山的回音逼过来，便多了一份空旷和幽深。我曾经很迷恋那样的氛围。我就曾经站在一抹夕阳中，一边看鸟雀归巢的盛景，一边仔细倾听那回音。有偶尔的一刻，我竟然把它跟遍地生长的民歌联系起来，并在很多年后想起它与村庄生命的某种联系。也许曾经的村庄，因了这些泥土的乳名而生动，而更切近心灵？

但现在，如同时间一样，世上的一切都流动不居。在时间的重围里，在我们的下一代，这些曾经与村庄紧密相连的泥土的乳名，已销声匿迹了。现在，随着电视机的普及，所谓的现代文明，已成铺天盖地的席卷态势。文明彻底颠覆了村人们曾有的生活秩序，包括给孩子取名。事实是，现在，电视里那些演员或那些男女主角的名字，已逐渐成了每个新生小孩的名字。现在回村去，总能听到许多在屏幕上听来的名字。比如紫薇、文强、尔康、家威等。至于那些泥土的乳名，早已跟农历岁月里许多消逝的物事一样消失了。我想我应该是高兴的，毕竟在文明的拂照下，我的村庄也嗅到了进步的气息。那气息，是希望，是通向美好的路途。但我也分明有些许的惘然，觉得总有一种怀念，正在我的内心不断生长，并迅速蔓延。

于是决定，在某个时候，一定再回村去，再野突突地喊上他们一声。再喊上一次，生长在泥土上的那些乳名，那些亲切的乳名。

4.老阴潭

穿过那片红薯地，便是老阴潭。潭水终年泛着死的绿色，幽幽的光，让人不寒而栗。它总是静静的，仿佛躲在那里，也就有了不知今夕何夕的味道。一种地老天荒的恒久与悠远，让它无限迷离起来。

不过我要说的老阴潭，却是一个泛指的地名。也即这个深潭周围的岩石群。这是位于村子西北面的一处所在。因为远离村庄的缘故，复因层层叠叠的岩石遍布，没有任何一粒泥土，也就没有任何可以耕作的可能，再加了那深潭冷异之光芒，使这里成为人迹罕至的地方。

不过偶尔也有人来的。比如谁家未满五岁的小孩夭亡时，人们就会抱着那幼小的尸体，用竹席或麻布裹了，到这里来丢弃。也有那么一两家，因为对孩子的不忍，直接用崭新的小被子之类裹着。有时远远望去，还能看见被子在岩石里的鲜艳，极像花朵的样子，闪着别样的色彩。

我是不敢去这地方的，特别是看见堂三叔抱着红色被子穿过红薯地后，那个地方的恐怖，在我心里与日俱增。堂三叔这次抱上的孩子，是他第三个，还是第四个孩子，那时我已忘记。但我知道，他接连生了几个孩子，都没等到满月就死了。死时的情形都很一致。这让堂三叔怀疑是撞上了鬼怪之类的东西。于是请了阴阳先生来查找原因。后来阴阳先生给他出了个极其残忍的方法，说是再生的婴儿死亡，就在死亡后的第一时间，用斧头把婴儿身上的经脉全部砍断，以后生育的孩子就能存活。现在的这个孩子，就是被堂三叔弄断了经脉的……我无数次想过这个无辜婴儿血淋淋的尸体，无数次想象堂三叔手起刀落时的疼痛。一直到很多年后，这样的疼痛依然会刺痛我的肌肤和灵魂。

及至年长，我终于跟随着人们去了老阴潭。那是某年夏天，老杨叔叔六岁的儿子失踪后的第三个月，老杨叔叔从外省打工回来，在他的邀请下，所有村人走遍整个山野，帮他寻找失踪的儿子，但毫无所获。后来有人想到了老阴潭。当人们走进老阴潭时，果然看见他儿子站于潭边的湿地上，整个肉体已经腐烂，刚与木棒接触的瞬间，就全部脱落下去……

我一直不能释怀。从此老阴潭与死亡成为对等的名词，一直在我心上放着。只是偶尔会想，在那些幼小生命消失的地方，在层层叠叠的岩石上，是否能开出一些水灵灵的花朵，照亮那些脆弱生命的行程，照亮他们穿过年年荣枯的红薯地。

我想一定可以的。我唯愿那些花朵，永远安慰他们哀怨的魂灵！

稻子上的乡村时光

我总会梦见一株稻子：它长在乡村的怀抱里，头顶是灿烂的星空，四周蛙声如鼓，一条汩汩的小河在身边不知今夕何夕地流淌着，泥土和风不断亲吻它的肌肤，就像情人之间的爱抚，亦像一份地老天荒的相守。

很多个夜晚，我都会跟着父亲，枕着这样的一株稻子入眠。夜是寂静的，寂静得我能听到天籁般的窃窃私语——石头、野草、虫子，它们就像一些精灵，不断从地底下探出头来，温柔地对着稻子低语。我天真地想，作为一株稻子，它是幸福的。

在这样的梦境里，我恍惚自己也是一株稻子了；至少，我觉得在我的身体里，有一株稻子，正在那里生长拔节。

一株稻子，当它从泥土中探出头来，我们的牵挂，就在那里开始了。

几乎每天，我们都要朝着一株稻子跑：稻子是不是又长高了？田水是深了还是浅了？太阳和风雨，是跟稻子亲近还是变脸了？我们总怕稻子们遭受任何委屈，每天都要跑上很多次。比起热恋中的男女，我们对一株稻子的依恋，有过之而无不及。

那时候，一株稻子，它所牵动的，是一个乡村的所有神经。

所有的村人，每天都在围着一株稻子转，直到稻花香了又香，那转圈的人仍然乐此不疲。只是他们并不会觉察，转着转着人就老了，时光也悄无声息地走远了；一株稻子，它所见证的，是生命与时光相互消耗的过程。

在这样的消耗中，我一不小心也跟着长成了大人；并一次又一次目送很多人随稻子而逝，其中就有我的爷爷、奶奶。他们从一株稻子的身旁转过去，就不见了；我所能看见的，只有一株株稻子，年复一年地长在乡村的土地上。

一个人呱呱坠地了，稻香就通过母乳，进入他或她的身体；仿佛在前世，这缕稻香就在那里等着他或她了。继而，他或她开始稻里来，稻里去；到最后，他或她自己也长成了一株稻子，恍惚之间，竟然分不清是稻子住进了自己的身体里，还是自己住进了稻子的身体里。

或许还可以这样说：在乡村，每个人的前生都是一株稻子；每一株稻子的前生，也都是我们自己。

在这样的背景下，如果你不将自己视为一株稻子，如果你不能在一株稻子上安身立命，你就一定会遭到人们的鄙视。村人们都会骂你不务正业，说你是败家子。譬如那些游手好闲的，譬如那些偷鸡摸狗的，因为无法安心于一株稻子之上，所以往往名列其中。

这样的人，到最后还是会被乡村所抛弃。一个最明显的例子是：因为姑娘们觉得不可靠，他们中总有娶不到妻子的，他们先是满不在乎，到最后就慌了神就后悔但终于无可挽回了；偶尔有娶妻的，也因为对一株稻子的认识上的分歧，夫妻间不断地争吵、打架，一直到离异……

至此，一株稻子在乡村的位置，越发显得不可替代了。

我的父亲就不止一次指着一株稻子训诫我。在父亲心中，一株稻子的生活，就是我一生的生活。从下种、插秧，一直到收割，每一个程序，父亲都忘不了要带上我，他不能让我做一个不懂稻子的人。

从布谷开始啼鸣的春季，一直到金黄布满田野的秋日，几乎每个早晨，我都会被父亲催促着从床上一骨碌爬下来，有时来不及洗脸，带上必要的农具就往田里跑；我也曾因此对父亲怀着深深的不满，但多年后才发现，父亲之所以逮着我不放，其实正是缘于对我的担心，他怕我不小心成了被乡村抛弃的人。

不独父亲如此，几乎所有的乡村父亲，都怀着这样一份担心。

在这份担心下，你往往会看到，一个孩子，当他刚刚长到犁耙一样高，父辈们就迫不及待地指导他学习耕种了。如果那孩子一开始就学得像模像样，做父亲的就会喜笑颜开，逢人就夸奖孩子，除了自豪外，还有几分显摆的味道；反之，如果孩子学得不好，做父亲的脸上便免不了愁云遍布，越看孩子越觉得没劲，有的还会叹息，总觉得养了个没出息的娃……

一株稻子上的梦，从一开始，就紧紧地系着一个乡村的阴晴圆缺。

在乡村，一个懂得稻子的人，是备受尊崇的。

譬如，什么时候下种最好？什么样的泥需要什么样的肥？泥土要翻到什么深度最为适合？什么深度的水最适合稻子生长？什么颜色的稻子一定是患了什么病？等等。如果你能说出这些，在乡村，你就是一个了不起的人了。

这样的人在乡村有着举足轻重的作用。不论是谁家有红白喜事，都必定要请他出面主持：老人过世了，新房落成了，儿子娶媳妇了，女儿嫁人了，甚至是谁家婆媳吵架了，邻里之间扯皮了，都必定要请他出面——在村人们看来，一个懂得稻子的人，也一定是懂得人间道理的，更是值得信服的。

一株稻子，延伸到生活中，就成了乡村某种精神的写照。

很多年，父亲总是以这样的人为榜样来教育我，希望我长大后也能跟他们一样了不起。我也曾为之努力过，尤其是，在星空斑斓的每一个夜晚，当我跟着父亲枕着一株稻子入梦时，还梦到过自己就是端居其上的王……只可惜我终于让父亲失望了。尽管我也曾为之做过努力，但我始终没能成为被村人尊崇的对象。在一株稻子之上，我一直是个微不足道的人。

入夏了，一株稻子就在乡村的田野风情里摇曳起来。

此时，太阳一天比一天更催人了，加之几阵风后，一株株稻子，迅速长高起来。父亲说，这时候只要留心就能听到它们拔节的声音；父亲还说，稻子拔节的声音是夏季里最动听的音乐，能听到这歌声的人，一定是有福气的庄稼人。为着这句话，很多年后我都觉得诧异：父亲只是一个朴实的庄稼人，却能将一株稻子赋予诗意。

风吹来，层层翻卷的稻浪，以及铺天盖地的窸窸窣窣的声音，仿佛一层柔柔的水漫过身体，我能清晰地感觉到那份滋润，似乎春雨润物，细腻而晶莹；似乎有一层绒绒的光，在那里充盈、扩散；再充盈，再扩散……

每一次从稻田边走过，我都会为之心生喜悦。有时候，我还会学着父亲蹲下来，一遍遍抚摸每一株稻子——那时候，我是多么想做一个有福气的庄稼人啊，但每一次，我都没能听到父亲所说的声音！在渴望走近一株稻子的路上，我是否曾因为这种距离而心生失落呢？不知道。

一个确切的答案是：我就此记住了一株株夏日里的稻子，它们铺满了乡村的田野，绿色从每一个角落争先恐后涌出来，风景般装饰了每一双眼睛。每个人,都喜欢与之对视;每一块稻田旁边,都会有一个父亲或是孩子的身影晃动;每一株稻子都迎接过亲切的目光;每一株稻子都是热闹的,每一株稻子更是神秘的。很多年后我总是在想,一株稻子,当它在夏日里摇曳时,是不是就告诉了我们什么?

它究竟诉说了什么呢?这个问题困扰了我很多年,很多年里我都没有想明白。

在乡村,一株稻子,貌似简单,却是最难解读的事物。

也是在夏天,当太阳一日烈过一日,稻田里的水就一点点干枯了,就连河流里的水,也逐渐消失,仅剩下细细的浅浅的一层,宛如细若游丝的气息。为了及时给稻子补充水分,为了抢夺有限的水源,村人之间的争执,不可避免就发生了,有的甚至还发生了打斗,原本和睦亲近的关系,因为一株稻子而发生了改变。

我永远都会记得那个童年的河滩,那个被太阳晒得无比干涸并紧张无比的河滩。那时候,我正望着我家被晒得焦黄的稻子无所适从,突然就听到了河滩上因为争水打架的消息。我跑到那里时,打架的姓王的两兄弟已经头破血流,双双倒在河滩上,痛苦地呻吟不止;两兄弟的子女也互相撕扯着,骂声、哭声不绝于耳,村人们穿梭其间忙着劝架,就像一群纷乱的鸟群……而尤其让我无法释怀的是,经此后,两兄弟成了路人,一直到他们死去,一直到他们的子女都没有和解;一株稻子引发的仇恨,竟然如此固执,如此经久不息。

还有我的堂三叔,也是在某个夏日,独自到某个深洞里抽水给稻子补充水分,结果一氧化碳中毒死亡。把他从深洞里捞出来时,他白发苍苍的母亲一边哭着一边狠狠地抽打他的耳光,她那风中不断摇晃的颤巍巍的身子,她那份撕心裂肺的疼痛,一直让我难忘。还有一个在村里广为流传的故事:某年某个秋月,村里的伍大爷爷用火药枪打死了一个偷窃他家稻谷的人,却不料此人竟然是他亲哥哥……此后,伍大爷爷变得沉默寡言起来,再后来就疯了;每到夜晚,疯了的伍大爷爷总要跑到某块稻田边哭泣——一直多年,这个故事就像一个梦魇,总会在不经意间将我击中,让我沉重,让我思索……

我不止一次想:作为一株稻子,在乡村那些生生死死的情愫里,它究竟隐喻了什么？

现在的乡村，一株稻子，却已归于平静，并还有些落寞了。

从春到秋，偌大的田野，你几乎看不到稻子的身影。一方面，村人们都外出打工了，一株株曾经让他们活命的稻子，现在已无法养活一家人，于是只好放弃了；另一方面，总有一些工厂见缝插针地挤进来，于是众多的水田被征拨，即使那些依然对稻子一往情深的，想要年复一年种下稻子的，也只能叹息一声，算是对稻子的告别了。

至此，一株稻子就像美人迟暮，逐渐沦陷下去，似乎就要走到尽头了；一个乡村的时光，也像年华不再的岁月，越走越窄了。

具体到我的父亲，他也无力再种下很多稻子了。他逐渐苍老的身体，已无法像往昔一样承载一株稻子的重量。但他每年都坚持要种下一些，每年我也都要回村去，跟着父亲在多年前的水田里一起插秧，一起看望田水，一起收割稻子。只是那情景，早已没有最初的那般温馨与诗意了，最初美丽的梦境——那些如鼓的蛙声，石头、野草、虫子的低语，早已不复存在；只是父亲不会知道，当我在一片撂荒的田野里，看见父亲种下的那些少数的绿色，就会涌起无限的荒凉——父亲就像一个最后的留守者，在一株稻子走远的背影里，我看见的，似乎是那最后的时光……

不过，我还是会陪着父亲，因为我深知，在父亲心里，一株稻子，不单是一株可以活命的草木，更是一株传世的粮食；一株稻子于他而言，就像是我心目中最初的神祇。所以我一定会陪着父亲，直到他彻底老去；直到一株稻子彻底消失在乡村的视野之外；直到整个乡村彻底消失在人们的记忆之外。

第叁辑

泥土的节气

1.立　春

立春的日子是悄悄莅临的。

尽管人们都知道“春打六九头”的农谚，也能准确地推算出“六九”的日子，但“六九”来时，人们并没看到春的任何痕迹。此时的大地依然一片迷蒙，东风依然在山谷里、树枝上、柴垛及瓦楞间肆虐。田野里的冬麦和油菜，似乎还被一层晶莹的冰花覆盖着。火塘里的火苗依然一日旺过一日。人们仍旧足不出户，在火塘边蜷缩着身子。有偶尔好奇的三两个老人，摸索着走出门外想要寻觅春的影子，但很快就让透骨的冷风逼了回去，一边揉搓着双手，一边唠叨着：“这哪像春天的样子啊……”

但春天还是来了。当人们再次退缩到火塘边时，春天的信息已悄悄遍布了村里的每一寸土地。往往是，在“六九”过后的几天里，人们突然发现，春的信息已挂上了柳树枝头。刚才还光秃秃的枝桠，仿佛魔法般露出了细细的、茸茸的芽苞。紧接着，一阵暖暖的阳光也从连续几月的阴霾中露出脸来，落在河面紧冻着的冰块上，一缕暖色的微红从河面上折射出来，散发出一层薄薄的雾气。冰块开始解冻，河水重新漾出清澈的倩影。而最让人措手不及的是，几天前还把身子紧缩在泥土中的小草，此时也伸出一抹嫩绿，在春的气息里跃跃欲试。几乎一夜之间，当人们还来不及从火塘边直起身子，春天就迅速占领了村野的每个角落。

雨水也在此时来临了。雨水落下来，打在村口的池塘里，打在黑瓦和泥土上，很轻、很细，几乎没有声息。但细心的人，仍然会寻到这雨的一些不同来。从白昼一直到黑夜，雨似乎一直下着，而且比冬日里多了些声响。先前沉寂的一切，都隐隐地萌动起来。在这样的夜里听雨，心不再蛰伏，远处近处，村野的一切，似乎都在紧锣密鼓地酝酿着什么，只待某个时刻来临，便纷纷探出头来……

但春天依然是迟缓的。在迅速占领村野的同时，春天似乎又故意拖延着它的脚步。

我最早是从母亲的话里嗅到这一气息的。母亲总是微笑着说："庄稼老二不要喳(意即不要高兴得太早)，立春之后还要冻桐花。"母亲说的是春天的气候。在我们云贵高原腹地的这个小村里，立春之后，气候依然寒冷，其中最寒冷的就是桐花盛开的时节。在母亲们眼里，立春仅是春天的一种标志。真正的春天，则在桐花开放之后。这曾让我深深地感到物候的神秘。一株桐花的开放，一片冰块的解冻，一株小草的舒展，一点柳色的探头，一滴雨水的降临，一切都与季节紧紧相扣。这神秘的对应，一度让我感到个体生命的卑微，一度涌起对于生命的敬畏。我甚至想，多年后我始终怀着对一切生命的敬意行走在精神或者物质的世界里，一定源于这最初的情结。

母亲依然在认真打理她的火塘。对于气候的掌握，母亲总是胸有成竹。即使偶尔艳阳高照的几天，母亲仍不会拆掉火塘。母亲知道，在太阳短暂的照临后，还将有更冷的寒风来临。母亲常常对我们说："春冷骨头腊冷皮呢，真正的春天还早着呢。"母亲显然是对的。就在母亲的话还没彻底说完，沉沉的阴霾、湿湿的细雨，还有肆虐着的东风，很快又卷土重来。只不同的是，这时候，从火塘边的窗子看出去，明显地看到了那些桃树、李树的枝上，已隐约冒出了花骨朵。隐隐约约的桃红李白，让心不再萧条，似有一份热闹让人无端地向往。但我还是感到了春天迟缓的脚步，对于春暖花开的等待让我觉得春日的无限漫长。这让我后来读《诗经·小雅·出车》时激动不已。一句"春日迟迟，卉木萋萋。仓庚喈喈，采蘩祁祁"不知被我吟诵了多少遍。不止一次想象着——在迟迟的春日里，茂盛的草木，啼鸣声声的黄莺，疯长的白蒿……那些春天的快乐和忧伤，不止一次让我叹息而又释然。

雨水越来越密。雨水从众多的山谷里涌过来，漫过田野和村庄，整个村野像一幅浓淡相宜的水墨画。几阵雨水过后，渐次盛开的花朵，在大地深处逐渐呈现出灼华的一面。冬麦和油菜迅速疯长起来。冬麦开始拔节，油菜开始抽穗，第一朵金黄的油菜花，已秘密做好跟春天谋面的准备。村口的池塘里，可见水波荡漾，寒冷的风中有了第一缕暖意。在牛圈里困了整整一冬的黄牛水牛，第一次被人们牵着走过田野，对睽隔了一冬的泥土进行巡礼，俨然肃穆的盛典。一场跟泥土将要展开的对话，不紧不慢地拉开了序幕……

2.惊　蛰

第一声春雷，说来就来了。

一般是午后，几朵白云斜斜地挂在西山上空，天空有些灰暗。在迷蒙的春雨中，草们纷纷从地底冒出来，刚刚伸出的细叶上，还挂着几颗晶莹的雨珠，雨珠在狭窄的叶上跳跃，一颗、两颗……众多的雨珠汇聚起来，像一场盛大的舞蹈，略略透出春的热闹与繁华。春雷就是此时响起的——“轰——轰——隆——隆隆——”节奏缓慢，有几分拖沓。但声音依然显得突兀。在沉静已久的天空里，人们依然为此震颤。大家往往不由自主地走出户外，凝望着雷声乍响的天边，喃喃地说：“春雷响了，春雷响了……”

大地就在此时复苏了。“微雨众卉新，一雷惊蛰始”，几阵春雨和雷声后，先前隐约的桃花、李花，已绽放出缤纷的花朵，一圈圈的红，一缕缕的白，竞相开放，耀眼摄魂。太阳及时莅临，蜜蜂们如约赶来。过不了几天，田野里的油菜花又为大地献上了它们的金黄，一场以花为主题的祭献仪式在春雷声中渐次展开。而将这一仪式推向高潮的，则是那些养蜂人。在我的故乡，每年惊蛰之后，在一片花海中，都会迎来一些养蜂人。每年如此，年年如斯。他们都是远方人，没有谁知道他们来自哪里，也没有谁知道他们下一站要到哪里去。他们到我的故乡来，一来就在村外搭起随身携带的帐篷，再沿地摆出一长排蜂箱，于是，那“嗡嗡”的蜜蜂声开始在整个山野回旋。花朵们也迎来了自己的蜜月，一只只蜜蜂，一朵朵花蕾，在惊蛰的阳光里不断构建它们的地老天荒。我就曾在一只蜜蜂与一朵花蕾的合欢里痴痴傻傻地想着生命的一些秘密，并无端地生出一些幻想来。在我懵懂的情感世界里，在春天的泥土上，一些神秘的物事就这样不断刺激并催我快速成长。

但我还是感到了隐约的怅惘。每当花事还没结束，养蜂人已做好了撤离的准备。我一直不理解他们为何总是如此匆忙。直到多年后，才明白他们的一生其实就是花朵的一生。他们一生都在追赶花事。花朵盛开的地方，就是他们生命的栖息地。他们为花朵而生，为花朵而忙。在花海的深处，他们是大地上永远行走着的一群。他们生命的秘密，只能在一朵盛开的花瓣里去寻觅。

养蜂人离去的怅惘，很快就在此起彼伏的虫鸣声里消失得无影无踪。我重新又快乐起来，因为此时，先前在深洞里冬眠的昆虫们都已纷纷钻出泥土，它们或是躲在草丛里，或是躲在某块岩石背后，有的甚至站到了树枝上，借助一枚绿叶的遮掩在阳光下鸣叫。不用任何指挥，它们或者独唱，或者合唱，乐音此起彼伏，仿佛来自大地的乐队，鼓声齐鸣……于是阳光更加明亮了，天空更加明朗了，春色更加明媚了……直到现在，我仍然固执地相信，这些声音是我一生听到的最美的旋律。它的真切、熨帖、质朴是一切人为的乐音所无法比拟的。尤其是当我一天天生活在泥土之外，在钢筋与水泥的丛林里，在那些繁杂、喧嚣的声音中一次次迷失自己的时候，对这些声音，更会生出无限的怀念和向往来。

燕子也回来了。那一定是某个清晨，当母亲低着头，仔细捡拾混在豆粒里的小石砂时，一阵熟悉的鸟鸣声突然就撞进了屋檐，紧接着就看见那熟悉的身影——乌黑而晶亮的羽毛，像剪刀一样扇动的尾巴，轻盈灵动的飞翔……母亲抬起头来，目光随燕子移动，充满了幸福与憧憬。我明白母亲的心思。那些时候，在我的故乡，燕子是一种吉祥的鸟类。母亲们都认为，燕子飞落谁家，谁家就会有好运。因为这样的心理，很多人家都希望有一对燕子飞到自家屋檐。没有燕子飞落的人家，一定就有了几分失落和忧郁，总觉得未来的生活中缺少了什么。有燕子飞落的人家，则满脸的欢喜，总觉好运已眷顾门楣。

当燕子在屋檐下筑完巢，属于惊蛰节气的时光已接近了尾声。“数九”的日子已最后结束。艳阳高照，杨花们已最后开放，先前还只是象征性走过田野的黄牛水牛，此时已正式迈开了脚步。闲置了一冬的锄头和犁耙，又被农人们抬了出来，缓慢掩沓的雷声依然低一声、浅一声地响着，黄莺声声，万木葱茏，最后的东风早已黯然隐匿，白色的、黑色的蝴蝶从传说中走出来，成双成对地飞过田野和山谷，锄头撞击泥土的声音，开始在山谷里回荡……真正的春天由此开始了。

3.谷　雨

早在清明时,谷雨就已蓄势待发了。

纷纷的清明雨,在山谷里一日日弥漫、酝酿,最后从山谷漫向田野和村庄。阳光洒落下来,气候清明洁净,河岸上的柳条,在和煦的春风里不断摇曳,一只、两只燕子从柳叶间飞过,留下一串悦耳的唧啾,轻易地就让人联想起那些散落在唐诗宋词里的诗句。布谷鸟开始啼鸣,“栽早苞谷——栽早苞谷——”声音凄怅清幽。那声音落在村庄上,落在人们心里,陡然间就多了些莫名的忧郁。雨水逐渐增多,除了明显地感知冬麦和油菜的日渐成熟外,还隐隐地嗅到了稻谷生长的气息。

这就是谷雨了。谷雨一到,父亲们就要着手泡稻谷种。“雨生百谷”“谷雨时节种谷天”的农谚,一直是父亲们在大地上行走的重要标识。父亲们都相信,只有趁着这雨,播下的谷种才会更好地生长,更好地赶上季节的脚步。所以每年的谷雨,几乎就成了父亲们盛大的节日。父亲们纷纷从囤箩里抬出稻谷种,倒进水缸,稍后再取出来,再用树叶紧紧捂住,待其发芽,最后将其撒在秧田里……当这个过程全部完成后,父亲们就像完成了一次洗礼,内心也就踏实和舒畅了几分。那些时候,这样的场景几乎成了春天的核心内容,绽开在父亲们内心的花朵,让泥土上的春天格外动人。

谷雨时节留给我的,却是贯通一生的忧伤。在谷雨前后的季节里,我总被父亲逼着跟他在山野间一起劳动。在那些春天的田间地头,瘦弱的我总是一次次力不从心。我因此谋划着企图逃离土地。但父亲对我的想法却不屑一顾。父亲始终认为,身为农人的孩子,只有把生命紧贴土地,才会结出果实。后来,当跟我同龄的人们都已挑着大担的秧垛在田野里行走如飞,当我依然没有足够的力量把一担秧垛举上肩头,特别是我十四岁那年,当十五岁的宝成从邻村娶回了媳妇时,父亲就替我担忧并感到深深的失望了。只是让父亲预料不到的是,我后来果然成功逃离了土地。之后我一直以文字为生,在泥土之外安身立命,也还算过得去。不过这已经是后话了。

谷雨到来时,除了父亲们开始忙活外,泥土上的春天已悄悄发生了变化。最后开放的杨花已经零落成泥,点点花瓣在风中飘零,夜里的杜鹃不停地叫唤,“不如归去”的凄音让山谷和村庄罩上了一层离愁。刚才还在春风中飘逸的柳絮，如今也纷纷坠落，略略地透出“美人迟暮”的意境。这时，“昔我往矣，杨柳依依”“年年柳色、灞陵伤别”之类的诗句，只须轻轻一摘，立即就从大地的任何一隅飘落下来，落在你的眼里，落在你的心上，落在你的忧郁和苍茫里。

草们已完成了对大地的包围。远远望去，大地一片嫩绿，从眼底下一直铺到天边，大有铺天盖地的气势。布谷鸟已开始退场，最后的一声啼鸣显得那样有气无力，懒懒地在山谷深处飘着，稍后就踪迹全无。催人归去的杜鹃也不知栖息到了哪个枝头。猫头鹰却准时在入夜时开始啼鸣，蛇们开始出洞，山鼠多了起来，第一只蝉，似乎也做好了一展歌喉的准备。黄牛水牛哞叫的声音，一声接着一声，大地显得更加丰富多彩……

4.立　夏

立夏伊始，田野里就热闹起来了。

田坎上、河岸上的蒿草已伸出头来，车前草借助柔润的泥土，略略展开身子，偶尔的一朵蒲公英，在风中舞动。云雀掠空，阳光普照，大地一片祥和。尤其是在夜色之中，蛙鼓响起，东一声，西一声，不多，但也此起彼伏，流水般托着村庄，如梦如幻。蛙声响在梦里，虽然繁复，却是细致柔和的那种，如天籁，如大地的神秘之音，点缀着一个清悠静谧的夜。

母亲先前在院子里撒下的瓜种，已露出嫩绿的藤蔓，正爬上那堵老墙，企图扩充自己的领地。稍后的叶子，荷叶般立在藤蔓上。雨滴落在上面，微微地颤动，透出荷影的风致。真让母亲惦念的，却不是这些。母亲记得的，是每个清晨掀开逐渐茂盛的叶，偷看是否已有瓜果现身，然后将瓜果端上饭桌，满足我们胃囊的需要。当第一个瓜果出现，母亲必定惊喜而又兴奋。一个率先破季而来的瓜果，让母亲的目光和内心添上无比晶莹的光芒。

父亲却在念叨一场雨。立夏到来，父亲就要搬出“立夏不下，犁耙高挂”的农谚。对一场雨的渴望，让父亲充满了忐忑。我就记得，每年的立夏日，父亲总是坐卧不定，一会儿在堂屋坐下来，一会儿又跑出院子，不断瞅着天空，紧紧寻觅雨的行踪。那一份心神不定，让我记忆犹新。

这时候，麦子已呈现金黄，麦芒在阳光下显出灼亮的颜色，渐趋饱满的麦穗急着俯下身子，向着大地抚摸自己的内心。燕子和麻雀飞过上空，偶尔的一只鹰,盘旋于天空,天空更加澄明高远。成片的麦田外,秧苗已长到该移栽的时候。入夜的蛙声就隐藏在那里,并时时做好转移的准备。只待麦穗收割完毕,只待水田打好,便迅速占领整个田野,吟唱在夜的每个角落。

当然,蛙声也有迟到的时候。若是遇上持续不断的干旱,在没有一滴水的田野里,最多是偶尔的一两声蛙鸣,象征性响起后,就快速消失了,就像一两声有气无力的叹息。墨黑的田野,仅剩干渴的泥土和风,麦穗们失去了往年的容颜,在努力支撑着半枯的身子。干渴的泥土像一个不堪重负的老人,无奈地想着往年的心事。这样的夜,父亲们是不可能入睡的。父亲们总是一个人,悄悄地坐在自家屋檐下,在一袋旱烟燃起的火星里,一遍遍抚摸自己的焦躁与不安。偶尔,悄悄地走进墨黑的田野,一个人站在早已干涸的河流上,再抬头看看干燥的天空。干渴的泥土和风,像是一支支时间的利箭,一次次穿透他沉重的肺腑。他们都不说话,心却是痛的。为着迟迟不来的蛙声,他们显然看到了来年的荒芜。

但蛙声总是要响起的,就像一个人内心的梦,永不会断绝。

往往是,干旱之后,一场大雨就会在人们预想不到时莅临。先前枯去的草木和叶子,重新在一片湿润的泥土里立起身来。河流、池塘,还有先前的湿地,再次盛满了水。瞬间的工夫,蛙声仿佛从天降临,在一滴雨水的身体里,迫不及待就响彻了田野。如果有月色,起伏的蛙鸣,添了几许清幽的诗意。

泥土终于迎来了与人类肌肤相亲的盛季。洁白光滑的水流,一阵阵漫过泥土。所有村人,纷纷赤脚走进了泥土深处。一份内心的期待,一张绽开的笑容,终于贴紧了大地,充满了温润之气。万木趁机疯长起来。整个山野一片葳蕤。八角树、椿树、泡桐树、榉树、鸭掌木等不知不觉披上了盛装。各种青绿的野菜,混着草木,为山野增添了一层暗绿,波涛般席卷大地。就连荆棘一类的植物,也涂上绿色,见缝插针地占据着山野的某一隅……

各色草木完成寸土必争后,夏天的帷幕就要拉开了。

5.芒　种

芒种是在一株麦穗上悄然抵达田野的。

此时的麦穗，已长出耀眼的麦芒，像一层密密匝匝的光晕，为初夏的田野染上一片金黄。一株株麦穗，以花朵的姿势，在风中左右晃动。麦穗显然是焦躁的，初夏的风让它窥到了时间的某种秘密。

一株麦穗，成为夏天最后的预言。

而此时，芒种却可以大张旗鼓地行走在田野里了。

在麦穗们纷纷隐身于一把镰刀之下时，一块块的水田却逐渐露出清亮的身子。先是一块，再是一块，紧接着就成了一片，一片片的水田连接起来，白花花的水在阳光下显得无比阔大，甚至有点湖泊的味道。

鸭子们则是水田的常客。一个赶鸭的老头，总是扛着一根长长的鸭竿，忙着指挥鸭群觅食。鸭子很多，鸭群窜动时，一片纷乱。鸭群在老头的眼下，却是一支有序的军队。据说老头能在鸭群赶路时，快速地清点数目，且准确无误。我为此惊疑老头是个奇人。在村里，老头是不干农活的，从春到冬，只是随着他的鸭群，走遍了田野的每一寸土地。老头以他自己的方式，讲述了村子的另一种生命。

不过这仅仅是例外。村子的其他人，芒种到来后，就开始了日出而作、日落而息的生活。

芒种其实是村子最重要的时间刻度，一道坎儿。

芒种的到来，标志着夏耕季节的正式来临。芒种一到，割麦、打田、插秧、薅玉米地，所有的农活纷至沓来。芒种就像村子的一场盛典，芒种一到，全村上下，几乎就没了闲人，没了闲时。所有的人，所有的时间，全都交给了农活。农活成为芒种时节的大戏，成为你认识村子乃至泥土的标志。

母亲就常常对我们说："芒种不种，再种无用……"母亲的意思，是说错过了芒种，就错过了季节。多年后想起这句话，很是感慨。想想人的生命，就跟一株庄稼一样，错过了季节，也就错过了一生。

但那些时候，我又如何能懂得这些道理呢？

我真正向往的，是山野里的那份热闹。芒种到来，那些草绿色的螳螂，已悄悄在某一个角落里破壳而出，稍后就开始了它们对夏日的巡礼。从绿色浩渺的山野里走过，在众多的昆虫中，我一向认为螳螂是优雅的，无论是行走抑或跳跃，都极具贵族气质。我曾仔细地扒开每一处草丛，凝神静气地欣赏它们的风度。百鸟在绿树丛中啼鸣，风从头上吹过，我却不为所动。这样的凝视我可以持续三五个小时，而不心生厌倦。

除螳螂外，蝉与蝴蝶亦是芒种时节不可或缺的主角。翩翩的蝶影，成双成对飞过蒿草上空，越过山野，向远处飞去，赶赴一个遥远的传说。蝉则按着去年的时间，隐在深树丛里鸣叫。我曾仔细研究过蝉，发现蝉是一种与阳光共生共灭的昆虫，太阳越大，蝉声越明朗清晰。多雨的日子，蝉声则销声匿迹，让人怀疑蝉又开始了冬眠的时光。

先前还东一声西一声的蛙鼓，此时已密集起来。随着秧苗全部移栽完毕，整个田野就成了青蛙的舞台。但白天你是很少看见它们的。它们注定是为夜晚而生的一群。只要一入夜，它们就纷纷登场，为墨黑的大地，为寂静的村庄献上最美的乐音。它们是单纯而华美的，它们托着一个村子的梦。在那个梦上，劳累的心也为之柔软踏实。

蛙鼓到达极致时，芒种也该结束了。母亲们早已三三两两把涂满泥巴的衣物，扔进河里清洗，企图洗去一个季节带给她们的劳累。一条河流，洗涤衣物的同时，也洗涤她们的内心。

太阳逐渐烈了起来。风吹过，大地一片溽热，万木争先恐后挤在绿的深处，耀眼夺目。这时候，往往就会有一个老农从屋檐下、从一袋旱烟里不经意地抬起头来，眯着眼睛瞅瞅明晃晃的太阳，然后自顾自地说：“噫，这夏天咋说来就来了呢……”

6.大　暑

大暑时节的到来，是与一朵向日葵紧密相连的。

此时的玉米已经长成，逐渐高过人头。一片片玉米林随风舞动，清幽的山野，蓦然添了几许生气。最早的一朵向日葵，就在玉米林舞蹈的间隙，向着太阳昂起了高贵的头颅。它在那里站立，傲然、凛然，仿佛大地的某种标志。

稍后，一朵朵向日葵，争先恐后地昂起了头。一朵朵向日葵，无一例外地向着太阳不断拔节，让你在诧异的同时，不得不生发敬重之情。在逐太阳而生的身影里，它们的坚韧与执着，正一点点被土地认识。

它们生长的姿态，无声地透出乡野生命的某种气息。

我曾深深地被这一气息所感动。多年后，当我身处逆境，就会不期然地想起一朵向日葵。我始终认为，一朵向日葵，就是我们骨骼散发的芬芳。我们全部的微笑与隐痛，终将被一束阳光所抚平。

太阳总是一日烈过一日。先前充满活力的草木，开始蔫了下去，一副无精打采的样子。只有在早晨，在露珠的亲吻下，草木们生命的本色才会被唤醒。一颗颗晶亮如玉的露珠悬挂在草叶上，玲珑剔透。一层烟岚浅浅地浮在远山上，云色清明。早起的鸟雀叩醒了树林和村子，大地一片湿润清凉，万物再次萌动勃发。不过，此后不久，太阳就快速移过东坡，跳上山顶。午后特有的溽热，复又挟裹了大地。

河流却赢得了人们的青睐。但在乡村，河流仅属于男人和孩子。无论何时何地，他们都可以赤条条地让身体亲近一条河流。妇女们却不。妇女们的身子，是不能随意呈现的。至多在暗夜里，在河流的某一僻静处，悄悄将其放进河流，而心也总像一头惊惶的小鹿，深怕自己身体的秘密，暴露给某个突然撞入的男子。

在一条河流的梦里，茉莉与荷花早已翩然而至。

天气愈热，茉莉开得愈盛，其香愈浓郁无比。往往是，就在你感到溽热难耐时，一袭茉莉的清香就从那园子里，从一堵老墙边溢了出来，先是进入你的鼻孔，然后进入心肺，最后遍布全身，让你心清目明、神清气爽。荷花则呈现执着的一面，不论烈日还是暴雨，都无法阻挡它们盛开的脚步。它们以自己的娇柔之身，在夏的深处兀自开放，不为外物所动，不为环境所扰，静若处子，光芒四溢。

萤火虫快速地从腐草中获得新生，一群群从乡村的夜空飞过。它们跟蝴蝶一样，完成涅槃后，此身已是另种风情。它们一生为寻美而来，从夏日的大地上经过，为瞬间的美而活着。有月也好，无月也好，点点微光，仿佛夜晚盛开的花朵，又如盏盏移动的灯火，神祇般降下幽明，淡雅并静到极致。如果适逢夜来香开放，在一阵短暂的幽香中，那微光，分明还多了几许迷离，让人疑心置身仙境。

一份惬意，由此弥漫了夏日的时光。

7.立　秋

每年的八月初，父亲就会翻出他收藏的皇历。那是一本薄薄的小册子，上面是农历的记时。父亲说这是庄稼人必备的读物，一本皇历，就是一个农人的四季。父亲翻动它的时候，目光温和、表情肃穆，一双布满老茧的粗手，在纸张的起落间小心翼翼，仿佛一个基督徒面对《圣经》的虔诚。父亲这次翻动它，除了一份虔诚外，还有一份喜悦。父亲的手指落在“立秋”那一页，他几乎跳了起来，然后不断重复说：“立秋了，就要立秋了。”

我明白立秋这个词对于父亲的意义。立秋伊始，草木开始结果，对于一个农人而言，收获的季节是生命最大的欢欣。所以我懂得父亲，当他在立秋的时间里驻足，他一定就看见了五谷丰登的胜景。那是他内心的花朵——生命在泥土上最美丽的绽放！这还让我想起一株草木和一只鸟，它们从大地上走过，它们一生或许就为了与一滴雨露或一片云彩相遇，一瞬的相遇构成它们生命的永恒。所以我又不可避免地有了些忧伤。在等待立秋的时间里，我的父亲，是否也如草木和鸟类一样的卑微与容易满足？

立秋还是来了。似乎是在午后，在闷热的风里突然夹了一份凉意，秋天从此开始了。秋天一开始，父亲就要吩咐我和弟弟各自带上一把镰刀，在每个清晨与黄昏，向着我们家的庄稼地出发。我们总是跟在父亲身后，小心地走过每一块稻田和玉米地，小心地审视每一株庄稼——像极了巡礼，并且充满爱意。对那些企图伸出头来遮蔽庄稼的杂草，我们总是用镰刀及时将其斩除。曾经很多年，这样的细节一直成为我和弟弟生活的必修课。应该说，在这样的课程里，我们最早学会了对于一株庄稼的爱护和敬重。我们懂得，一株庄稼的世界，是我们的世界。在对一株庄稼的等候里，有我们全部的希望与祝福。

风在此时开始露出它凌厉的一面来。这个时候，春日里的和煦，夏日里的散漫，早已换上了迅疾的容颜。在秋的山岗和田野上，风们一改往日的温婉，用一种催逼的姿势，一阵阵漫过庄稼地。几阵秋风过后，稻子黄了，玉米饱满了，天空也更加干净和高远了。此时的大地一片澄静，尘埃远遁，只有耀眼的金黄在大地的深处弥漫成诱惑。偶尔一只高旋的鹰，在大地和庄稼的远方，深情地俯瞰……而我的父辈们，就在这样的场景里准备收割了。一个村子献给秋天的盛大仪式就要呈上。在欢笑和歌唱声中，在金属与庄稼的撞击声里，在不远的时候，真正意义上的秋天就要莅临了。

我一定会看见父亲的笑容。在那些年月里，父亲是不轻易笑的。生活的重压，季节中的悲苦，常常让我父亲的笑容深深隐遁。一个农人的笑容，一生中最是难得绽开的花朵。所以秋天的到来一直让我无限地感恩——在秋天的一株稻穗或是一颗玉米上，父亲绽放的笑容总让我想起生命的美好和欢欣。

应该说，我和弟弟正是在秋天的笑容里慢慢长大的。只是预料不到的是，长大后的我们都远离了土地和庄稼。但一个无疑的事实是，当又一个秋天来临，我们都会不约而同地想起那些在秋风中的笑容，并且深信，它们是大地和我们内心最美丽的花朵……

8.白　露

虽说“立秋一日，水冷三分”，但实际上，气温真正凉下来，则是白露之后。白露之后，远远近近的草木们，就要结上颗颗晶莹的露珠。若不是那一份微寒的原因，这露珠的柔弱和晶亮还真让人无限怜爱。

而真正让我记住白露到来的，则是飞翔的大雁。这个时候，在我故乡的天空里，总会有一只、两只，或者一行的大雁，静静地挂在某一隅云彩之上。它们渐行渐远，一直向着远方飞去。它们越飞越小，直至最后消失在天边。它们叫声凄凉，宛如悲音。那时我还不知道它们是飞向南方，不知道这是它们注定要迁徙的宿命，也不知道“边秋一雁声”之类的离愁。只是觉得，在白露时节的天空上，飞翔的大雁是故乡最为动人的风景。

梧桐叶开始落了一地。记得在众多的树木中，就数梧桐树最经受不住秋风的催逼。早在立秋伊始，最先的一枚梧桐叶就急急地滚落枝头，用跌落的姿势宣告秋的君临。但这也仅是短暂的一瞬。一瞬之后，除了松树、柏树等耐寒树木外，其他树木纷纷效法梧桐，在风中露出光光的身子——这是它们对于秋风的臣服。明知有几分屈辱，但在强大的时间的武力面前，它们不得不低下骄傲的头颅。它们就像村里的许多生命一样，在葳蕤之后，在时间的胁迫下，终于有一天，肉体坍塌了，内心的坚持湮没了，生命的季节终于画上句号。

母亲们则开始念叨:“白露秋分夜,一夜凉一夜。”那意思是告诫我们,天凉了,一定要注意穿上一件外衣,一定要小心风寒。在白露时节,这几乎成了母亲们的全部心思。一个小小的愿望,让母亲们的质朴和爱意无比透亮清明。记得母亲就常常“逼”我穿上一件外衣,在为我扣好最后一颗纽扣时,就要说:“天凉了,就别出去疯了,小心感冒。”那些时候,在母亲们眼里,一件外衣就是儿子们的一切,就是她们内心的温情和慈爱。

但我们在屋里是无法待下去的。母亲们并不知道这秋风里的诱惑——田野里的谷垛,此起彼伏的蚂蚱,一只蛐蛐躲在墙角的吟唱,一对交配的我们称为“王子”的黑色蜻蜓,就像一场精彩的露天电影,一直诱惑着我们一帮小孩。记得那些时候,我们在田野里奔跑的身影,就像那些马匹,狂放而又自由。那些神秘的声音与色彩,总是不断激起我们的好奇和想象。我们不断地在田野里奔跑,不断地奔跑,奔跑……

记得后来的一天,奔跑中的我们突然就学会了忧伤。那时候,我们突然看见了某个小孩在河岸上站立的背影。狂乱的秋风吹起他破烂的一块衣襟,随时都有离开身体的可能。他独自站在河岸上,双手紧紧抱着斜插在身子前面的鸭竿。鸭竿很长,远远高过他身体的高度。鸭竿很瘦,比他瑟瑟的身子还要单薄。他静静地站着。他不能再跟我们继续在田野里奔跑。他只能在那里守着他的鸭群。他的母亲,不知为什么去了外省,去了就再没回来——我们就这样学会了忧伤,就这样终止了奔跑。没有谁命令我们,也没有谁知道我们停止奔跑的缘由。

这一直是个秘密,一群乡村少年的秘密。许多年后,它仍然让我感动不已。

9.寒　露

菊花开满山岗时,寒露就到了。寒露一到,鸟雀们渐渐绝迹。在秋风的肆虐下,那遍野的金黄,更多地泛着诡异的色彩,跟萧疏的草木形成强烈的反差。

田野就在这时变得低沉起来。一层湿湿的薄薄的雾汽,终日悬垂在离地面不远的上空。庄稼已收割完毕,一些还来不及挑回家的谷垛,星散在四处,有了一种被遗弃的青苍。泥土被再次翻耕起来,那些光滑且亮的犁铧的痕迹，还在那泥上摆着。虫子们早已钻进泥下，做好冬眠的准备，只待明年惊蛰来临，再次在阳光下一展歌喉。偶尔有一个老农，一头已经很老的黄牛，从田野里缓缓走过。他们显然已很老了，就像这个季节，已经到了秋的深处。他们的脚步甚至有几分蹒跚，他们显然已接近了时间的某个刻度。河面上似有一层白如霜花的颜色浮起来，不知冷暖的鸭子们依然在那里戏水。岸上的树叶落下来，落在河面上，把那偌大的一片水域遮住。最后树们无一例外地脱光了叶，仅剩那粗糙的、单薄的、丑陋的身子，在秋风里跟时间抗衡。

母亲早已准备好了小麦种，并挑出了草灰，用大粪水搅拌均匀。母亲知道，寒露一到，就该播种小麦了。在我的乡村，那些时候，小麦被称为“小季”，稻子则被称为“大季”。虽是“小季”，其作用也不可忽略。那时，作为“大季”的水稻，产量很低，很多人家往往等不及来年的“小季”成熟，就纷纷断了粮。小麦的到来，一度让村人欣喜不已。所以在一粒麦子的世界里，跟一粒稻谷一样，母亲同样是倾注了心血的。母亲对待麦粒的态度，直至很多年后，依然还能感染我。因为麦子，母亲还为我讲过一个关于麦子和荞子赛跑的故事。母亲说荞子一年两季，而麦子一年一季。为此荞子讥笑麦子跑得慢。而麦子却反唇相讥，说就是因为跑快了，所以荞子脚杆才是红的……这是我从母亲那里听来的唯一的童话。母亲不懂文化，这个童话几乎就是她全部的精神世界。而就是这样的童话，我竟丝毫听不出她内心的爱憎。所以我一直是忧伤的。一直想，若不是因为与麦子有关，或许除了庄稼和泥土外，在母亲别的精神世界里，就将是零的记录。

小麦下种不久，那些结在草木上的露水，已有了硬度。时间已悄悄发生了转移，适才还不甘退隐的蝉，不得不最后噤声，把一生的歌唱，留给最后的遗憾。在逐渐加深的秋风中，荷们已彻底枯去，把自己深埋进水底，先前被荷叶铺满的池塘，复又空落起来。豆粒大的雨点击打下来，泛起几点涟漪后，很快消失在不远处。于是那池上就有了几分落寞，在秋风中悄悄地滋长。秋意渐浓了。

10.霜　降

风越来越冷，月亮却越来越干净、明亮。“枯草霜花白，寒窗月新影。”月亮静静地挂在那里，像是铺满霜花的圆盘。小溪边，断桥上，枯黄的树木和草叶上，也立起了针尖般的冰花。大地一片岑寂，第一场冬雪的影子，已经若隐若现。这时候，霜降开始了。

母亲开始念叨起那句谚语来："霜降无霜，来年饥荒。"母亲明显是喜悦的。为着那些落满田野的白霜，母亲似乎看到了来年的丰收。在母亲的世界里，除了庄稼和丰收的概念外，再无其他。在对一场霜雪的凝望里，凝结了母亲所有的祝愿。

我们是不会明白的。作为一个孩子，母亲紧贴在庄稼和土地上的内心，我们根本无法知晓。我们内心雀跃的，是在每一个霜降的早晨，仔细搜索那些六角形的霜花，然后用手去抚摩，然后双手紧紧捧住其中一朵，然后又将冻得生痛的双手快速地伸进裤包寻找热量。我们总是从屋檐下开始，一直玩到田野里，玩到小河边，玩到山岗上。我们乐此不疲。在一个孩子的世界里，一朵霜花的存在，与生活无关，与母亲们对于日子的重负无关。

倒是有一个常识，被我们牢牢地记住了。我们知道，霜越是大，这天的太阳也就越大。只是太阳虽大，却没太多的热度。所以那秋风，依然很硬冷，并逐渐有了刀子般的感觉。这时候，百草真正枯萎了，远山近水一片萧条。但我固执地相信，都说霜降杀百草，其实杀百草的并非是霜，而是渐紧的秋风。

大地终于沉寂起来。最后一只虫子也进入冬眠状态。我曾从泥土的深洞里挖出一只蚂蚁，它酣眠的痴样让我心生敬意。它们是大地上最卑微的一群，却懂得生存的法则。它们顺应季节，懂得生息之道。它们安静且恬然。我曾为此深深地感叹。也曾私下想，也许对生命的理解而言，有时我们竟然不如一只虫子。面对一切已经歇闲的、一切还在活动的物事，我总会生出些生命的悟想来。

母亲们知道秋已经很深了。她们加快了秋收秋种的步伐。忙完后，就是等待一场大雪的来临，开始准备过冬的一切，比如囤积足够的柴火、大米还有蔬菜，比如修葺去年用烂了的火塘，等等。在季节的路上奔走，母亲们总是一直在忙碌。跟虫子们不一样，母亲们不能冬眠。行走是她们的宿命。行走让她们品味到生命的踏实和快乐。

就在母亲们忙着的时候，晴朗的夜空早已不见开满霜花的月亮。天开始阴暗起来，霪雨霏霏，秋风破茅屋，一切声音隐退，鸟兽们从大地上消失，一个秋天结束了。

11.立　冬

立冬的日子往往来得很突然。

一般是农历十月的某个早晨,原本柔软的河面突然铺上一层薄薄的冰块,风从岸上吹来,水波已没了往日的兴致,始终潜缩着,像一个人瑟缩的身子;岸上的草木,枯黄已经爬上来,显然是昨夜的一场预谋;瘦瘦的枝叶上,挂着一层层细霜,仿佛刚刚涂上去的银屑;天空一片萧瑟,几朵厚沉低矮的云,懒懒地挂在东山上,像要跌落下来的样子。

风也有些冷了,风吹过山坡和田野,大地跟着染上了荒疏的颜色:庄稼似乎一夜间褪尽,只有那些来不及挑回家的谷垛,星散在田野深处,仿佛刚刚遗下的影子;落叶铺满了林地和通往村子的所有道路,乡村的内心陡然狼藉起来;不远处的那片树林,树叶开始坠落,很快就汹涌起来,仿佛在执行某个不可抗拒的命令;昔日的幽森,很快全都暴露出来,像瞬间零落的岁月,红颜迟暮,繁华落尽;鸟们已不知去了哪里,只有不多的几只,在林子里出没,它们从林梢间飞过,落叶从它们的影子间飞过,天光地影一片迷蒙;那些青苍的枝干,直指天空,落寞,却透着倔强,像最后守望的人群。

时间轻轻地转了一个弯,回身时,岁月已变得苍茫;就像一个梦,即使空渺无痕,也总让人措手不及。置身其间,不由得觉到了时间的诡谲,在近似一声魔咒的瞬间,一切的事物,包括我们的内心,都已不是从前的自己。

就在你为之彷徨时,时间又再次让你感到了惘然;就在此时,在冬之色逐渐凝重时,小阳春的天气却已秘密酝酿了:往往是,当东山上空的云朵逐渐变得稀薄,就会有柔和的阳光洒落下来;一两日后,已变冷的风忽又柔和起来,仿佛变戏法似的,云也跟着舒展了,鸟声也多起来,天空一片晴和,大地重新被妩媚的春意点染;先前衰败的草木,仿佛焕发了精神,复又在暖风中摇曳;河面重新清澈起来,接向远方,浩瀚无垠;春天的物事,似乎一夜间重又降临,让人柔柔的,让心暖暖的……

你无疑再一次沉陷下去,像一只小鹿,即使置身美好,更多的却是惊慌失措——你甚至疑心时光倒转,风物错乱,一颗心,随风沉浮之际,迷离的不仅仅是肉体本身。

时间制造的迷乱还在变本加厉,小阳春的天气并不长久。往往是,最多持续半月后,在你还来不及回头时,明媚的阳光很快就让位给越来越紧的北风,时间一下子沉入暗黑,你也一下子觉得万劫不复——“渐霜风趋紧,关河冷落……”几乎是一瞬间,在吟诵一句冬日古诗的倏忽里,万物又都沉寂下来,最后的鸟雀也逐渐绝迹,仅剩一个个空落的鸟巢,寂寂地挂在树叶落尽的枝丫上,仿佛悬挂在时间深处的一滴浊泪,沉沦,并且有几分幽怨;河岸上的两三只羊,来回徘徊,稍后,对着早已不再流动的河流,不停地叫唤,有些优雅,也有些忧伤;一只羊跟一条岸的关系,一只羊跟一个冬天的关系,让你平添一份莫名的忧郁,也让一个即将到来的冬日真正有了几许迷离。

只有到了夜里,当万象悄然隐去,时间从所有的道具中抽身而出,你才会感觉到灵与肉的回归,才会重新踏实起来。这时候,一切都是清晰的,一切都回到了原来的位置,即使清凉侵骨,寒意也显得明朗如画,一点点地落在心上,像一声声的柔情抚摸。

月色也添了微寒,就像风吹过没有枝叶的身体,无遮无拦企图穿透你的衣襟。月光流泻下来,宛若暮色里飘落的雪子;院子前面的小山岗上,落尽叶子的树枝,密密地横斜在月的清影下,像是根根瘦脊,跟时间作最后的对峙。田野很静,村庄很静,夜鸟与虫子早已销声匿迹,偶尔一声黄牛的鸣叫,让整个村子显得无比的凄清与荒寂;有些人家的火塘,早早燃起了柴火;月光穿过窗户,落在柴火上,晶莹清明;回头的瞬间,你似乎看见一场逼近的大雪,一切都脉络清晰地在你的身体里蔓延……

多年以后,想起这些一寸寸跌落的细节,我就会突兀地想起一个年华凋落的人,倚在某扇雕花的古老的窗棂下眺望,眉眼间是逐渐向深的岁月——就像从前世开始就为我设计好的场景,也似乎是我身体里某个熟悉的时间部位,一个忧伤经年的比喻。

12.大　雪

大雪一到,时令就进入了农历冬月。

虽说是大雪节气,实际上很少看见雪的。在南方的村庄,一场雪的到来,总是迟到而且缓慢。

天却总是落着雨,雨很细,却透骨凉,仿佛一把尖细的刀子,直要钻进每一寸骨骼;渐紧的北风不断在窗外肆虐,一浪接着一浪,密集而且荒寒。视线中的瓦楞,还有某堵老墙,被一层灰暗低沉的冷气所挟裹;与天空连着的树枝,像一些青筋突露的手指,在寒风中抖动;不见鸟影,偶尔却会传来一声凄恻的鸟声,短促而又低沉。黄昏来临时,夜幕早早地降下了,冷气突然升了许多,整个村庄被一层萧瑟所包裹。

火塘里的火已燃得很旺了。这时候,祖母总是一边往火塘里塞柴火,一边就漫不经心地念叨一场雪,偶尔,她还会抬起头来,看一眼黑黢黢的窗外,眼里分明有热切的期待。我并不明白祖母对一场雪的渴望,只是后来,当我在课本上读到“瑞雪兆丰年”的农谚时,才略略懂得祖母的内心:大雪、丰年、庄稼、日子,一个朴实的梦,一个隐约的心愿;又多年后,在不断老去的时光里,当这些冬日的场景抽丝剥茧地呈现出来,一缕缕的,我终于看见了一个活在农历刻度上的生命,在一份清新质朴的期待里,一些美好的细节与秘密,已注定让所有的过往泪流满面,黯然失声。

雪还是没来,只有一些窸窸窣窣的声音,像是雪子敲打瓦屋,又像风在空中弄出的声响,隐约又真切,让人疑心置身梦境。夜越来越长,黑黑的夜幕一片沉寂,没有边际。心却是有边际的,在一场迟迟不来的大雪的影子里,每一颗心都让自己醒着,让梦醒着。偏偏这时候,一阵笛声,或者是二胡声从某间瓦屋或茅屋里传出来,声音幽怨、凄怆,像月光,也像流水,流淌在村庄之外……夜越来越像一个梦,究竟是谁,总喜欢将自己投寄梦中呢?一缕没有归期的情愫,在梦中,是否真的落红无情,却又永昼难消?于是乎,那村庄,那夜晚,还有你自己,也就愈加迷离,并有几分无依了。

大雪降临时,那个梦就圆了。往往是,在某个秘密的早晨,在猝不及防中,当你打开大门,一场大雪已悄然抵达:厚厚的雪,洁白的雪,从视线所及之处,一直到视线之外,一路铺展着、绵延着;天地之间一片雪白,众声消隐,万物隐退,突然一只白狐,似乎正从远处一闪而过,仿佛一个千年的精魂,在远山那边,消失成一个神秘的隐喻……于是,那期待着的心,悬着的心,一下子就贴紧了地面,贴紧了梦;于是,屋外屋内,心内心外,那个世界,就温暖了许多,安静了许多。

唢呐声响了起来,穿过积雪覆盖的道路,深一声,浅一声,深深浅浅的音符,喜庆或者忧伤,像一些意味深长的线条,跳跃在内心之上,在梦之上。

每年的冬日，乡村里总有一些老人要离世，总有一些新的生命要诞生，总有一些新房要落成，总有一些新人要团圆，而唢呐，是这场生生死死、团团圆圆剧目里唯一的道具。唢呐响起来，一场戏，就开启或者落幕了；一个乡村，就经历了一个轮回；一个梦，就明白了许多，也忧伤了许多。

不过，唢呐给予我的，更多的却是满怀的温暖。曾经多年，我一直坚信唢呐就是盛开在乡村冬日的花朵，并始终为之情不自禁——乡村是朴素的，更是简单的，朴素简单得只需要一朵花的照耀，那日子就贴着心灵飞翔了；那些灵魂与肉体的光，那些行程，就鲜亮如月，并坚不可摧了。而我也终于明白，最简单的事物，其实也正是最丰盈的事物，即使岁月嬗变，时光流失，它依然完整无缺地存在，并一如既往地供我回想。

只不知，在一场大雪来临的冬日，我留下的，那些真实的记忆，又会是怎样的梦境？如此分明，却又遥不可及。

13.大　寒

雪还在下着，封住了河面，但断桥还在。半截突兀的桥，在河之岸，在纷纷扬扬的雪中苍然孑立，仿佛时间的遗像，提醒一条河流的前世今生。一只简陋的小舟，还有一根空空的竹筏，在雪中露出瘦瘦的一小截身子。岸上早没了路，一条路，安静地隐藏在积雪深处；隐藏的路会是什么样子呢？时间留在路上的疲惫与沧桑，也许一直在渴望一场积雪的覆盖，渴望覆盖一些隐秘的心事。

落雪的夜晚，天地一片辽远空阔。没有月，星子也藏进了梦里。你却似乎看见如水的月色正从远山流泻过来，一种寂静的天籁，在风中回响，仿佛众神相聚的声音，越过远山、田野、村子，最后落在你寂静的心上。冬夜的梦，就此长了许多，冬夜的一些心事，也迷离了许多。

荒野深处，断桥之上，几枝梅悄悄在夜里展开了身子。洁白的梅，隐匿却又凸显的花朵，在若隐若现的夜色里独自娇艳，仿佛尘世之外的清艳女子，在雪之岸浅吟低唱；仿佛在茫茫雪地，呈现出另一条通向远方和内心的道路。于是，你再看梅的时候，心就蓦然踏实并豁然了；于是，一个绝尘的女子形象，一缕暗香，就入了你的梦，摄了你的魂。

只可惜不见一古人。这样的夜里，该有一个手持素笺的雅士，在低吟里徘徊,在徘徊里放歌,在一朵梅花的胸房上看透了岁月与浊世;左手持刀,右手持花,拈花一笑间,一块隐约的雪地,或许正是烛照心魂的时刻?

一个老人唱书的声音打破了梦境。老人已经很老了,他从旧时的私塾里走出来,像一株经冬的植物,枯瘦的身子,随时都有可能在风雪中折倒下去。老人的声音嘶哑,唱词模糊,像一个久远浑浊的梦;唱词里可能有一个村庄的前世,也可能还有他从前的自己,时光是一块旧画布上斑驳的颜色。于是,一种向深的衰颓感,弥漫了夜空,弥漫了雪地。你似乎就突然明白,时间原来就是一两句辽远古老的唱词,在风中一响,岁月就悄然嬗变了。

热闹是属于孩子的,孩子的眼里没有时间与岁月。一条冰封的河岸,一块平坦的雪地,都是孩子的乐园。在乡村的雪地上,你总会看见三五个孩子,一直在堆砌他们自己的童话,就像昨天的你自己。虽然后来,那个童话碎了,但留在童话里的梦,却从来没有遗失过。于是你就跟着乐了,在你的眼里,孩子就是时间与岁月,就是梦与梦的延续和接力;那个梦让你知晓生命与尘世的秘密,让你获得坦然与从容。

年节就在此时快速逼近。年节一到, 沉寂已久的空气就春风般荡漾了,乡村也像一个沉睡多日的梦,从无声无息中悠然醒来:大红的对联,纷纷挂上门楣;冲碓的声音,打粑粑的声音,杀年猪的声音,还有年戏的锣鼓声,纷纷都响了;第一声鞭炮响了起来,紧接着第二声,第三声,连绵不断的鞭炮声也响了起来……声音此起彼伏,在旧日的年历上,拉开了一个热闹的世界。

只是后来,这热闹却销声匿迹了。后来的很多年节,除了厚厚的白雪,热闹早已不知所终,包括那些人,在打工的潮声里,纷纷湮没,下落不明,仅剩下荒芜的屋檐,在人去楼空的村里,勉力撑住暴雪;一把僵硬的铁锁,在风中尘封;遍布的蛛网,飞针走线间是强烈的荒颓,并在你的骨头里若明若暗,极像一些你想要努力抑制的声音,沉重,却必须用心承受。

但春天毕竟要来临的,在人世的改变中,季节是唯一的慰藉;旧池陈荷,王谢之燕,它们都是我们走失的自己。往往是,就在一片萧疏如凉的景象里,就在你还来不及留意时,曾经熟稔的阳光突然就回来了。阳光洒落下来,雪地晶莹透亮,早已耐不住寂寞的鸟,一只不知名的鸟,已开始啼鸣;远山厚厚的白,已开始褪色;那些青苍的岩石、匍匐的枯草,隐约可辨;积雪不断被树枝抖落下来,弄出“噼啪噼啪”的声响;树叶在阳光中不断舒展身子,一只大红公鸡迫不及待地跳到竹林边的雪地上,清了清嗓子,然后引颈长鸣……

远处的池塘,似乎微微动了一下,又动了一下,于是你终于出了声:“春天就在不远处了。”一个新的轮回,又将在时间中起步了;时间再次撩开了裹紧的面纱。

像模像样的村庄

一个村庄就该像村庄的样子。

田是田，地是地；田里是稻谷，地里是玉米、高粱和大豆；河流是河流，山野是山野；河流里流水叮咚，山野里绿草连天；鱼虾与流水齐舞，牛羊与青草共一色；远处近处，万籁俱寂，天地清澈，流云从容，万物一起入画，笔墨深处，分明有一首诗泼泻而出，摇曳其间的，是纯净质朴的心灵。

一切都没有遮蔽：房子像房子的样子，植物像植物的样子，牲畜像牲畜的样子，鸟儿像鸟儿的样子，奔走或睡眠，欢愉或低泣，静立或随风舞蹈，一切都像模像样，各从其类，就像神造万物之初的传说，底色清晰，泾渭分明；包括人，也活得整齐有序，额头上的太阳和月亮，一直循规蹈矩，升起来和落下去，没一丝杂乱。

尤其是道路，那模样特别让人亲切。每一家房前屋后都有道路，每一条道路都相互交接，一条条道路，在村里随意蜿蜒伸缩，无拘无束；一条条道路，就像一些欢蹦乱跳的孩子，从东家串到西家，再从西家串回东家，热热闹闹，心无芥蒂；即使是隐蔽的山野和荒草间，也有人们的脚印在那里成群结队，满目温润；一条条道路，就像一个村子的经络，贯通人与人、人与泥土草木的气息；东南西北，上下左右，一条路绕回来，整个村子，所有的人、事，就入了你的心，入了你的情。

就连狗们，也互相认识，可以相互串门，像走亲戚似的。你家的狗，一不留神就串到了我家屋檐下；我家的狗，也可以到你家门口一待就是一天。这样的结果是，一个村子的狗与人，也都熟识了；即使是晚上，你从黑暗中归来，不论从谁家门前经过，狗们都不会咬你；相反，它们还会摇着尾，前脚搭上你的肩头，就像欢迎自家人——我一直以为这是一个无比美好的仪式，一个村庄的亲密无间，在这个细节里往往浮出水面，让你在霎时感受那漾开的温馨。

像模像样的村庄，是不设围墙的。每家的门窗都相互敞着，甚至是谁家吃什么菜，谁家有客来了，谁家孩子又挨打了，夫妻又吵架了……日子中的所有琐事，都在别人的眼里明摆着——不设防，也无需设防，就像阴晴圆缺，下雨了，刮风了，出太阳了，一切都挂在那里，一目了然；这里的门，也是无须上锁的，主人在不在家不要紧，家里的东西是不会丢的——所谓门，在这里，它更像一句无形无声的神谕，一旦立在那儿，人的脚步就变得严肃和畏惧起来；它不像后来的那些防盗门，再是铁质之身，也挡不住心失敬畏的一双贼眼。

在这样的村里，泥土最是生动的一群。就连天空与大地，植物与河流，虫鸣与鸟啼，都是泥土的颜色。或深黄，或暗红，或一片墨黑；或如圆润的肌肤，或如皱纹丛生的岁月。一群群的泥土，从村里一直走向村外，直至危崖之上，步态始终优雅，不急不缓，每一步，流水和青草的气息，一丝丝从脚底往上蔓延，像温暖的火焰，贯穿身体与心灵。庄稼从泥土里长出来，骨骼在泥土里拔节芬芳，每一个人都根扎其间，风吹不去，雨洗不尽，即使身在千里，最后故去，灵魂依旧，深情不灭。

没有泥土的村庄，不是真正的村庄。泥土之上，是心的属地。记得有一年，在城里的水泥地上，我看见一头老牛，奋力往一段斜坡爬去；斜坡光滑如玉，老牛四蹄仿佛悬在空中，一次，又一次，始终无法抓牢，最后跌倒下去，并向后迅速滑落下来，沉重的身体在斜坡上留下一道浑浊的印痕……到最后，老牛一声呜咽，像一个临终老人的叹息——哀婉、幽怨，向着过去的时光与年华。这个场景一直让我记了多年，多年之间总想起一抔泥土，以及村庄的样子；甚至不止一次浮现出几句关于爱的诗句："逝去的爱/如今已步上高山/在密密的星群里/掩藏她的腼颜。"(叶芝诗)我总是想，在一头老牛的世界里，当村庄不再，泥土远遁，往事深埋，深爱不存，心和身体也就一点点冷去，那些走失的部分，那些不死的记忆，像陈年的风雨，满目苍黄，萧疏如凉。

像模像样的村庄，它是质朴的，更是缓慢的。就像村口的那汪旧泉水，时光之中，它停驻那里已然千年。它是安静的，仿佛置身处变不惊的世外。春花开了，秋月逝去，一直到白雪覆盖村庄，岑寂之中，它始终步履悠然，一点点地滴落下来，一滴滴地落在人们心上，缓缓地勾勒永恒。在这样的时间段里，在不远处，一定还有一位唱书的老祖父，在漫长的黑夜里"咿咿呀呀"地和着，没人听得清他的唱词，但你分明嗅得到，那一腔古老的幽怨，就像枝头落下的积雪，或是一朵在季节里奔跑的花朵，在从前的时光里一次次泛起浮世的温情——时间之河被拉得遥远且长，日子与心灵简单得就像一个模糊的音阶；又多年后，当你走出老远，你依然觉得，在那一声声的“咿咿呀呀”里，即使终其一生，你也走不出那一份牵挂。而你也终于明白：时间就像我们身体里的某个故人——关于村庄，我们总能在时间中感受到一份熟稔，只要稍稍碰触，那些经年的笑容，就会落英缤纷，洒满记忆，像另一个春天。

在这样的时间里，庄稼是人们心上的一轮太阳，不论风雨，不分白昼，永不凋谢。一粒种子从泥土里长出来，便享受了孩子般的礼遇——风雨之中，总有一颗母爱铸成的心，为之惦记，为之挂怀。往往是，一个农人，当他（或她）把一株庄稼揽进怀里，他（或她）一定就柔情加身了，甚至嗅到了自己身体的某种气息——或可说，一株庄稼就是一个农人前世的自己，它身上的每一根骨头和每一滴血液，都与自己心手相连。庄稼之上，必定有这样一群人（也总有少数个别出类拔萃的），熟悉时令，精于犁耙，在泥土和植物中运筹帷幄——他们（或她们）俨然构成了乡村的图腾，指点心灵，也引领道路。

没有庄稼的村庄，就像失去精血的肉体，季节瞬间坍塌与零落。田不像田，地不像地，不见稻谷、玉米、高粱和大豆的踪影，荒草却汹涌而至，沮丧满目。秩序也开始纷乱，先前纵横交错的小道深埋其下，河流的那份明媚沉沦深陷，蝴蝶与蜻蜓，云彩与花朵，飞翔之间，尽是荒芜——这个时候，一个村庄，从某种意义上来说，它就已经死亡了——我一直以为这是神造万物以来最不堪的事件，就好像“刻在巨大石块和玻璃窗上的《圣经》故事/到头来都将被时光消磨净尽（博尔赫斯语）”，一切都不可避免地成灰入尘；而一颗心，当所有的时间成为从前，一切就都难以为继了；而曾经的运筹帷幄，也终于沦落成顾影自怜，再就剩下几声无迹可觅的叹息。

像模像样的村庄，它是干净的，也是从容的。这样的色彩与旋律，它就藏在一声唢呐里——哇哇呜呜——哇哇呜呜哇哇呜——哇呜呜呜哇哇哇呜——单调，却无比执着，仿佛来自泥土与石头的声音，没有粉饰，灵魂与精神袒露无遗。老人过世了，女儿上花轿了，新房落成了，唢呐就响了起来——或忧伤，或欢愉；或祈祷，或祝福；或怀念，或向往。一颗心，一段时光，就随那些起伏的音符花开花落，情生情灭了。很多年，我曾经固执地认为一支唢呐，必定就是村庄开在天空的花朵，装饰风景也温暖心灵，点缀生活也扮亮日子。很多年，我甚至会在梦里看见一支唢呐，它就像我从前熟悉的眼睛，朝我深情凝眸——它似乎是我失散多年的亲人或情人，只轻轻一声呼唤，就心魂相牵，并泪流满面了。

在这样的村庄里，心是最瓷实的。生活与日子是足踩大地的简单与踏实。每一个人的生活之需，只一把斧子，一些柴禾，一些粮食，一些果蔬，一间安静的小屋和一匹马，一条狗。没有招摇的欲求——瓷实的心永远是一首最朴素的诗句，最能安妥平凡的肉身；在这样的村里，永远没有背叛——即使肉身出走，灵魂与精神却在此根深叶茂、不离不弃；即使时间如水逝去，怀想与眷念依旧如磐石，纹丝不动，生生不息。

这样的村庄，它还是神性的，无论是一棵草，一朵花，一块石头，一株庄稼，一个洞穴，或是一只微不足道的蚂蚁，它们都心静如月，扎根世俗又远离世俗——它们就像一些安静的灵魂，排斥喧嚣、拒绝浮尘；它们心怀美好，每一个词句与梦呓，都心存善念，面目温和；它们在那里，一个梦就可以地老天荒；它们一次次彰显神的光芒与明亮。

一个像模像样的村庄，它必定是温馨的，可以烛照肉身，泽被心灵，就像一缕炊烟，始终喂养并滋润着我们的肠胃——从小到大，每一个晨昏，我们都从那里吸取食物和水，然后像一株庄稼一样成长，然后经历四季；醒来和入睡，一缕炊烟，它始终面带微笑，岁月静好。

哦，对了，亲爱的，我所说的像模像样的村庄，它正是以一缕炊烟为标志的，炊烟一直是贴在村子上的重要标签。炊烟升起来，从茅草或瓦片的空隙里逶迤出来，从树枝上蜿蜒而去，仿佛某种精神的昭示；日子与生活却如泥土和草根般沉落于地；一缕炊烟之下，往往是，白昼了，黑夜了；秋来了，冬去了……一切标志都清晰起来，一切秩序都整齐起来。一缕炊烟，就是村庄上空的旗帜和方向，只一望，所有的秘密就都显山露水了。

我一定要补充的是，关于炊烟，关于村庄——在它们之下，必定有一个母亲，从初作少妇，一直到两鬓染霜，她始终不离不弃，以灶房为伴，以孩子为念；到最后，时间如草枯了，孩子像鸟儿飞远了，她始终还在那里，凝望着炊烟的方向，眼里说不清是喜悦还是忧伤——在一缕炊烟的背影里，一个母亲的一生，就这样如情如缕地挂在村庄的心上，挥不去，抹不掉；而一个村庄，也因为有了母亲，从此成为你生命与灵魂的栖息地——最初的，也是最后的皈依之所；在这一生，只要你心跳不止，就会有一个方向，长久地引你仰望——像一种高度，即使倾其一生，村庄消失，情缘耗尽，依然无法跨越和丈量；就像那些不受时光局限的事物，在时光中长生久传。

乡村的胎记

1.几起死亡事件的烙印

1981年冬天的某个晚上，风像一些带翅的鸟，在树林和竹叶间乱窜，弄出“噼啪噼啪”的声响。落叶在风中卷起漩涡，上升的时候，又快速跌落、消失——生命的激越与幻灭同时呈现。瓦片和茅草像一些沉静的面目，一言不发，掩藏内心。远山一片黝黑，只剩下模糊的轮廓，像兽类的脊骨，露出坚硬的底色。一只夜蛙子“哇——呜——哇呜——哇——呜——”地叫着，如水的凉意一点点钻进脊背……我紧紧拽住母亲，跟着她往小新哥家赶。不单是我们，整个村里的每一条道路，都有人急匆匆地往小新哥家赶去。

事情的起因是仅大我两岁的小新哥据说撞上鬼魂，快死了。据母亲说，近几天夜里，夜蛙子叫得特厉害，据说，只要夜蛙子一开口，村里必定要有人死去。只是有点出乎意料，这次被盯上的，竟然会是一个孩子。按理，夜蛙子该是拽着那些老人往黑跑的。我们到的时候，小新哥家里已挤满了人，每个人都在叹息，但他们更像一些袖手旁观的看客——小新哥躺在一堆干草上，身体不断抽搐，一定有剧痛正在他身体里穿行。他不断发出痛苦的呻吟，脸色苍白，额头上聚满冷汗……除了他母亲紧紧抱住他，没有一个人想过什么救治办法。很快，小新哥瞳孔放大，成了一具没有知觉的尸体……

这是我平生第一次经历死亡事件，那时我大约七八岁，幼不更事，但依然隐约地感觉到了死亡的滋味。我紧紧躲在母亲身后，始终不敢看小新哥的尸体，回家后还做了一个噩梦——梦见一只夜蛙子，双翅托着我，向着一个黑洞飞去，我一边挣扎，一边喊着母亲，但我离母亲和地面越来越远……醒来，早已大汗淋漓，枕头湿了一大片。多年后我想，这应该就是我第一次无意识地对死亡的解读——恐惧、对抗，更多的是无奈与屈从；另一方面，对一只鸟想当然的曲解以及一份迷信下个体生命所表现出来的轻与贱，让我感到郁闷和沉重。

第二起死亡事件发生在 1984 年的春天。一天早上，在水井边，一个女人一脸神秘地拉住母亲并对着她的耳朵低语，我听不清她们说些什么，但从母亲慌张的神色里，我想村里一定有事发生了。回家问母亲，一阵沉默后，母亲说村里某家的女儿(我小学的同学)被“干痨精”找上了，叫我千万不要挨近她。

我忍不住大惊失色。我知道“干痨精”的厉害——据说这是一个非常恐怖的恶鬼，头上长满了癞疮，眼球向上凸起，眉毛脱落，满脸苍白，像一张死人的脸(记不得是男性还是女性)，骨瘦如柴，只要被它找着的，很快就会脱了人形，变得跟它一样；而更为可怕的是，被找着的人还会很快又找上别人，祸害村子……

接下来的某天晚上，母亲压低声音对我说，这下好了，那个“干痨精”就要被烧死了。我又是一惊。尽管我也惧怕“干痨精”，但一想到那个女同学，还是忍不住有点颤抖——我再次想起了她姣好的面容，想起了她跟我一起跑过山野和河流、一起在课堂上朗读的场景，始终无法把她跟丑陋狰狞的鬼魅联系起来……一种最初也最原始的怜悯，懵懂的矛盾心理，让我觉得了残忍与凄厉，以至于完全忽略了这个夜晚还有明媚的月亮，以及泛上来的阵阵花香。

我没有亲眼目睹女同学的死亡过程。但后来听说，那天晚上，村里所有的男人都出动了(他们就像去执行某个神圣庄严的任务似的)；还听说女同学是被装在柜子里，抬到水碾坡被活活烧死的……关于这起死亡事件，留下的仅是一次潦草的叙述，至于其间的过程与细节，一直没有人说起(或许是没人愿意说)。但我忍不住想要虚构——我宁愿相信，那个夜晚，在春天的水碾坡上，鲜花遍地，一簇簇的火焰升腾而去，一个小女孩，面带微笑，乘着火焰和鲜花的翅膀，往月亮上飞去……再后来的某个春天，我几乎找遍并深情地抚摸了水碾坡的每一朵花，我一直在想，是否有其中的一朵，曾经照亮女同学无辜的灵魂呢？

这起死亡事件留给我的，更多是一种美好的祝福，还有对于无知与迷信的诅咒与谴责。很多年，我总觉得内心堵得慌——在对疾病(后来我想小新哥患的可能是急性阑尾炎；女同学患的可能是肺结核之类)缺乏最基本认识的前提下，将一切的意外与不幸寄托于鬼神，由此酿成的悲剧，一直像一个梦魇,让我耿耿于怀。

到 1998 年的秋天,跟我同龄的某伙伴因抢劫杀死人被执行死刑。他的死,让我对于乡村的死亡,又多了层新的理解。

记得那是一个黄昏,一轮残红静静地挂在山巅,仿佛睫毛上的一滴泪珠,随时都会掉落。平桥的河水还是多年前的河水,从青龙山直泻下来,在石头田一调头, 就往千秋榜奔去了, 丝毫看不出隐藏在其间的时间变化——时间或许仅仅是一种感觉,风流云转与花开花落,更多的可能只是内心的沧桑巨变。就在河水之上,我遇到了这个同龄伙伴的父亲。初见的刹那,我忍不住就吃了一惊——不见他不过很短的日子,但他显然一夜间老了许多,面容憔悴,头发也白了,就像一棵陡然枯萎的秋草,霜痕重重……招呼之后,他就迫不及待地跟我说起了他的儿子,就在那天,我知道了同龄伙伴的死讯。

同龄伙伴死后,他的妻子与女儿,被人拐卖他乡,一直没有确切的消息;他唯一的弟弟,四处打工,三十多岁了还没结婚,孑然一身,一去多年不曾回家;只剩下他父亲一人,一直没能力去寻他的骨骸。很快,他的埋骨之地就成了秘密,而他短暂潦草的生平,也很快烟消云散。他唯一留给家人的,仅是某公安局对他执行死刑的通知书。这份通知书被他父亲仔细保管了很多年,直至他父亲最后去世。很多年,我一直无法知道他父亲内心的秘密——在对一份执行死刑通知书的凝望里,一个失去儿子的父亲,一个垂暮之年的孤独之身,他内心的平静或风起云涌,将会是怎样的艰难处境?

由此,我常常想,乡村的这些非正常死亡,它们更近似于某种暴力的启示:这种暴力,来自愚昧、迷信、贫穷(我相信这个同龄伙伴死亡的原因一定是贫穷所致)以及由此引发的偏执与虚妄,它深植于骨髓与某种既定的秩序,像乡村身体上的某块胎记,一次次穿过它暗黑斑驳的花纹,让我仿佛看见越过时间与岁月的飓风,不断地摧毁我弱不禁风的内心。

2.光棍们的内心史

要说的第一个光棍,当我记住他的时候,他已是一个老人。他姓卢,是我家邻居,我喊他卢伯伯。那时我还小,关于他的过去,我所知不多。只记得他家人丁不旺,只有他跟他父亲两个人。他父亲身材矮小,是个跛子,但会制作棕绳的手艺。制作棕绳，要一头固定，然后跑动着将棕叶往另一头牵去，而且需要一定的速度。我们都喜欢看他父亲跑起来的样子，一瘸一拐的，想快又快不了，那样子就像一只笨拙的鸭子，跑起来，满身抖动，却不能保持协调，有点滑稽，让人想笑。不几年，他父亲去世。剩下卢伯伯一人，但不知他为什么没继承父亲的手艺，这是一个秘密，没人知道。然后就是我们一天天长大，卢伯伯一天天变老，到我十五岁，卢伯伯死去。其间没有任何波澜——太阳出了，雨落了，风过去了，一朵花和一只蝴蝶被尘土掩埋了，时间像一条无惊无险的溪流，安静地从村里流过。

据说卢伯伯原本娶过媳妇的，只是结婚当晚，他就把媳妇送回了娘家。他为此遭到了很多非议，有的说他不满意父亲替他说下的这门亲事；有的说他患有某种不可言说的隐疾；还有的开玩笑说他生性怕羞、不好意思碰女人，不管哪种说法，他均一笑了之，从不答言。这又是一个秘密，从来没人知道其中的真相。人们只知道，卢伯伯从此沉默寡言，很少说话；也很少跟在人群背后，人生多年，就一个人，在阳光下或是月亮底下，默默地抽烟，默默地看着远处的一朵云或是眼前的一只蚂蚁爬过。没人知道他的内心——他内心的天空，只有他一个人看得见，直到他死去。这样的细节，仿佛一些深刻的画面，导致我多年后总会想起他，我想，孤独对于一个自我封闭的内心而言，或许具备着刀子的属性，起落之间，无血之处，引人沉思。

在光棍中，跟卢伯伯内心大相径庭的，要数一个姓唐的。姓唐的为人憨厚老实，很多人总是当面取笑他，但他总不会恼怒，始终一脸和善，有点接近于麻木。姓唐的也结过婚，但后来老婆跑了，原因是姓唐的不能生育。姓唐的似乎并不在乎疾病本身，一生都想着要娶个媳妇进家。姓唐的在村里牧牛，每头牛每年给他近百斤稻谷作报酬，因为牛多，他每年总能有几千斤稻谷收入，这在缺粮的乡村来说，他已算得上富裕的人了。于是，围绕稻谷，总有一些心怀叵测的人不断地帮他四处找媳妇，但往往是稻谷耗尽，媳妇也没有着落。但他并不明白这其中的骗局，再有人给他帮忙，又热火朝天跑上一场，持续不断，一直到临死前，估计在他内心，依然还在想着一个女人的身影。这种内心的坚持，在强大的背后，却让人看到一种彻骨的荒芜。

有一年，村里来了个疯女人。姓唐的一见她，就将其领进家门。在人们一片哗然和嘲笑声中，姓唐的却逢人就说：“这是我家女的（就是媳妇的意思)。”说得一本正经,而且还有几分严肃与郑重,分明就是要急于告诉每一个人,让人们都知道他已经有了女人。我见过那女人一面,有一次在村口恰好遇上,一见面,姓唐的就给我介绍。我看见她一脸憔悴,却收拾得很干净(估计是姓唐的为她清洗的),能说上一两句清醒的话,但到第三句,就表现出了疯样。不过,仅仅几天,疯女人就不见了,据说姓唐的还不死心,四处寻找……多年来,我一直为之惊诧并且沉重——我似乎看清了姓唐的内心,我想,他所渴望的,或许已不是一个女人的身体,更主要的是由一个女人,他能看到了人生的圆满?而他终其一生,或许都在朝这方向努力?

不过,真正让我难以忘怀的光棍,还要数老柱。老柱是他的乳名,老柱如今已近六十,但就连孩子们,都一直这样喊他。至于他究竟有没有学名,早已被人们忽略。老柱身体不但没有残疾,反而长得英俊无比。他成为光棍,是因为他母亲的原因。多年来,我们的民族都不会跟其他民族通婚,老柱的母亲却犯了这条禁忌——在她十八岁那年,竟然跟着邻村的一个汉族小伙私奔了(但后来不知为何又回到了村里居住)。这是村里历史破天荒的一次,当下举村哗然。只是她没想到,这一举动竟让她背负了一生的屈辱与孤独,直至殃及孩子们。事实是,在她私奔后,人们一致认为她已不是一个正常人,认为是被鬼魅找上了,一致认定她就是鬼魅的化身。再以后,在长达几十年的人生里,村人不理她、排斥她,就连小孩见到她,远远地就跑了,生怕被她的鬼魂缠住。有一年,村里一个半大孩子患病,据说是被鬼魅缠身偷了魂魄,家长请了一个巫师前来镇邪。巫师一边用杨柳条抽打小孩,一边问:“你遇上什么了?”模模糊糊的小孩竟然答:“被鬼魅逮住了。”从此后,她在村里的处境就越加险恶了(天知道这对话是不是巫师的有意导演)。后来,她大儿子因病夭亡,竟然没人帮忙抬尸,而当时她丈夫也早已因病去世,最后是她跟年幼的老柱费了好大劲,才偷黑安埋了尸体。而她私奔最残酷的结果,就是村里从没有任何一个姑娘敢跟老柱来往,在姑娘们的眼中,老柱也该是个小鬼魅了。就这样,老柱先是不经意,过了青年,又过了中年,到最后就成了光棍。

只是与其他光棍不同的是,老柱似乎并不因此而在意。在我的记忆中,似乎从来没有听老柱说过有关婚娶之事。只是一些无聊的人总想用此话题寻他的开心,这时候,老柱就会不慌不忙地说:“慌什么?不慌的。”然后就把话题岔了出去。倒是他的母亲,一直为了老柱的婚事忧心如焚。尤其是很多年后,当人们逐渐认识到关于鬼魅之说纯属无稽之谈,对各民族通婚、私奔的现象习以为常时，老柱的母亲似乎看到了希望。但一切都已来不及了——这时候老柱已过中年,加之家里贫穷,光棍的事实已经无法挽回。我清楚地记得,有一年村里某个老人去世,老柱的母亲跟一帮妇女围着一个火塘守夜,其中一个妇女问她:“为什么老柱不找个媳妇呢?”我不知道那个妇女是心怀同情还是有意揭别人的疮疤,瞬间,从老柱母亲眼里流下的泪水,像断线的珠子,好长一段时间不能止住。如今老柱的母亲依然健在,只是腰身已经佝偻成一个直角。回村去时,我偶尔也能遇上她,每一次都觉得无限疼痛——在她呈现出来的风烛残年里，我看到了一个乡村女人悲剧的一生;这种悲剧,深深地刻在乡村的时间上,谁也无法为之改变,谁也无法为之承担。

他们之外,村里还有一些光棍(村里的每一代人,都会不约而同地出现几个光棍),光棍群中,有的已经死去,有的业已年老,有的正当中年;有的已经彻底放弃,有的却依然在为娶个媳妇而努力,而奔走;有的甚至已经失踪，只听说到了某个村子跟某个寡妇生活了……他们各自的内心世界,各有侧重,各有不同。但都有一个共同的心理——对性的渴望;对女人身体的渴望;立业、结婚、生子,甚至是儿孙满堂,甚至还可能有隐约的功名及富贵梦想——这是他们肉体本能对一份世俗生活意义的理解和向往;只是那向往,或者因为残疾,或者因为贫穷,或者因为其他原因,只能成为奢想。这是不可更改的既定事实,有点残酷,但谁都无能为力——多年来,每次想起,我就觉得有一块石头压在心上,想搬掉它,却搬不动;每搬一次,压力不是减轻了,而是增加了。于是终于明白,终其一生,所有光棍们的内心史,必将是乡村投在我心上的一道无法抹去的阴影了。

3.出轨的乡村爱情

大约是 1995 年,村里发生了第一则出轨的乡村爱情。

那时候,村里的树生哥因为腰椎间盘突出死了。树生哥生前干的是赶鸭的营生,他一死,树生嫂不得不接下了他的鸭竿。其时,树生嫂不过三十岁左右,虽然一口气生了四个孩子,但依然保持苗条的身段,一张脸,也依旧灿若桃花,像刚被春雨浸润似的。

问题就出在这里。村里有另一个赶鸭的男人,虽然有妻有子,但当他不止一次在河流上与树生嫂相遇后,他看着那张桃花脸的双眼就再也舍不得挪开脚步;慢慢地,如此几次后,树生嫂也忍不住怦然心动了;于是眉来眼去,于是就有了故事。终于有一天,在废弃多年的水碾房内,以一截残存的墙壁为遮掩,两人紧紧抱在了一起……

问题还有几分难堪——凑巧的是,不知是哪个路人,竟然就撞见了这一幕。紧接着,事情就有了几分戏份——几乎很快,这个消息就传遍了全村。

再下来,男人的妻子不依不饶,先是找男人吵,再追到树生嫂的门上骂,再到四处追着树生嫂殴打……这个女人几乎就要疯了。但她的一切努力, 似乎都是白费劲——一方面是自家男人依然不断地跟树生嫂幽会,岩石背后、柴垛之间,甚至是无遮无拦的幽静山野,都可以是他们野合的温床;另一方面,则是树生嫂逢人就说,她连做梦也离不开这男人了,一则如胶似漆的爱情,一时间成为公开的秘密。

接下来,悲剧就不可避免地发生了:某个早晨,万念俱灰的这个女人,喝下一瓶农药,以最古老最脆弱的方式表达了她的强烈抗议。只是让她始料不及的是,就在她入土的当天晚上,树生嫂就光明正大地睡到了她曾经睡过的床上。此后多年,这则现实版的出轨的乡村爱情,一直让很多妇女津津乐道,她们都喜欢说,这女人实在太傻,要是轮到她们,你玩我也玩,倒要看看,究竟谁玩得更花哨?

时间与风俗一下子急转而下。经此后,乡村的爱情,竟然接二连三地出轨,以至于总有上了年纪的老人说,这都是树生嫂他们开的好头,真是一颗耗子屎,打坏一锅汤,言下之意颇有些愤愤然。

村里有个残疾男人,身材矮小,头大身细,一看就是智障类。但凭着父母丰厚的积蓄,却娶了个漂亮妻子,婚后生了几个女儿,女儿们竟然一个个都长得端庄漂亮,就跟母亲一样。但村里也有人怀疑这些孩子不是残疾男人的,于是有好事者就专拣些男女之事考问残疾男人,想从中窥到某种端倪。据说每次残疾男人都言不达意,似未经过男女之事的样子。一时间,各种风言风语径直传开, 好在所有言传并没影响到残疾男人一家的生活,日子照样是日升日落,夫妻恩爱,和和美美。

只是 2001 年的某天,意外的事情竟然发生了:残疾男人的妻子,竟然跟着村里另一个男人跑了。事情发生后，人们颇感意外的是，残疾男人一家竟一直保持沉默，也没有前去寻找的意思。越是沉默，越让人们感觉到那隐藏其间的怒火，人们都相信将会有一场暴风雨来临。人们都确切地相信，那两个私奔的人是不敢回村了，只能从此亡命天涯，一去不归了。但接下来人们却惊愕得说不出话了——仅仅几天，两个私奔的人就大摇大摆地回村了。有村人问他们不怕残疾男人一家找上门来吗？那男的一副满不在乎的口气："他家敢找人？他除非不怕我捅破他家的秘密？"但究竟是何秘密呢？男的始终没有说。只是再几年后，隐隐的似乎听人说，有一次那男的醉酒后不小心说漏了嘴，说那残疾男人，原本并不知晓男女之事，至于那几个孩子，其实是他父亲的骨肉……但究竟是不是真的，一直没有谁知道，也没有谁敢去问个究竟。

不过，真正让我不能忘记的，还是关于我堂哥的事。

在村里，我的堂嫂是个绝对的美人，当时想娶她为妻的，少说也有十数人，在所有人中，我堂哥打架最凶，就凭这一优势，她毫不犹豫嫁给了堂哥。但随着时间推移，堂嫂突然后悔了——打架凶的堂哥并不能给她带来物质上的实惠，于是她竟然就有了红杏出墙的想法。堂哥也曾几次发现她的蛛丝马迹，只是一时没逮住线索。

2010 年秋天的某个晚上，村子里某户人家办喜酒。正在那家帮忙的堂哥不经意回头时，恰好看见堂嫂神色慌张地往房背后走去。起了疑心的堂哥尾随而去，堂哥终于看见在黑暗中堂嫂跟另一个男人抱紧的身影。堂哥恼羞成怒，不想却惊动了那一对，那个男人丢下堂嫂，没命般逃去。喝了点酒的堂哥没有追上那个男人，也没看清那个男人，回来后对着堂嫂一顿暴打，不料用力过度，堂嫂当场死亡。最后，堂哥被判无期。送他去监狱那天，他告诉我们，说堂嫂临死前，不断喊着村里某个男人的名字。堂哥认定，那晚跟堂嫂在一起的，一定就是这个男人。他说如果他能活着回来，一定要让这个男人血债血还。我们劝他，他说谁也劝他不住……

这则出轨的爱情，是否就已经结束了呢？我们都有些担心，但谁也无法预料，谁也没有什么可以阻止的办法。好在这件事刚刚发生，离堂哥回来(堂哥能否回来还是一个问号)的日子还很长，甚至漫无边际，倒也可以先放放心。

村里出轨的乡村爱情，有的以死亡为代价，有的则充满了戏剧性，不论何种情况,都具有较强的颠覆性——透过它们,我似乎看见了一种无比强大而又悲哀的内心,我甚至相信,那内心,一定会像一些蓬勃的野草,随着时间的风霜,在我记忆的刻度上岁岁枯荣……

老了的房子，老了的父亲

房子老了，父亲也老了。老了的父亲坐在老了的房子里，衰老的气息一起涌上来，就像石阶上的那一层青苔，迅速地爬上来的样子。

父亲一次次抬起浑浊的眼睛，一次次看着老去的房子。房子是真的老了，有几根柱头还是后来增补上去的，在某个风雨交加的夜晚，原来的柱头突然就坏了——“那可都是当年精挑细选的上好的木头呢，咋说坏就坏了呢？”父亲总是想不明白，这木头咋就这样容易坏掉呢？至少，这坏掉的速度是不是快了点？

增补上去的柱头就像手术留下的疤痕，碍眼，不好看，就像一具肉身衰老的过程，神色惊怯、慌乱。父亲坐在那里，目光始终落在那疤痕上。我懂得父亲心思。父亲爱美，也惧怕衰老，眼里容不下那疤痕。要不是他也衰老了，动不了了，他一定会亲手换掉那个疤痕。父亲浑浊的眼睛一直盯在那里，就像钉在风中的某声叹息；风吹过老去的房子，吹过老去的父亲，一切都模糊不堪，甚至空空荡荡。

父亲也老了，也快坏掉了。以前能扛得动两百多斤的身子，现在说塌就塌了。严重的颈椎骨质增生让他终日头昏，世界在他面前恍惚起来。父亲只能选择坐在那里，他已经很少出去，他一站起来就觉得周围的事物都摇晃不已，原来清晰的世界已经变得模糊。他坐在那里，只紧紧盯着一根坏掉的木头看，——“他究竟有没有想过自己跟一根木头相似的命运呢？”我们都不敢问。我们都怕触摸到时间的另一个伤疤。有些伤疤可以看得见，却最好不要去触摸，——虽然有点掩耳盗铃的感觉，但自己给自己留点谎言，有时的确真是生命的安慰。

房子前面有堵老墙。老墙是在父亲之前的某姓人家修建的。据说该姓人家在村里至少也生活了五代之久，后来却不知所踪了。没有谁知道他们去了哪里，也没有人知道他们还会不会回来。他们就只留下了一间破败的房子,后来房子就归给了村里,后来父亲就给村里买下房子并将其拆了,就只留下这堵老墙。老墙上不知何时长出了一簇茅草,也没有谁去惊动它,一年又一年,一簇茅草就独自在那里枯了又绿,绿了又枯。只是偶尔才会有一两只鸟雀落在那里,但也仅仅在那里留下几声落寞一般的啼鸣后,便又飞走了。一堵老墙和一簇茅草的心事,终究没有人提及。

父亲显然也是忽略它们的存在了,甚至是遗忘了。或许从当初父亲将其留下时,它在父亲眼里心里就已经不存在了。父亲浑浊的目光偶尔会落在上面,但也仅仅是落在上面,最多就像路过的那几只鸟雀,或者是一阵风,路过也就路过了,并无丝毫的痕迹留在那里;即使是偶尔长时间落在那里,父亲其实也并没有想着要在意它们。时间在父亲眼里或许已经只剩下一个空洞,时间已经让父亲忘记了时间这种事物。

只是父亲并不知道,当他看着一堵老墙时,老墙其实也在看着他。两个老去的身子,在彼此的凝视里,也在彼此的模糊和漠然里,把一份孤独,扯棉线一般,一丝丝一缕缕地拉长,一丝丝一缕缕地丈量着一颗心与时间的关系,丈量着一颗心在时间里的不断沦落,直至彻底消失。

老墙旁边是牛棚,现在却空着了,随着征地拆迁,牛棚里的牛早已经退役;随着土地的消失,一头牛的命运也被彻底更改。父亲从来没有想到一头牛的命运还会被更改,相对于他自己而言,他一直以为一头牛贴身于土地之上,便可以是时间与岁月的久远。只是他并不知道,时间与岁月的本质其实就是在不断地篡改事物,一直要把所有的事物篡改得面目全非。所谓"久远"之类的说法,更多的只是某种善良的祈祷,就像吹过老房子的风,虚浮、脆弱;就像老去的身子,在风中随时都有可能会折倒。

牛不在了,曾经的犁耙还在。就像肉身走了,只留下灵魂。而灵魂究竟是什么东西呢?从一头牛的身上,从父亲对一头牛的怀念里,我更愿意将灵魂视为某种精神的存在,烛照情感也温暖记忆。这不,自从牛棚空了以后,父亲就把留下的犁耙洗净擦亮后抬到了牛棚里,——其实仅仅说怀念还是不够的,在父亲对待犁耙的一丝不苟里,父亲显然是把一头牛视作了神祇供奉;在一头牛远去的时间与岁月里,父亲对一副犁耙的精心保存和凝视,一丝不苟地呈现出他内心的虔诚和敬仰。

牛棚其实也老了,牛棚跟老房子同时诞生。在曾经的土地之上,有一幢人住的房子,就必定要有一间牛棚。人与牛一直就像患难与共的兄弟,或者说同一个灵魂里长出的两株植物。当父亲把一幢房子和一间牛厩稳稳地立在土地上,父亲一定就看到了在一个屋檐下瓜瓞绵延的生命场景。只是让父亲预料不到的是,如今房子老了,牛棚也老了,子女们也都离开老屋而去,并在属于各自的房子里离散而居,所谓瓜瓞绵延的生命场景,到头来就只剩下他一个人,在老迈的身子里孤独如斯——是的,我不敢确定时间与岁月的本来面目,但我敢确定当父亲一个人在老房子里老去时,孤独一定就是那泛上来的衰老气息的最好见证。

所有的物件也都老了。先是那个三开柜老了,曾经鲜红的油漆开始脱落,那油漆下的木头也开始溃烂。柜门上的大红双喜字,也已经模糊不堪。我不知道父亲看着它们时作何想,但作为父母结婚时唯一的家具,作为父母一生唯一的家具,当目睹它们一点点老去的过程时,我无疑地就想起了跟着老去的父母。所谓爱情,所谓婚姻,在父母这里,原来就是如此的简单,年轻了,老了,一生也就过去了;一生的波澜,就只在那一层红漆脱落的过程里。

那个红色的相框也跟着老去了。那时候红色的相框就挂在父母的房间里,里面贴满了父母年轻时的照片。但现在相框散了,父母年轻时的照片也不知弄丢到哪儿了——父亲说他可是将那些照片一张张都收拾好的,但后来还是弄丢了。父亲始终弄不明白那照片总是要弄丢的,丢失原本是一切事物的宿命,亦是时间与岁月的宿命。

门头上的对联也跟着老去了。曾经的很多年月,每到春节,父亲都要贴上一副对联的,一副对联里有他对生活美好的渴望。但现在父亲已经不再贴上一副对联了,门头上的对联只剩下了一些泛白的残剩的字迹,就像剩下的一些心事,在那残剩的时间与岁月里冒着最后的气泡。偶尔,父亲的目光也会落在上面;只是不知道,在父亲浑浊的目光里,他是否还能辨得清楚那些隐约的字迹?又是否还记得自己一年年寄寓其间的祈祷和期待?

院子也老了。不知从什么时候开始,院子就已经开始显出老相了。甚至是,院子老去的速度比之于房子还要快速。几阵风霜雨雪之后,地上的水泥便开始脱落,野草则第一时间就从那里疯长了起来。野草蓄谋已久的样子,就像隐藏着的时间与岁月的帮凶。父亲不止一次想要拔掉它,但每一次它又都快速地生长出来,这里一簇,那里一簇,全然不顾这院子里还留有人的气息。父亲后来就懒得拔了,其实也不是懒得拔,而是屈服了,一个人最终被一簇野草打败。

父亲偶尔也强迫着自己站起来,尽管在站起来的时候他感到了剧烈的摇晃,但他偶尔还是要强迫自己站起来,来到院子里站一站。内心虽然是被一簇野草打败了,但父亲还是不想让野草窥见他最真实的内心,他始终想要在那一簇簇的野草之间站一站,他始终想要掩饰自己脆弱的某种真相,想要在那摇晃的野草之间保持自己最后的一点尊严。

父亲搬来了一盆盆的植物,有夜来香、万年青,还有牡丹和月季之类的,约摸十余种,红红白白青青绿绿地挤满了整个院子。父亲显然是想用它们跟一簇簇野草抗衡,想借助它们留住一个院子的生机与活力。只是父亲并不知道,无论是盆栽的植物,还是自己生长的野草,从本质上都是时间与岁月的另一只手,越是茂密之时,也越是内心的荒芜之时;尤其是当风吹过,院子里一片狼藉,那荒芜便愈加猛烈,也愈加让父亲的世界摇晃不已。"人终究敌不过一根草。"在摇晃的同时,父亲终于不得不承认院了是老了,自己也老了,一切真的都老了。

房子里至今还摆放着两张雕花的木床。一张是我的,另一张是弟弟的。那是父亲按古礼亲自为我们打制的。黔地农村,每个儿子结婚时,做父亲的必定要选上好的木料,请最好的木匠来打制一张雕花的木床。一张雕花的木床,便是一个儿子的一生。一张雕花的木床上,便是父亲眼中瓜瓞绵延的场景。只是父亲显然是失望了,先是我,再是弟弟,当我们各自按古礼在父亲打制的雕花木床上完成婚礼后,就都携着自己的妻子离开了。一张古礼中的雕花木床,显然已经无法承载我们的人生;而父亲眼里心里古老的生命场景,亦在他亲手打制的两张雕花木床上终结。

父亲显然是从此落寞了。即使我们兄弟在外过得如何风光,父亲也不在意,甚至极有可能不需要。父亲所在意的,只是他眼下膝下的一份热闹。父亲就常常会跟我们提到隔壁人家的热闹,一家几代人,始终挤在一个屋檐下——父亲显然为之羡慕,也因此而感到失落;在我们兄弟相继离开老屋的背影里,父亲就像丢了魂魄似的;父亲终日坐在那里,一边看着空空荡荡的房子,一边看着隔壁人家几代人在一个屋檐下的进进出出……

直到现在,两张雕花木床依然保持着我们兄弟各自结婚时的样子。尽管我们兄弟自从离开后再也没有回来,但父亲始终让它们保持着原来的样子。我们也都明白父亲的心思。父亲看着它们,似乎就看到了眼下膝下的热闹和欢乐;那同一个屋檐下瓜瓞绵延的场景,始终是父亲挥之不去的生命情结。所以每一次回到父亲身边,我都会在自己的雕花木床边站上一阵,一边看着父亲把它收拾得整整齐齐的样子,一边就想起父亲内心野草般生长的落寞……

而我也是落寞的吗?每一次,我也还会想起自己离开老房子的背影,其实并不知道在我离开的背影里,是否也跟父亲一样染满了落寞的颜色?

老房子如今已经没有人来串门了。自从我们兄弟离开,我们跟村人就逐渐隔阂,甚至是相互遗忘了。而村人,也顺理成章地把父亲遗忘了。尽管父亲一直渴望着像当初一样地跟村人保持亲近,但因为我们兄弟的离开,也因为父亲的日渐衰老,村人们终究还是把父亲遗忘了。村里年幼的孩子不认识父亲,年轻的忽略了父亲,就连跟父亲一起生活了几十年的同龄人也不再跟父亲来往。时间和世事都因为一份衰老改变了原有的秩序,衰老就像时间与世事的涂改液,把父亲的一切都涂改得面目全非。

“那时候这房子里真热闹啊——”一个人坐在那里的父亲总会这样自言自语,一不小心就这样自言自语。父亲曾经是村支书,村里几乎所有人家的大小事务,都要由他来牵头参与,老房子也因此迎来了它最辉煌灿烂的时光——“那时候这房子里总是挤满了人,来请我办事的,来找我吹牛的,总是挤满了人——”自言自语的父亲就像一尾最后被时光之网罩住的鱼,在对往事的回忆和留念里,内心的虚弱和漂浮就如那漫漫水波,一圈圈地浮上来,并一圈圈地将父亲淹没。

父亲一个人坐在那里,再也看不见任何一个前来串门的身影。父亲其实是多么希望能看到前来串门的身影,多么渴望回到从前啊——但还能回得去吗?时光和世事从来都是不允许回头的。父亲显然绝望到了极点。父亲一个人坐在那里,往事再次浮现和再次消失的过程,就像肉身和灵魂一点点死去的过程——时间和世事到此已经只剩下一个彻底的空洞,父亲随时都能感觉到自己就要坠落到那空洞里了……

父亲一个人坐在那里，目光越来越浑浊，老去的房子、老去的墙壁、老去的牛棚，还有越是茂密越是荒芜的花草，越来越变得摇晃不堪；还有鸟雀，还有不断吹过的风，时间和世事在父亲的身上，越来越斑驳模糊，甚至是迷离起来……

就连我也跟着老去了。我跟父亲坐在那里，父亲衰老的气息分明正源源不断地传递给我，父亲浑浊的目光和落寞的心事，一次又一次将我击中；而衰老，也就在一瞬之间降临到我的身心之上了。衰老的过程，总是这样不分时间地点、不论年龄大小，说来就来了。我不知道该说些什么，父亲也不知道该说些什么，我们就像一对隔年的父子，在隔年的时间与岁月里，除了衰老的气息不断地弥漫，那些隔年的话语，似乎已经无从说起；那些所有能让我们寻觅到从前时光的话语，似乎都被这衰老的气息所淹没，直至彻底走失。

风从我们的身上吹过，暮霭如密集的雪子一般落了下来，一切事物都迅速朦胧起来，老房子显得更加空空荡荡，时间与岁月制造的空洞越来越深，但父亲依然坐在那里，似乎就一直想坐在那里。父亲是不是怕当他一旦起身，就连这老去的房子，就连他老去的肉身，这人世所能看得到的最后的影子，也会被这风吹散？被这雪子一般的暮霭所吞噬？

我懂得父亲，却又似乎并不懂得。只是在父亲始终不动的身影里，我分明看到了一缕人世的寒凉，就像风吹幡动，风过处，人世的一些隐喻便在那里开始呈现，——但父亲于我，终究是无法言说的，在无法言说的同时，就只感觉到一种沉沉的孤独，在我显然已经跟着衰老了的身体里如风肆虐……

穿过村子的火车

很多年以前,我喜欢一个人坐在村子的某条小路上。头上是正午的太阳和众多蜻蜓翻飞的影子。大地一片岑寂,一边是阳光的灼热透出的荒凉,一边是蜻蜓们演绎的华丽。我一个人静静地坐在这里,没有谁知道我竟然在这里想着一辆火车。在这样的情景里,没有谁知道,总是有一辆火车正穿过我少年的梦境。那些时候,面对贫穷的村子,我总无端地想着远方。我固执地认为,一辆火车的尽头,就连接着我所希望的远方——包括我的事业、爱情,甚至在等待着我的一幢房子。我甚至想,要是有一辆火车能穿过村子,我一定毫不犹豫地跳上去……那些时候,从一辆火车开始,我少年的梦幻遥远而又真切。我总认为我应该属于远方。

我终究没有走向远方,没有坐上我梦中的火车。后来我虽然第一个走出村子吃上皇粮,但我所考取的师范学校就在邻县。从村子到邻县,根本就没有铁路,没有火车经过。这一直让我遗憾多年。我记得,当我在安顺城郊第一次看见火车从铁路上飞驰而去的时候,竟然激动得几乎要掉泪。直到现在,每当我看到飞驰而过的火车时,仍然会激动不已。少年时代的那个梦想,仍然会在偶尔的一瞬让我潸然落泪。

这让我同时想起了我的乡亲们。曾经很多年,对一辆火车的渴望,一直贯穿他们生命的过程。这让我很是难过。因为当我发现在他们心里也跟我一样藏着一个有关火车的秘密时,我所触摸到的是一种真实的沉重。那时我已师范毕业回到村小教书。那时坐在我教室里的学生还很多,他们都盼望着跟我一样,通过读书端上铁饭碗。那时我依然跟他们说着火车,说着远方,说着我未曾实现的梦想。那时候,火车对他们无疑也是一种诱惑。而就在那时,一起事件的发生,让我知道除我和学生之外,几乎所有村人也藏着一个关于火车的梦想。这让我无限惊愕。那就是,正当我跟学生们沉醉在我的火车以及远方的梦里时,村里的福长大叔跳火车摔死了。这无疑成了村里的一大新闻。因为此前,福长大叔作为村里第一个坐上火车的人,一度成为村人羡慕的对象。我至今没弄清福长大叔跳火车的真实原因,听说是被人抢劫时被迫跳下去的。人们对他的死因似乎也不太感兴趣,倒是对他能死在火车上觉得死有所值。这一直就是我为此沉重的缘由。由村人的价值观出发,我似乎触摸到了村人们围绕一辆火车的荒芜的生命。

我不知道福长大叔的死是不是直接的导火绳。总之自从福长大叔死后,先是年轻的,然后就连我的教室里面的学生们,都开始走出了村子,坐上火车成了远方的人。火车对他们再也不仅是一个梦想。火车把他们变成了远方的打工族。在远方,他们有的跟福长大叔一样,用自己卑微的肉身作了远方的祭奠;有的拖着伤残的身体回到村子,然后无奈地继续做着火车以及远方的梦;有的依然来来去去,在火车上成为一只候鸟……只是不知道,火车及远方对他们而言,是否真的如他们所想的一样绽开着绚烂的梦想之花?但我无疑是羞愧的。因为直到现在,我一直没有坐过火车。相比他们而言,我仍然停留在那个少年时代的梦影之上——火车以及远方,依然混沌而又迷蒙。

不过我终究还是感到欣慰的。虽然我少年时代的梦想没有实现。但在穿过村子的火车上,我的弟妹们让我看到了希望。先是我的小弟,坐着火车到了重庆的一所大学,然后又是我的小妹,坐着火车到了西安的一所大学。小弟曾一边坐在嘉陵江边吃麻辣火锅,一边用电话跟我说起他关于城市的理想。小妹则一边在古城墙上看日落,一边用短信告诉我她对于繁华过往的叹息与忧伤……他们在远方的诗意,让我看到了一辆火车真切的诱惑。在穿过村子的火车上,我们的希望之花,正悄然绽放。

多年以来,每当夜晚来临,面对岑寂苍茫的夜色,我总会听到一辆火车呼啸的声音。它从乡村穿过,然后碾过我的内心,驶入一片荒芜。我总在睡梦中坐上想象的火车,在遥远的远方寻找一个不曾实现的梦想。我总在梦里醒来,总想寻到一些什么启示——对于村子贫穷落后的叹息?对于生命中一份生动的向往?……然后我总是无法入睡。不论是对我而言,还是弟妹们而言,抑或是村人而言,火车都是命里一份挥之不去的情结——它或许更接近于一种祈祷,或者安慰?

当时间进入 2009 年,计划新修的长沙至昆明的高速铁路已决定从村子穿过,并且还将在这里设一个火车站。这无疑是一个让人振奋的消息。此时的村子,大家谈论的都是关于火车的话题。所不同的是,现在的村人,几乎都是眉飞色舞，火车再也不是遥不可及的忧伤的话题，家门口的火车让他们感到一种拥有主人身份后的踏实。他们还说起了各自的计划，比如开一个旅店，比如开一个饭馆，比如开一个超市，等等。穿过村子的火车，让他们感觉到一种新生活的到来。他们跃跃欲试。在他们看来，先前的远方就是现今的家门口，先前远方的一切惶惑与失落如今就要得到补偿……我无疑是替他们高兴的。只是不知道，当我们的梦想终于成为伸手可及的现实时，村人们是否会跟我一样，对一辆火车怀着深深的感激？

我不敢苛求他们。因为我知道，就其实质而言，他们心中的火车，跟我心中的火车，并不是完全相同的概念。他们心中的火车，其实仅是对于一份物质上的渴求。而我心中的火车，除了物质之外，更多的还是一种精神的向往，尽管那种向往更多的接近缥缈与虚无。我甚至想，当火车真正穿过村子，当穿过村子的火车给他们带来物质上的丰盛之时，也许他们还会忘记曾经的火车之梦。火车对他们而言，终究抵不过一份富足实在的生活。在穿过村子的火车上，它终究会让我想起一个村子连同自己的从前、现在与将来，那里记录着我们自己的行程，也有一个时代变迁的印记，又或许，那里更会镌刻着我们对于生命的祝福与感恩。

所以我将期待着在不远的时候，我在村子里一抬脚，就坐上火车，就走进我不曾走进的远方。

乡村女人的爱情

我总会想起她们,以及她们的爱情。

她们一脸憔悴,却收拾得干净整齐。她们没出过远门,一生就来回在厨房和地里。她们没太多的愿望,只要日子过得下去就行。

我说的是乡村女人。

她们活得很简单。在乡村,她们每天看着太阳升起,又落下。一升一落,就是一天。她们不知道时间的确切概念,只知道一天天过去,就是春夏秋冬,一天天过去,人就会变老。

她们其实也曾有梦。当初潮来临,点点血污就让她们隐约地窥到人世美丽的花朵。只可惜梦总是短暂——在乡村,一个姑娘的青春往往昙花一现,青春抵达不久,一顶迫不及待的花轿就让她们成了女人。一个梦,还没有逐渐明晰,就被彻底打碎。

乡村女人大多没有爱情。她们的婚姻,更多的只涉及日子。

记得村里有个哑巴叔,为了娶上媳妇,说亲的过程中,一直让他哥哥出面,把姑娘抬回家后,硬把哑巴叔推进洞房了事。姑娘先是大吵大闹,接着就偃旗息鼓了——在成为女人的瞬间,她很快选择了屈从。这又有什么呢?她懂得,生为女人,在乡村,跟谁都是过日子。

类似的例子,在乡村比比皆是。

比如我的外婆。婚后不久,外祖父就离开村子去了县城工作,去了再没回村过。外婆则一直居住在村里,活了八十多岁。外婆的一生,除了新婚的短暂时光外,用母亲的话说,整整守了五十多年的活寡。奇怪的是,外婆竟没有一句怨言,即使知道外祖父在外面有别的女人,也没明确说出她的怨恨,更没去找外祖父吵闹。最恨的时候,就只骂上一句:“这个没良心、挨千刀、砍脑壳的——”在外婆这里,她的屈从,甚至麻木,让一个乡村女人的命运,近乎悲剧。只是她浑然不觉,依旧活在自己的日子里,保持一份淡定,甚至从容。

而我的母亲——我不得不也要提起她。如今她跟父亲都已六十多岁，但相互间始终有过不去的坎。在村里，他们几乎一直是吵闹着走过的。人们都以为他们是因为鸡毛蒜皮的事闹不愉快。但我知道，他们吵闹的真正原因是彼此间从未有过爱情。我父亲年轻时在一家煤矿当干部，因为有点文化，在他那个时代，他几乎是单位的佼佼者，后来还到北京开过会，见过世面。我母亲则是目不识丁的乡村女人，——我一直因此猜想，他们之间的结合，一定还隐藏着另外我所不知的故事。这一猜测到我大约十二三岁时得到证实。那时候，我无意中从父亲的抽屉深处翻出一本笔记本，在上面，我读到了父亲多年前写给另一个女人的多篇情书。当我怀着好奇对母亲说出那个女人的名字时，母亲先是惊愕，脸上迅速浮过一丝不快，只说了一句："小娃娃不要问大人的事。"从母亲的神秘里，我相信在父亲的生命中，一定曾经跟另一个女人有着故事，而且那一定是父亲幸福的一段时光。这是父亲的秘密，也是我自己的秘密，我从没跟我的兄弟姐妹们说过。多年来，这个秘密让我一定程度理解了父母之间的吵闹——父亲从没爱过母亲，他们的婚姻，跟村里许多凑合的婚姻一样，如出一辙。

当然，也有的乡村女人，是有爱情的。在村里，我就遇到很多相濡以沫的老人，他们相携着从村里的风雨中走过，从不闹别扭，就那么互相惦记着，你给我一句问候，我给你端上一盆泡脚的热水，一生的时光就在这样的细节里走过。还有一些至死都不相忘的，到了某天，其中一个离世而去，后一个就郑重地告诫子女，等自己死后，一定将其跟先去的老伴合葬……一份世俗的爱情，让乡村女人的一生，有了亮色，也有了遐想。

比如我的奶奶。她跟爷爷的爱情，就在村里传为佳话。他们不识文字，为人厚道，却懂得爱的真味。记得爷爷常年挑着一担旱烟，奔走在各个乡场上做点小生意。那时没有公路，靠的是步行。有时遇着风雨，山路湿滑多阻，爷爷迟迟不归，奶奶就一个人站在村头，在浓浓暮色中向着山路的方向眺望。直到看见爷爷走来，焦急的脸庞才泛起暖暖的笑，一句"你这死鬼，咋不来黑点，现在早着呢……"的责怪，让爷爷觉得自己犯了错，急急地给奶奶解释晚点的原因。很多年，我一直固执地认为，一个乡村女人的爱情，就藏在奶奶眺望的背影及那声亲切的责怪里。

像奶奶一样的乡村女人，她不会浪漫。她仅是知道，日子深处，必要有一份贴着地面的温暖。至于这温暖是不是爱情，她从没想过，也从没深究过。她只是知道，这一份温暖，是日子不可缺少的，就像阳光之于庄稼，水和空气之于生命。这样的乡村女人，她必定是幸福的，在一份质朴的温暖里，日子更像日子，生活更像生活。

偶尔的时候，乡村女人们的爱情，也会兴起一些波澜。

村里总有一些花心男人。比如就有一个跑江湖的，因为有钱，先后娶了好几个女人。几个女人同处一屋，自然就会互相生恨，有时还大打出手。好在后来，这些乡村女人，都以隐忍而告终。原谅丈夫的同时，也原谅了别的女人。几个女人，围着一个丈夫，同在一块地里劳作，同吃一锅饭，竟也相安无事。有一段时间，还成为村里男人们的美谈，言谈间流露出无限向往。直至后来，跑江湖的男人不幸遭遇车祸身亡，女人们星散四方，一段让人为之兴奋的乡村爱情，才从此风流云散。

我的一个婶娘，却为情所困，并以自杀的方式，让乡村女人的爱情，显出脆弱的一面。

十多年前，我说的这位婶娘，当丈夫跟村里一个寡妇有染后，她一下子就崩溃了。她无法接受这种背叛。在跟踪丈夫、继而跟那个寡妇大打出手，继而请村干部出面调解无果后，一个暮秋的早晨，婶娘喝下了一瓶农药。我是送葬队伍的其中一个。一路上，一层好看的霜均匀地铺在枯去的草木上，时令已悄然指向另一个季节。婶娘未成年的儿子，一直在哭。其余的人，却一直在说笑，他们显然都置身这场悲剧的局外。当踩过最后一朵霜花，把婶娘的棺材放进墓穴，我蓦然心生悲凉——一个乡村女人的死亡，一段出轨的乡村爱情，并没引起哪怕一声轻微的叹息，总让人有些怅然。

在乡村，也还有这样的女人，尽管丈夫不会生育，却也不心生嫌弃。只是想要孩子时，就大着胆跟丈夫商量，想让别的男人替生孩子。丈夫虽不说话，却默默点头。孩子生下后，一切秩序照旧。三者往往互定盟约，誓守秘密。只是纸总包不住火。时间之中，悄悄地就有了风言风语。丈夫倒是沉默着（或许源于自卑，或许源于羞辱），女人却满村乱骂，骂那些长舌男女，企图证明这仅是一个谣言，企图让丈夫保全脸面。结果事与愿违，原本一摊浑水，也就越搅越浑。好在时间长了，那男的女的都老了，有的甚至死了，曾经的故事，也就如烟如尘，不再被人提及。

也还有一些乡村女人，年纪轻轻就守了寡。丈夫一死，往往就有人迫不及待登门说媒。有耐不住寂寞的，带上孩子匆匆就嫁了出去。一旦嫁过去，那男人往往容不下前夫遗下的孩子，轻者辱骂，重者拳脚相加，让女人心生悔意，却已无回头之路。村里一个我喊嫂子的，二十几岁时丈夫患病死后，带着儿子另嫁，听说这儿子就被后父打成了驼背，如今长到结婚年龄，身子还是矮矮的，连媳妇也没娶到。活生生的事例多了，丧夫的年轻妇女就多了份警惕，也多了份执着，宁愿独守空房，也不愿孩子去别姓人家受苦。我有两个堂婶娘就是这样的，三十岁上下就死了丈夫，因为深怕孩子受屈，心一横，死活也不嫁。一生虽然寂寞，却因为对一份爱的守护，赢得了村人的尊敬。

再后来，乡村女人的爱情，就有了变化。至于如何变化，已是近几年的事，暂且不说了。真正让我挂怀的，还是先前乡村女人的爱情，现在的乡村爱情，恐怕已非我心中所想。我所想的，还是她们——那些活在旧时光中的，质朴得让你想要轻轻责怪一声的乡村女人……

一 生

现在，二叔跟这个世界唯一的联系便只剩下了他的左手指。自从突发脑梗后，二叔右半边的身子便都瘫痪了，同时瘫痪的，还有他的话语系统，说了一生的话，现在突然一句也说不出来了，一生的一切，突然就停在这里了，一条路走到这里，就断了，不能再往前了。

我们一直都在围绕二叔的左手指转。他转往上，我们就往上看；他转往下，我们就往下看；他转往左，我们就往左看；他转往右，我们就往右看；他转往前，我们就往前看；他转往后，我们就往后看。二叔的左手指，显然成了我们的圆心。我们都知道那圆心此刻存在的意义。在那里，有一个人最后的心愿；我们都想弄明白那心愿，甚至想满足那心愿。我们也都明白“最后”这个词语的不堪，明白尘世停在这里的一份寒凉，我们想紧紧握住，实在握不住，至少也可以安慰一下自己。尽管安慰这一形式并不能及物及心。

二叔今年六十四岁，身体似乎一直很好，在我的记忆里，一直没有他进过医院的记录。今年清明，当我们一起去给我爷爷上坟时，他所表现出来的健壮还让我们一致认定他至少可以活到八十岁。没有谁会相信，脑梗会突然在他身上发生了，他在我们眼里的“健壮”以及我们对他寿命的期许转瞬成空。在看着他不停地摆动着的左手指时，我突然就觉得当时间行进到某个刻度，人世便是不可预料和不可期许的，人世更多只是一根芦苇的脆弱，风吹霜打间，踪迹永息。

二叔一生很少说话，凡事多沉默，也不跟人争胜负，只默默地在自己的日子里过活。现在，当他不停地摆动着仅剩下的左手指时，却明显地想要说出许多，——他究竟还有哪些话需要说出呢？这些话对他行将完结的生命有何意义？可是，还来得及吗？在他仅剩下的左手指上，那些一改沉默之前态纷纷想要寻找出口的话语，还来得及吗？

当然，二叔此时想要说出的，或许跟他一生的沉默并无多大关系，但他此时想要说出，却可以确定了他对人世的放不下，所以当他每一次摆动起左手指，我仿佛就看到了人世从他身上碾过的痕迹，他一生的悲喜苦乐，他的牵挂和眷念，都已经在那里落叶纷飞、滚滚而出。

二叔不停地摆动的左手指，早在我们送他去医院时就已经开始了。先是病发时在县医院，他的左手指不停地摆动着，嘴里发出呜呜的叫吼声。我们都不懂他的意思，就连跟他同病房的某个患者也大惑不解，那患者一边看着二叔一边疑惑地说："他为什么会这样呢？记得我发病时跟他可不一样……"我们只是认为二叔的病情很重。直到把二叔送到省医抢救，直到发现他摆动的手指越来越凶狠，我们才终于懂得二叔一直在告诉我们：他不要在医院，他要回家！

当我们答应送二叔回家后，他的左手指就停了下来，人也安静了下来。甚至是，从省城回家的一百多千米，他也始终安静地靠在车子的座位上，只需我们轻轻地扶着，完全迥然于刚刚又吵又闹的样子。只是当车子驶入村口，当他看见那棵熟悉的香樟古树时，他才又摆动起左手指，嘴里再次发出呵呵的声音，但那已经是回到家而高兴的声音了。

可我们却无法高兴起来。记得还在送二叔去省医院的路上，我们一直很着急，尤其是在遭遇堵车的那十几分钟里，觉得秒针的每一次滚动，都携带着二叔一点点死去的影子；那滚动的针尖，就像锋利的锯齿，一点点地把心锯成齑粉。终于把二叔送到省医院的急救室后，我还长长地吁了口气，我说："终于可以放心了！"而另一方面，我们却不知道，自从发病那一刻，二叔就已决定放弃生命，放弃需要多大的勇气与绝然？我不敢想象。只是后来，从二叔不停地摆动着的左手指以及他一生贫困节俭的生活中大约猜到了他的内心——"他是不是怕在医院花钱，怕拖累我的堂弟也就是他的儿子呢？"我们的猜测很快得到了证实。当二叔把一根根指头竖起来，又一根根折下去，不断地竖起来又不断地折下去时，我们就问他："你是说去医院要花很多钱，所以坚决不去，是吗？"他终于点了点头，到最后，脸上还露出了如释重负的微笑。

可我们却无法释然，又如何能释然呢？底层如我二叔，生活与生命的矛盾，最终只在一张薄薄的纸币上来寻找答案，其间的不堪，竟然如此简单，却又如此沉重。

而我们，不也都一直在一张纸币上寻找我们的人生么？——想到这里时，我似乎就理解了二叔，甚至从二叔这里看到了自己的影子，看到了我们的影子。那影子，或许是在多年前，或许是现在，也或许是在多年后，总之那影子，就像某个鬼魅一般，突然间撕扯着我所有的伤口，让我无所适从。

二叔急迫地想回家的原因，除了心疼钱外，还怕死在外面。

村里历来认为，死在外面的人，灵魂是不能回家的。生而有家，死后回到家里，便是生命的圆满。这样的心理一直满满地写在二叔不停地摆动着的左手指上。把二叔送回家时，因为神智不太清醒，加之又在夜里，一切都模糊着，二叔一直不敢确定是否已经到了家里，所以他一直用手指着外面，其时外面已经围满了前来看望他的乡亲，我们都以为他是想要跟乡亲们打招呼，但每一次都被他摇头给否定了。一直到最后，我们才猜到了他是想出去，他想出去干什么呢？又一直到堂弟将其背着走到门外，才彻底弄清了他的意图，——他原来是想从外面看看房子和前后左右的路，看看是不是自己的家！

在确定已经回家后，二叔似乎一切都放下了，自从发病以来一直摆动着的左手指也终于停了下来。当我们问他有什么需要时，他只是摇摇头，似乎一切都满足了，一切都不需要了，就只安静地等着死神的来临。可我们却再一次着急起来了，甚至感到了残忍。我们都明白放弃治疗意味着什么。我们其实是在看着二叔一点点死去，看着疾病与死神在二叔的肉体上行着凌迟之刑……

无奈是怎样的一种情态？面对二叔，我觉得无奈便是彻底的无能为力的绝望。一方面，你不断地感到那残忍一点点让你窒息；另一方面，那个人却觉得这是他自己的圆满，甚至是他人生最后的修持，这样的反差，这样的水火不容，不得不让你觉得这或许便是肉体与灵魂的不能承受之重？

时间一下子放慢了下来。在那残忍的时刻，时间偏偏放慢了它的脚步。时间落在二叔的身体上，似乎就静止不动了。时间落在我们的身上，也静止不动了。二叔跟我们之间，彼此都一定觉得了漫长，生与死一直就在那里相互对峙着，看不到生，死似乎亦在最后的时刻故意隐匿了，一直故意制造并拖延着我们的疼痛；白昼与黑夜都被拉得很长，每一天、每一刻都是煎熬，每一分、每一秒，我们都在盼望着生的奇迹抑或是死神的尽快莅临，无论哪种，我们都觉得那一定是人世与情感的快刀斩乱麻，是我们最后的安慰。

可是,时间,它真的能快一点吗?

夜很深了,二叔却睡不着;自从发病起,二叔就一直没有睡着。我们也跟着睡不着。屋外秋已渐深,落着微雨,风也寒凉了许多,霜降的声音,隐约可闻。门前有窸窸窣窣的落叶,寂寂的路灯一路亮下来,虫声止息于草丛里,隐约听得见河流的呜呜声,似乎只在瞬间,季节突然就空落了许多。

我们都想打破这种安静,甚至希望二叔剩下的左手指还像先前一样摆动起来,摆动起来,至少可以让我们从那残忍的安静里透一口气。

果然,二叔再一次摆动起了他的左手指。这一次,二叔同时竖起了拇指和食指,两个指头形成一个明显的“八”字,在昏黄的灯光下长久地立着。根据经验,我们知道他现在已经是在说着别的事情了。但他究竟想要说什么呢?最后还是堂弟猜出了,堂弟说二叔肯定是想起二婶了,因为二婶的名字叫“八妹”,二叔比画的“八”字,一定跟二婶有关。

堂弟的判断果然得到了二叔的点头。

只是,我们一下子都陷入了沉默,先前的期盼转瞬间变成了凝滞的空气,残忍再一次浮上心头。事实是,我们压根没有想到二叔还会想起二婶,在他生命的最后,他竟然还想见到二婶。

两年前,二婶就已经跟二叔离婚了。离婚的原因是因为土地征拨款。那时候,二叔跟二婶商量,说他们俩也老了,也不用很多钱了,土地征拨款就全拿给儿子保管吧。二婶却不同意。二婶非要把征拨款按家里人头分成几份,非要自己保管她那一份。二叔觉得不可理喻:“一家人为什么就要这么生分地分开呢?”想不通的二叔就跟二婶吵了起来。这可是二叔一生中第一次跟人吵架。之后,二婶竟然起诉到法庭,先起诉离婚,再起诉要分割属于她的那一份土地征拨款。其实,分割财产倒也无所谓,关键是人活到六十几岁还要离婚,让一生本分的二叔觉得丢尽了面子,所以自从离婚后,一生不与人争胜负的二叔,竟然第一次说出了硬气话,说这辈子再也不想看到二婶。但最后,曾经的决绝就都溃败了,到最后,二叔还是想起了二婶。

我们都能理解。毕竟几十年的夫妻,想看最后一眼,亦在情理中。可是我们却不能满足二叔的心愿了。因为自从离婚后,二婶就离开了村子,至于去了什么地方,始终没有人知道。更何况,即使真的联系得上,她还愿意再看到二叔么?

我的堂妹,二叔的女儿却来看他了。

我们原以为堂妹跟二婶一样,也是不会来看望二叔的。因为在分割土地赔偿款的问题上,堂妹一直支持二婶。据说为了达到二叔跟二婶离婚的目的,在法庭上,堂妹一边哭着,一边历数着二叔跟二婶婚姻破裂的种种所谓“证据”,还凭空捏造了二叔经常对二婶施加暴力的“事实”,甚至指着二叔说要跟他断绝父女关系!法庭判决之后,二叔彻底崩溃了,二叔说跟二婶离婚倒无所谓,关键是堂妹竟然子虚乌有地捏造了他的很多“罪名”,而且还公开要与其断绝父女关系,这让他感到无比灰心!灰心的二叔总是念叨,说他如何一把屎一把尿把女儿养大,又说女儿结婚后因为家贫,这么多年来一直带着三个孩子跟他在一起,为了养活女儿以及她的孩子,前些年,二叔还被迫带着二婶及堂妹一家人到县城租房居住,一个人整天走街串巷收购破烂养活他们,但到最后竟然落得如此心寒的结果……看得出,关于二婶和堂妹,二叔更看重堂妹对待他的态度,一份骨肉之情,始终打断骨头还连着筋。

让我们觉得诧异的是,当二叔看到堂妹时,就一边指着堂妹,一边指着门外做出让她滚出去的手势,嘴里还发出“呵呵”的吼声,而且还满脸的怒痕。我们都明白二叔不想见到堂妹,也不稀罕堂妹来看他。堂妹也明白二叔的意思。堂妹一下子跪在了二叔的床前,喊一声“爸爸”后就已经泣不成声。我们都想,就凭这最后的一跪一哭,二叔是完全可以原谅她的,我们都期待着在这最后的时刻,他们父女能重新修好,尤其是二叔,能带着女儿的忏悔以及赎罪之情离开这个尘世!可是,事情并没有按照我们所期待的方向行进。事实是,当堂妹哭着跪下去时,二叔硬是把脸转了过去,彻底地把堂妹丢在了一边……

从二婶到堂妹,我们似乎又看到了二叔的另一种内心。

二婶不愿见他,他却希望能见到二婶一面;堂妹来看他,他却拒绝了堂妹。其间的感情,孰轻孰重,孰对孰错,又有谁能说得清?总之自从堂妹来看望二叔后,我就一直无法平静,我一直在想,在爱情和亲情之间,或许真是有区别的?爱情和亲情,于我们都不可或缺,但当它们都受到伤害,真正可以缝补的,又会是其中哪一种?也或许,两种都不能缝补?

就像破碎本身,一旦破碎了,原来的世界就已经不复存在了。

二叔的病情越来越重。

仅仅几天，二叔的身子就已经轻得像一片树叶，似乎只要风轻轻一吹，随时都会被卷走。即使是剩下的左手指，也已经骨瘦如柴，甚至还不如一根柴的瘦瘠了，枯枯的几根手指，仿佛霜打后的一根苇草，随时的一声风喊，便会彻底折断下去。

可是，二叔还是再一次把它们摆动起来了。只是这一次摆动，却是那样的柔弱无力，它们所能抬到的高度，明显地低于从前了；二叔只低低地摆动着，一根根地勉强地竖起来，一直竖到第三根时就停止了，停止后，复又竖起食指，一直指着楼上的方向。我们一下子明白了二叔的意思，经过这么一段时间，我们跟二叔摆动的左手指已经达成了某种默契，我们几乎一起说出了："二叔是想要到三楼去！"

堂弟背着他到了三楼后，他又指着某个箱子，他显然是想起他放在箱子里的某样东西了。我们把箱子打开后，就看见了二叔的退伍证，我们一下子便明白了，在生命的最后，二叔最后想起了他的退伍证。

我们忍不住唏嘘起来。在泥土上活了一生的二叔，生命唯一的亮点就是曾经当过兵！据堂弟说，几十年来，二叔什么都没有保存(也没什么可以保存)，只是细心地保存着他的退伍证以及当兵时拍下的照片。有一年，二叔家遭遇火灾，退伍证和照片被付之一炬，据说二叔当时握着一些从大火中抢出来的残片，长久地蹲在地上，一边紧紧地沉默，一边紧紧地抚摸着它们，那痛惜的样子，至今让堂弟记忆犹新。

二叔现在的退伍证，是后来补办的。我们把退伍证递给二叔时，他一下子就笑了，看得出他很满意，因为当他一拿到退伍证，一下子就准确无误地将其揣进了上衣的口袋里，竟然看不出那已经是一只严重地出了故障的手。

秋声越来越紧，霜色已经白至分明。二叔再也无力摆动起他的左手指了，只紧紧地将其压住了上衣袋里的退伍证，即使吃力，也舍不得放下，二叔显然是要让这唯一的生命亮点陪着他走完最后的路了。而我突然就真的忧伤了，说真的，这么些年，对于生死，我已经看得淡了，我以为生与死，不过日出日落、草荣草枯一般，无需为之悲喜；我现在所觉得忧伤的，是从一本退伍证上，看到了如二叔一样的底层生命，其实也有着对于荣光之类的向往,那向往,或许便是他们于这草芥一般的尘世里唯一的亦是最后的寄托了。

是幸,还是不幸?谁能说得清?好在说得清与说不清,都是一生;好在幸与不幸,一生也都过去了。

第肆辑

风吹四季

风是从一朵桃花上出现的。一朵朵桃花白里透红时，人们便看见风在吹了。风似乎只微微地翻了翻身子，便把春天最后的一缕寒气给吹跑了，就把第一缕暖暖的阳光带出来了。风就像一双柔情的纤纤细手，只在一朵桃花上轻轻一拂，残雪便已褪尽，季节就温润了起来。

随着风轻盈的身子不断旋转，樱桃树、李树便都冒出了花骨朵，夜里，又悄悄绽放出了洁白的花蕊，在黎明未到来之前，先就照亮了村子。再下去，便是真正的春暖花开了。花香随风浮动，似疏影横斜，倩影婆娑，翩然如梦。

花事渐深时，一抹抹的绿便凸了出来，风不断旋转着，及至要飞起来了。一只只蝴蝶从它身边飞过，一声声鸟语自阳光上滴落在它的眉眼里，一支支民歌从山野四周簇拥着它，一切终于就有了梦的感觉，——风终于真正地飞起来了，就像一个个飞天的女神，如梦如幻；在它飞过的地方，早已经是碧草遍地，绿染天涯。

虫子们突然扯开了歌喉，歌声带着风，飞到每一棵草根下，每一块石头下，每一粒泥土下，处处都能看见有音符跳跃，就像从地底冒出的一截截新芽，一截截地使劲往上拱；流水也叮咚起来。风吹过，流水沉寂的梦，就被吵醒了。倒不是因为喧嚣，而是风之手落下去，就像亲切的抚摸，肌肤相亲之际，再深沉的梦，也被柔情唤醒了。就连那些石头，也被流水雀跃的气息感染了，岸边的藤蔓和一直蹲在上面的某只兔子也被感染了，最后连流云也被感染了，一切都在风中换了容颜。

女人们开始在阳光下梳理她们的长发，展示她们鲜亮的衣裙。即使上了点年纪的，也总在藏着掖着间想要展示美丽的一面。风似乎最是知人意了，总是不慌不忙，不急不缓，就像落在花枝上的一只只蝴蝶，摇曳之间，一切都贴着情，贴着心，甚至是，一切都地老天荒了。

再下去，风却静止不动了，就像一个舞女，风华尽显时，却把芬芳藏住了。整整一个夏季，风似乎就栖在那花枝上，只把所有的可能留给了其他事物。花们一朵接一朵地从枝头冒出来，一枚枚绿叶依然在做着春天的梦；一株株玉米和稻谷在不断拔节，但这一切都是宁静的，尽管能听见它们往上长的声音，尽管可以触摸到它们热烈纷繁的心跳，但一切都是悄无声息的，一切都只在潜滋暗长中。即使是风偶尔忍不住想要再一次轻轻抚摸它们一下，也只微微地摇曳了几下，便又安静如初了。

屋檐下某个一心向晚的老人，也被这宁静引入了止息之境。老人先是眯着双眼，一直想要寻觅风的影子。老人显然失望了，除了沉寂外，老人在空中晃动的双手什么也没抓住，老人不知道此时的风，都入梦了；老人更不知道，此时的风，有意地给其他事物腾出了位置。失望了的老人忍不住轻轻碰了碰脚下打盹儿的一条老狗，老狗也很老了，刚从睡梦里醒来，但只微微地睁开眼睛看了一眼老人后，复又跌落进它的梦境了。老人似乎明白了什么，于是索性耷拉着头，跟着老狗酣然入睡了。

芦苇花也如入梦境了。在村子里，芦苇花要算最容易走失的一群了，只要有微风拂过，它们便要情不自禁地飞舞起来，从它生长的河岸开始，一直要远飞天涯。而这夏季的风，显然不忍心惊扰它们的梦。现在，一朵朵的芦苇花还只在若隐若现里，还没彻底绽放出来。流水和野草在风的授意下屏住了气息，阳光在风的催促下，不断明媚如泻地落下来，仿佛汁液般滴进花瓣里。我先是觉得不解，一直读到厚厚一卷《诗经》，唯记得“苍苍蒹葭，白露为霜；有位伊人，在水一方”几句时，才知道这其实是风的一片苦心，风一边要催开芦苇花，一边又不忍惊动它们，为的只是让它们越过夏天之后，照亮秋的河岸，以及那美丽爱情的天空与传奇。

即使聒噪如蝉声，亦只是为了衬托风的宁静之境。在悠长的午后，在某一棵高大的楸树上，或是一棵茂密的椿树里，一只只隐藏着的蝉，因为忍不住这一份宁静，于是一声长一声短地鸣叫起来，先是像谁不经意地弄响了一声铜钹，很突兀地响了一下，就停了下来，像断了的琴弦。就在你以为它将永远地熄灭下去时，那声音突然又响了起来，并且成了合奏，一声接着一声，及至群弦并起，众乐齐飞。只是它们越是汹涌，村子就越显得空寂。太阳明晃晃的，又热又辣，人们都躲到树荫或河流里去避暑了；就连不愿意安分守己的那只大公鸡，也暂时带着一群母鸡乖乖地趴在某簇瓜藤之下；蔚蓝如海的天空里，浮着一只鹰，鹰独自盘旋，众生隐退，那君临万物般的俯视，像极了一个静止的梦，把整整一个夏季，点缀得幽深无比。

风躲在一旁不发一言。但懂得风的人都知道，风始终没有离开过，风一直在以它神祇般的情怀，默默地注视并抚摸着这一切。这不，那些一直在风中奔跑的孩子，不正在紧紧张开双臂拥抱风么？他们从夏季跑过，从河岸上跑过，从山野里跑过，风一次次拥抱他们也亲吻他们，就像在春天里亲吻一朵花一棵草一样，风把阳光雨露都带给了他们，风让他们的骨骼，在这个季节里像玉米和稻子一样往上拔节……

不过疑惑还是有的，长久的宁静之后，疑惑还是上来了——梦再深沉，会不会也有被吹醒的时刻？情再柔软，会不会被季节所改变？正担心之际，那担心的事情就跟着来了。这不，就在某个午后，当某个人不经意地抬起头来时，就看见风在一株玉米叶上动了起来。

风在一株玉米叶上稍稍踮了踮脚尖，于是豆叶、稻子就跟着抖动了身子，紧接着，无论是高处的树木还是低处的野草，也跟着摇晃起来；身子也感到了一丝微凉——为什么风说变就变了呢？人世之上，难道美好的一面都不能持久？难道在美好的背后，始终有一双嫉妒的手，一直要将其撕得粉碎？总之是一串串的惊疑，把风弄得有几许忧伤了。一直在屋檐下打盹的老人也终于醒了，并忍不住打了一个长长的喷嚏，还差点就要被吹倒了。老人忍不住抬起头来看着风吹来的方向，但是，老人突然发现眼睛变得朦胧了，不太看得清了；风吹叶动，尘起尘落，他的确是不太辨得仔细了。他使劲揉了揉眼睛，这一下，风却像一股漫天而下的洪水，灌满了他的双眼，老人终究没能看清什么，只隐约地听到有一些声音，一些关于时间的声音，在他的身体里扑腾和呼啸，一直搅得他从身到心都一片狼藉。

风越来越大，也越来越硬。先是有一株玉米变黄了，一株株玉米变黄了；一棵稻子变黄了，一棵棵稻子变黄了；一棵草也变黄了，一棵棵草变黄了；一直到枯草连天时，树叶也不堪地脱落殆尽。整个过程就是一眨眼的工夫，一眨眼，时令就入秋了；一切事物，着魔似的纷纷枯萎了。人们匍匐着身子，从泥土上细心拾掇起一株株折倒在地的玉米和稻子，风吹过大地，四野空寂，只剩下一只羊，孤独地徘徊在荒草丛中；一只羊，仿佛时间扔下的某个影子，还有了象征和隐喻的味道。

终于，一棵棵折倒在地的玉米和稻子被拾捡干净了，一切都空荡荡的，先前热闹的虫鸣，已经回到它们的前世里去了。只剩下一枚月亮，早早就跑到东山上空了。月光落下来，很快就结成了一地的霜，霜落在草叶上、石头上和泥土上，像一朵朵晶莹的花，更像一群绝尘而去的精灵；村子很快沉寂下去，偶尔的一声牛哞，远远地传来，只一声后，便无影无踪。时间再一次入了梦境，只是此时的梦，是恍惚的，也是迷离的，跟春夏不同，此时的梦，似乎总是从忧伤里起步，就像一支遥远无际的歌子，似乎有一些愁，亦有一些恨，曲曲折折蜿蜒起伏的旋律里尽是人世的迷茫和脆弱。

风吹向村子。风在村口犹豫了一下——风一直想绕开那高高的石头门，风记得总是它挡住了自己。尽管石头门早就斑驳不堪，甚至摇摇欲坠，明显地就要坍塌了，但它仍然努力保持着原初的样子，试图稳稳地立在那里。风知道隐藏在石头门里的坚硬如铁的内心，以及它跟时间抗衡的坚贞与不屈。但犹豫归犹豫，风还是像往常，不，是比往常更使劲地撞了过去。奇迹终于出现了，石头门终于经不住这最后一击而彻底地坍塌了，最后的坚持，终于纷纷如落叶般溃退。

石头门内，便是一堵堵院墙，修筑院墙的人多年前就埋进了泥土，此时居住在院墙里的人也老得不能再老了，就像墙头上斑驳不堪的颜色。老人早在十步之外就听到了向自己逼近的风的声音，老人似乎也做好了一切准备，一动不动，正襟危坐，就像一个入定的老僧，在迎送人世最后的时刻。于是奇迹发生了：风停下了，岁月和时间似乎都停下了，一直飘着的雨也停了，荒野里徘徊的那只羊，立在那里神情惘然，像一尊隔世的塑像，仿佛在凝神谛听神的旨意……一切似乎都在为其行注目礼，一切似乎都在瞬间获得一份庄严。

风却很快又吹了起来，并迅速地揭起了一块瓦。风没有料到一块瓦被掀动后，一块块的瓦便跟着稀里哗啦地垮塌下来。早在风到来前，瓦块下的椽子就朽了，只要有外力稍稍碰触，那朽烂的生命的底色便再也无法掩饰。而更意料不到的是，瓦块下已经人去楼空，蛛网遍布，从前的物具七零八落；有几株野草，虽然也枯萎了，但完全可以想象它们在春天里迫不及待地想要占据这个角落的样子；几只山麻雀，独辟蹊径地飞到这里觅食，——总之是，人的气息早已消失，空空老屋之下，只剩沧桑与荒芜。

不单是这座老屋空了，很多老屋都空了，包括那些新修建的房屋也是空的，很多年了，房屋建好后，人却像一只候鸟迁徙到外地打工去了，只有当他们死在他乡或是老得不能动了才会回来，他们只是把这屋子当作了最后的收身之地，当成通往南山墓地的最后的驿站。风显然有些沮丧，甚至乱了分寸，这不，在获知一个村子的真相后，风的脚步竟然就有些踉跄了，甚至还觉得寂寞与孤独了。

雪没有早一步，也没有晚一步，恰好在冬日的门槛上来临了。也许在雪看来，人世的一切变化都与它无关。花开花落草生草死都只是身外的事情。至于能催生事物也能吹没事物的风，也跟它没有多少的牵连。这不，你看，雪依然一年年来，一年年落在从前的地方，把一切想要凸显出来的、想要躲避着的都纷纷湮没，并牵着岁月和时间的手一起回到从前，一起忘却人世的是非恩怨。

终于，就在一片洁白的天地里，风发现了一群奔跑过来的身影，他们迅疾如风，等风看清他们时，已是一片模糊的背影了。但风还是发现那背影似曾相识——对了，他们不就是刚刚在夏季里奔跑着并还受过自己眷顾的那群孩子么？现在，他们的背影咋这么快就涂上沧桑的颜色了？现在，他们似乎约好似的一起在雪地里奔跑，似乎还有意地要从风的眼皮子底下飘过，他们是想要告诉风什么吗？——风忍不住就有些惶恐，甚至是胆怯了——也许，在迅速长大的故事里，就藏着风所不知道的秘密？

风忍不住打了一个寒颤。一缕炊烟远远地在村子的一角升起，尽管世事变迁，物是人非，但当炊烟重新升起，风还是在第一时间辨别出了那熟悉的颜色——有可能是迁徙他乡的人回来了？也有可能是新的生命诞生了？风忍不住就感慨起来，风懂得只要还有炊烟，村子就不会彻底变空；只要还有人的气息，一个村子的希望也就还可能如春天一样重新来临——这样一想，风便忍不住整了整衣襟，准备转身了。风知道，是到该回去的时候了，该回去在一朵桃花上等待另一个春暖花开的季节了……

孤独的乡村老人

在我的村里，对一个老人的界定，并不单纯以年龄为标志，只要子女结了婚，有了孙子，你就成了老人。从村里走过，一个悄然的变化是，人们不再直呼你的名字，而是“某某他爷，你到哪去……”而你也乐于享受这个称谓。一应一答，一份流年，就风吹水动了；一份隐约的怅惘，也涟漪般浮上来。

紧接着，你还发现，孙子们就像出林的笋子，见风长一般，用不了多时，就高高耸立起来。不知不觉中，你的腰身也着魔似的迅速弯了下去，头发与胡子，一夜间染上霜色，于是你终于成了名副其实的老人；再从村里走过，你突然就觉得，时间是真的快了些，就像孙子们翻跟斗的瞬间，稍不留神就把你摔在了身后。

一旦成了老人，你的另一扇生活之门就静静开启了。家里的一切大小事不再由你做主，你不再为柴米油盐操心，也不用下地干活；唯一可做的，就是待在家里，子女们都说你是一把锁，替他们守住家门。你一个人坐在那里，有时候甚至觉得，你其实更像门口安睡的大黄狗，一个乡村老人与一条看家狗，或许有点殊途同归。太阳一截截爬上来，又一截截落下去的过程，你总觉得有一些虫子，不断吞噬自己的内心——有点缓慢，也有点迅疾；时间制造的景象，像一潭浑水，早没了明暗的界限。

而你，也就像一堵黑白消失的墙，或者一张失掉颜色的纸。

往往是，在某个屋檐下，你一个人蹲在那里，夏日的阳光像一幅层次纵深的留白，知了的声音被风拉长，又缩短，最后无声无息，仿佛失踪的音符；你的目光在远方呆滞无比，往事在阳光下一点点泛滥，一杆烟斗或一根拐杖，像盛放岁月的容器，但没有谁看得见、摸得着——时间有点不着边际，没人从此经过，子女和孙子们都很忙，无暇顾及你的内心；没有谁，会在意那心上，只留下了一个人的残席和剩宴。

村里的老人大多是孤独的。一般情况下，当子女们结婚后，老人们就要搬离老屋，临时搭起一间小屋，独自生活，直至死亡——这几乎成了一种风俗，标志着老人在时间中的“让位”；不用任何仪式，也无需任何仪式，从此屋到彼屋，一份更替，就已悄然完成。此后，老人们的生命，也就多了一份忽略与遗忘。

在这样的小屋，儿子是很少来的，媳妇是很少来的，女儿女婿也是很少来的；最多是，爷爷奶奶的一帮孙子，为着一碗油炒饭与一颗糖果的诱惑，到这里来，愿望得到满足后，又像鸟儿一样飞走了。再后来，要不了几年，孙子们真的就像鸟儿飞走了，飞到了各自的枝头，有的甚至飞到了远方，远得只能遥望和猜想。孙子们飞离的过程，苍老很快爬满小屋，孤独迅速聚集。直到有一天，爷爷奶奶死了，小屋也拆掉了，一个老人的一生，最终以一片废墟的形式，零落在记忆之外。

不过，在我的乡村，每一个老人的孤独，却是各自不同的。他们各自的孤独，就像一幅乡村生命的百态图，引人沉思和叹息，一直到多年后，你仍然走不出那份伫立内心的忧郁。

记得有一个陈姓老人，老伴早逝，儿子夭亡，一个人守着一间木棚过活。他会说点古书，但经常张冠李戴，总是把张飞跟岳飞混在一起。说书时，表情生动，眉目飞扬；但一说完，马上就像一个霜打的茄子，神情萎顿。更奇怪的是，有一次，他甚至摸着我的头说：“要是我儿子不死，我孙子也该这样大了……”我甚至还记得他挂在睫毛上的两滴泪。我当时倒不以为然，多年后回想，却似乎有所悟，如铅般的孤独也尾随而至，就像一颗心面对沉沉黑夜，漫无边际……

像这样孤独的乡村老人，每一代人，都会有那么几个。他们中，有的因为没有生育；有的则是没有儿子，又不愿跟出嫁的女儿一起过活；有的则是儿女早夭……只剩下一个人或是老夫妇俩，表面上看去，他们的生活跟一般家庭无异；但在内心，只要你稍稍留意，就会发现深藏其中的孤独，风雨般肆虐，一直到多年后，仍注满你的身体与心魂。

我就记得有一对姓郑的老夫妇，他们不是村里的原住民，1949 年后搬过来的；至于从哪里来，一直是个谜，也没谁去追究。他们来时还很年轻，到我有了记忆时，却很老了。据说他们有个女儿，住在上海。上海是什么地方呢？他们说上海是很大很远的城市，在那里能吃上香喷喷的肉食和糖果。这个说法一直让村人羡慕不已。我们一帮小孩，则年年月月盼望他们女儿的到来——那时我们每天都想看看城里人的样子；在我们想来，城里人跟农村人应是不同的，从衣服到眼睛到鼻子，城里人肯定都是新奇和异样的。只是我们终于失望了，一直到老夫妇死去，那个女孩都没来过。

关于老夫妇以及他们的女儿，一直像个梦，被时间安放在我的身体里。记得到了某年冬天，夫妇中女的先死了，村人问男的："你女儿该来了吧？"男的说："已打电报过去，过几天就来了。"男的似乎还到村口眺望过，人们也相信一定能看到他女儿了，只是一直到出殡，到最后，愿望终没达成。再后来，有好几次，都说他女儿就要回村把他接走了，人们也看到了他为离开所做的准备，但结果照旧……到最后，男的也死了，村人将其埋葬，关于老夫妇以及那个女儿的传说，就成了永远的秘密。关于他们，若干年后，我突然怀疑其中或许隐藏着一个深深的谎言；我想，或许他们原本就没什么女儿，有的仅是一份深植内心的渴望与孤独？也终于明白，孤独一定是有多种形式的，在一句谎言的背后，那孤独，是希望，也是刀子；像暖暖的光，也像冷冷的冰；让一颗心，在时间里不知所踪。

在村里，除姓郑的老夫妇外，其他老人，都知根知底。他们的孤独，就像一潭清澈的秋水，一览无余；他们就那么敞着，裸露着，即使一丝波澜，也毫厘不差。他们的孤独，跟姓郑的老夫妇截然不同，更多的是来自生活中鸡毛蒜皮的小事，琐碎、抬不上桌面，却顽强并真实地存在着。

他们有儿有女，孙子成群，却跟儿子、媳妇处不好，儿子、媳妇对他们成见不断。在村里，经常听到：某家儿媳先是买了双鞋给婆婆，因家务事闹翻后，媳妇按着婆婆的脚强行脱掉了鞋；某家儿媳先是给婆婆买了套衣服，一阵吵闹后，婆婆把衣服抱到村口的千年古树下，又是哭诉又是烧香又是磕头又是诅咒；还有某家儿子媳妇虐待公公婆婆，老人们就说养儿养女是报应……到最后，老人们就很少说话了，不管谁对谁错（也没人评判谁对谁错），总之你就看见了一个个老人，在时间中沉默了，就像一头老牛，独自卧在夕阳下咀嚼，几十年的光阴，终于只剩下一个人在牙齿间的回味。

当然，村中老人，也还有另样的孤独。比之于以上老人，他们内心是沉实的，也更让人遐想的；他们或许还是冷静的，也更能打动心灵并让你愿意去述说的；他们就像一株开放在时间里的花，无论是肉体还是心灵，即使多年后，仍让你闻到香味。

印象最深的是一个叶姓老人，身体硬朗，乐观开朗，一年四季，脸上始终挂着微笑，即使吃不饱饭的年月，仍像春天的花朵荡漾。但我还是发现了隐藏其下的孤独，一直多年，那孤独，在一脸花朵的遮蔽下，总引人怅然。

老人参加过中国远征军，去过缅甸，队伍打散后，只身回到村里。跟他一起上战场的，还有他弟弟，但一去之后，彼此再没音信。他的孤独，从此而生——后来的每个月圆之夜，他都要在圆梦花上绾下一个又一个的结，据说此举能让梦想成真。他不断地绾结，藉此祈祷弟弟平安在世。一直到他离世，他为此一直马不停蹄——而我，则看到了一群经年不息的孤独，在一簇圆梦花上奔驰，像一条跨越千山万水的河流……

再后来，乡村老人的孤独，一下子来了个急转弯；一下子，你似乎从一条看家的老黄狗，忽而变成了一头至死不休的老牛。自 20 世纪 90 年代之后，村里的年轻人就都出门了，即使是孩子，只要稍稍有了点劳力，就纷纷外出打工了，就像一种逃亡，像义无反顾的奔赴。老人们一下子都疑惑并无所适从了，他们不明白土地究竟出了啥问题，为什么突然就留不住人了？走空的村子，就像冬天的鸟巢，孤零零地挂在叶子落尽的枝丫上。开春了（只有春天还是要来的），土地哪能丢荒呢？于是，老人们似乎又回到了从前，带上孙子，扛起犁耙，重新回到土地上。只是土地也不是先前的面容了，在春天的深处，那些佝偻的身子，让土地显得有精无神，离开年轻人怀抱的土地，就像失血的一张脸；而老人们也真的老了，他们已无力进入土地的深处——他们此时的身影，更像村庄跌落的一声叹息，或者就像春天掉下的一滴浊泪，一下子，时间与面容，都面目全非了。于是，孤独就像春天遍野的草木，覆盖所有内心；于是，老人们就一次次对着远方怀想："儿子、媳妇们究竟何时才回来啊？"

谁知道呢？又会有谁顾及他们的孤独？在乡村，知道这些答案的，或许只有风了？而风又是什么东西呢？我想，或许只有时间知道了？而时间，它原本就是一个永不为人知的秘密。

2012年的村庄

2012年，当春天到来，八大山地上的樱桃花仍然像往年一样盛开，密密匝匝的花朵像旧时一样席卷山野；一只暴露的野兔半蹲着，一边啃着岩石上的月光，一边谛听来自神秘遥远的声音；在河流的某处，已隐约响起了几声蛙鸣；夕阳永远是血红的，像西山上悬着的一滴饱经沧桑的泪；某只照样不知来历的布谷从村头唱到村西，不舍昼夜；当最后一朵阎王刺花开后，村人们仍然像多年前一样忙着种下水稻、玉米、大豆和高粱；一切似乎都没有变化，时光似乎仍旧停在从前。

春天逐渐向深时，村里却突然涌进了许多外地人。村人都知道他们是来修建火车站的。因为此前，要在村里修建火车站的消息早已传得沸沸扬扬，如果要说有什么意外的话，就是觉得他们来得快了些；而这种感觉，也不过是内心恍惚的一种体现罢了。为什么这样说呢？实际上，自从修建火车站的消息开始传播时，村人就觉得了恍惚，一方面总希望这是一个机遇，能让村庄获得新的发展；另一方面，又觉得那发展中必然带着破坏，尤其是上了年纪的，那些花草树木虫鱼河流沟壑一切旧物都已深嵌入时间与心灵之上的，还觉得有一种惘惘的威胁萦绕于胸；这种矛盾的心理，让村人在对一个村庄的命运的猜想中，就多了几分梦幻的场景。

有很长一段时间，村人几乎全都陷在这样的耽想中，以至于完全忽略了正如火如荼的春事：樱桃花之后，油菜花很快从那层褪尽的旧年的寒意中破茧而出，仿佛一群阳光下翻飞的蝴蝶，顷刻间铺满八大所有山地，耀眼的金黄甚至比多年前还要摄人心魄；鸭掌木、楸树、椿树、八角树、橄榄树，所有知名或不知名的，名贵抑或低贱的树木，都不分彼此不计前嫌地捧出一份嫩绿；沉寂一冬的河水早已阴霾散尽，一路淙淙如歌如吟了；先前种下的水稻、玉米、大豆和高粱，也按着往年的秩序在风中探出了身子……只是这一切都显得寂寞了，在一份忽略之下，再美好的事物，也不过如一个被遗弃的旧梦，只兀自绽开在那静和暗的深处，犹如迟暮的美人，入眼的，全是向晚的年华。

只是人们没有料到，当他们还准备耽想下去时，有一些山峰、河流与土地，很快就被削掉了；抬头已能看见一条道路的影子即将穿村而过——凌厉的和生硬的影像让人想起一把刀子的模样与属性；道路所经处，还有众多的祖坟、房屋都需要拆迁，这时候，村人们先前的一切渴望与猜想，一下子才变得真切起来，不论是情感上的，还是金钱上的事，竟都如真切地长在身体上的肌肉，一掐一捏中均能感到明显的疼痛。

千秋榜是第一座被削平的山头。在村里，千秋榜是个与众不同的所在。村里其他的地名都极土气，均以其实在的特征命名，譬如因为田里满是沙土，于是取名沙子田；譬如因为有成排的杨柳所以取名杨柳田等，一切都像视线中的泥土与石头一样，看得见，也摸得着；一切都与人的肉体与气息相出入，似乎那名字、那所在，就是村人完整的某个部分。唯有千秋榜的名字，诗意之下还包含了深邃和厚重的时间感——无数岁月以来，在村里，千秋榜因此显得无比奇诡，以其区别于其他地名的称呼罩上了一层神秘的色彩。

没人知道这个名字的来历。在村庄的历史上，唯一有据可考的仅是我在文章中对之作过猜测和推断——在我看来，关于千秋榜的名字，不论有意无意，一定都潜藏了村人对于时间以及在时间中所寄予的某种美好的理想，譬如希望村子千秋相传；譬如希望生命，甚至是功名富贵的代代延续，等等，一个名字总携带着生命的某种愿望乃至绝然状态。

在村里，千秋榜一直是以神灵的身份端居其上的。小时候每次跟着奶奶或是母亲经过千秋榜，她们都叮嘱我一定要低着头，屏住气息，还不能有任何恶念，深怕我一不小心就得罪了神灵，或者稍不留神就被明察秋毫的神灵发现我深藏的罪愆。除了获取人们的敬畏外，千秋榜还常年享受人间的烟火——谁家有人生病了，就会有人扯上几尺红布，拿上香火前去祈祷；遇逢年过节，还会有人奉上猪肉、水果之类的祭品……一袭烟火之上，是千秋榜跟村人息息相关的日常，不可剥离，更不可忽略和轻视。

现在，随着修建火车站的队伍的介入，神居千年的信仰却在一夜间被击得粉碎，就像某块珍藏千年的瓷器被摔碎的刹那，一切都像梦境般的真实与虚无。事实是，当一辆辆的挖掘机扑向千秋榜，村中竟然没有人上前阻止——我先是觉得疑惑，后来也就释然并有点兴奋了——我想，实际上村人们对所谓神灵的认识，更多的也不过是随波逐流，并无切入的坚定的一份撕心裂肺——这是否也是某种奇观呢？一辆呼啸而来的火车，竟然让我在瞬间看清了某种事物的脆弱的真相，所有曾经的看似强大，在时间的某个临界点上，其实都不堪一击。

千秋榜过来，就是一字排开的坟墓。在八大山地上，人与坟从来就是一个整体；人不离坟，坟不离人——这有点像某种信仰，也有点像某种哲学，它所反映的是某个特定的地域以及特定人群的生存观；具体到村人而言，说人不离坟，坟不离人，大致有两方面的意思：一是因为一份迷信的思想，风水学一直在村里大行其道，一个人死了，总要为其寻个风水宝地，在村人看来，一座坟墓的风水总是跟后人的富贵贫贱平安祸福相联系的；另一方面则就朴实和亲近多了，一座坟墓之下，埋葬的不仅是某个亲人的肉身与骨殖，更有一份永世的怀念与牵挂。在村里，就流传着很多坟墓与人一起迁徙的动人故事，其故事的内容大体一致，说的是某家从村里迁走了，除了带走所有物具外，必定还要迁走亲人的坟墓；或者是某家从某地迁入了村子，一起迁来的，必定也有其亲人的亡灵——在这里，人不离坟，坟不离人的故事，更像某种流传的美德，闻听之下，总能触摸到一个村庄的温度，以及某种精神。

不过所有这一切，到了2012年，就都显得不再重要了。或许是司空见惯后的一份麻木，一座坟墓在村人心中再没有任何神秘感了。按照建设需要，八大山地上的坟墓都要拆迁，最初时，村人是为之惶恐的——迷信也好，感情也好，村人并不愿意在亲人们死去多年后再一次惊动他们；但终于每一座坟墓都被打开了，在睽隔多年后再见亲人们残剩的骨殖时，除了觉得恍惚和迷茫外，再就是跪在坟前痛哭失声，一份真切的情感让人忍不住动容。但很快，事情就急转而下了——当一座接一座的坟墓被掘开，政府允许埋坟的坡地越来越少，先前想要寻风水宝地的意识已无法满足，只要还有空地，就争先恐后地埋下去，一座坟墓的隆起，就像随意种下的一株树，不分时间，不分地点，充满了随意与不在乎；还有的，因为年代实在久远了，对那些众多的死去的亲人实在没有半点切实的记忆(更谈不上情感)，另一方面又为了节约点钱，竟然将所有坟墓的骨殖，统统放进了同一个狭小的棺木之内……一座坟墓的风水，怀念与祭奠，以及关于时间的喟叹，一切与坟墓有关的传说，一切的神秘到这里均被击得粉碎——就像某条河流拐了无数的弯后，一头扎进某个深不可测的黑洞，即使影子，也消失得无影无踪。

紧接着，村庄就开始混乱了。

原本宁静的一个村庄，就像某个突然中了邪的人，一梦醒来，时间与往事，现实与精神，都已面目全非。

于是我们就听到了在村庄里响起的混乱的声音，那昼夜不息的声音，无论如何都让人觉得恍惚而又陌生，他们甚至还让多年前的村庄每每以梦境的形式跟我们会面——在那里，太阳每天在东山露面，然后从西山跌落；人与人和睦相处，春花秋月平静得没有一丝波澜，虫鱼鸟兽各行其道，日子来了，日子又去了，一切都安宁得近乎混沌，甚至像神刚刚创下的伊甸园，在《圣经》的首页充盈着质朴和干净的光。但在2012年的纵深处，我们就像某只突然被惊扰的小兽，从那宁静中不得不抬起了惊惶的头颅，惊惶地凝视和倾听那此起彼伏的声音——家人与家人之间，邻人与邻人之间，一切都混乱了，一切都朝着某种破坏的方向，吵骂和厮打的声音充斥整个村庄，时光像一层变色的幕布，揭开后全是满眼的狼藉。

事实是，在2012年，在拆迁的现实之下，关于赔偿的话题，关于利益之争的事件，从一开始就将一个村庄原有的秩序给颠覆了。先是在家庭内部，或者是兄弟之间，或者是父母与子女之间，每一方都希望能占有一份赔款，但在分配时，或者是兄弟间早年分家时某一方土地面积少了，先前倒没什么，现在赔款却是以实际面积而论，少的一方觉得不公平，于是矛盾就出来了，调解无果后，难免就发生了吵骂和厮打，有的甚至动起了刀枪，兄弟情谊到这里比一张纸还要薄上几分；有的父母希望能分到一份钱安度晚年，不承想钱早被儿子媳妇悄悄取走，于是四处追着媳妇儿子讨说法，有的甚至就成了祥林嫂，逢人就念叨儿子媳妇的不孝以及自己的不幸；据说还有一个年迈的父亲，当众给儿子媳妇跪了下去，一个决然凄怆的影子让人忍不住叹息；还有的人家，出嫁多年的女儿也回来了，一回来就说当初分田地时有她的一份，所以必需要下这一份赔款——面对这横生出来的枝节，娘家人先是觉得不可理喻，后来就觉得了愤恨，再到后来就发展成不可开交的争执，于是彼此间从此成为陌路；再就是邻里之间，先前界限并不分明的公共之地，现在谁都说那是属于自己的，有的甚至上溯到土改前，说某块地某块屋基原本就是他祖上花了多少银子置下的产业，于是你来我往谁也无法说服谁，谁也不愿意让谁，除了吵骂厮打之外，还对簿公堂，原本和睦的村人从此撕破脸皮……于是终于就有某个稍有见解的人在某个黄昏对着永远血红的夕阳长叹了一声，并哲人般断言所有的情感均敌不过金钱；在金钱的炮轰下，所有的事物（包括时间）都将溃不成军。

每一次我都会觉得隐隐的痛，总觉得 2012 年的时光分明有些沉重，有时候于恍惚中，还觉得那沉重中似乎带着血色——它与生命的底色靠得最近；在那里，人性的本来面目比以往任何时候都显得要真切——就像多年前某个诗人写下的诗句：一位天使，冒失行者/受到变态爱情诱惑/一场噩梦水深火热/好比水手挣扎失落/抗争着，心烦生暗火/扑向一个巨大漩涡/像群疯子胡乱唱歌/在黑洞里旋转陀螺（波德莱尔《不可救药》）……总觉得在哪里，一定有某种深藏的恶，还有不可言说的秘密，正向我们暗喻什么？

每一次我都觉得了恍惚迷离。因为村人留给我的，一直是朴实和厚道的印象——近些年来，我还不止一次在文章中盛赞过他们的品质，在我看来，那时候他们就像泥土一样朴实，像庄稼一样厚道，日升日落中，我一直将他们视作最能让人亲近和贴近的事物，总觉得他们代表了某种纯洁和美好。但现在，在 2012 年的时间刻度上，在还来不及转身的瞬间，我却发现我错了，而且错得一塌糊涂。实际上，所有的朴实和厚道于他们而言，不过是特定时间下被胁迫的某种产物，譬如现在，一旦他们有钱了，那朴实和厚道也就被他们一摔手抛到了历史的深处，他们每一个人都在忙着跟过去的自己告别，每一个人，似乎都要在这混乱和破坏中紧紧拽住自己最真实的一面。

几乎就在赔款到位的当晚，村里很多男人就去到城里，把自己埋进了酒吧和歌厅；有的甚至还将那些年轻漂亮的小姐带出来，秘密地租房居住；尤其是某些一直邋遢不已的老光棍，竟然都约好似的收拾得一脸光鲜，还不知从何处就带来了某个女人作妻子，就像时光颠倒季节错乱一样让人感到不适。只是事情很快就以闹剧的形式而告终了——先是有人在酒吧和歌厅当场被公安抓获,罚款的同时还被拘留;再有就是某些男人的行迹被妻子发现,于是家庭战争不断,有个别略有风韵的妻子,竟也以牙还牙地很快红杏出墙,一个原本度过了许多平静岁月的家庭很快破裂;而那些老光棍,结局竟然都如出一辙,在跟某女子生活一段时间后,女子们竟然都神秘地失踪了,有说她们原本是骗子,在骗取老光棍们的赔款后逃之夭夭了;也有个别好事者说她们中有人并不是骗子,而是因为老光棍中有人原本就患有某种隐疾,并有鼻子有眼睛地说是老光棍不愿耽误她并亲自送其离开的……至于谁说得更真实,倒没有谁去考证,也没有谁愿意为此耗费时间。人们所在意的是,一场持续不断的混乱,竟然随着几个女人的消失很快平息下来;一切躁动竟然被风吹熄被雨淋湿似的,一下子全都埋进了泥土与草木内部。

一直很长一段时间,一边是挖掘机不断发出“突突突”的声音,一边是从混乱中走出来的人们,阳光落下来,也似乎不再能引起他们的注意力,他们最多是偶尔抬一下头,乜斜着眼睛朝那声音的方向望望,然后再埋下头,该沉默还是沉默,该嗑瓜子还是嗑瓜子,似乎那挖掘机,那火车,原本就跟自己毫不相干;就连从身上溜过的风,跟自己也没有丝毫的瓜葛。

一直到灵妮子出现,2012 年的村庄才又呈现了它混乱和破坏的面目。

灵妮子是村里国东大叔的女儿,多年前就已出嫁到外省,其间也很少回来,现在却举家回到村里,一回来就风急火燎地在国东大叔的某块地上修起了房子。政府多次前来阻止,说这块地已在规划之内,如果再继续修建下去,必将作为违规建筑拆除。话说到这儿,灵妮子便免不了要让村人对她刮目相看了——一方面是政府不断劝阻,一方面是灵妮子压根不吃这一套,该砌砖还是砌砖,该盖房顶还是盖房顶。那一段时间,几乎所有村人都睁大了好奇并有几分敬佩的眼睛,那感觉就像发现了第一个敢吃螃蟹的人。

只是让灵妮子预料不到的是,楼房刚刚盖好,政府就组织相关人员以违规建筑的理由给强拆了。事情就是在强拆后一天比一天变得复杂的——灵妮子先是到县里,然后到市里,再到省里,最后竟然直接就到北京上访去了。电话从北京打回来要地方政府去接人时,村庄显然地震了——在这个僻远甚至近乎与世相隔的村庄,许多年来,北京是多么遥远的一件事情啊,但现在竟然有人闹到那里去了！从未有过的经历让村人们再次觉得了恍惚，直至亲自听到灵妮子眉飞色舞地讲述她在北京的经历时才仿佛回到了原地。尤其是那些上了年纪并略略读了点古书的，再看灵妮子时，就难免加上了几分想象——总觉得眼前的这姑娘，怕就是某篇演义里某个大闹京城的女子了？

此后，灵妮子什么也不做，整天就想着上访的事，后来又去过好几次北京，但每一次都没有达到目的——不但被强拆的楼房未得到赔偿，反而因此花去了好几万元；再有就是去的次数多了，村人也就没有先前的新奇并似乎还有几分不解了，甚至有个别长者还心痛地劝灵妮子不要再上访了，劝说的语重心长，说拆了就拆了，咱庄户人家也不要再钻牛角尖了，就算蚀财免灾吧——到此，2012 年的时间再次发生了某种细微的嬗变，一个在混乱和破坏中的村庄，再次让我们窥见了人心在转折时期的某种方向。

一转眼就入秋了，八大山地上的樱桃花早已谢去，繁华褪尽的樱桃林越来越显得孤独，一根根光秃秃的枝丫在风中像一些残剩的影子；那只神秘的野兔，或许早已嗅到某种不祥的气息而星夜迁徙它乡；至于某只来历不明的布谷，早已坠入时间的深渊里等待下一次的轮回；唯有先前种下的水稻、玉米、大豆和高粱，仍若无其事地像多年前一样拔节灌浆，并就要抵达收获的门槛了。一些村人，还像多年前一样把镰刀磨亮了，磨刀的瞬间，脸上荡漾的，似乎也还是来自多年前的那份熟稔与亲切。

此时，政府传来消息说火车站的工期已提前，这就意味着这些即将成熟的庄稼将被拦腰折断——我原想这次也一定不会掀起什么波澜；随着拆迁的进一步深入，随着众多的山峰、河流、房屋、坟墓的消失，我猜想一切的信仰与情感早已随风而逝，时间早已让一个村庄冰冷如一块没有体温的石头。但这次我分明又错了。事实是，当政府通知将庄稼全部拔出时，村人竟然联名递交了申请，希望能在秋收后再动工。我也曾看到那份申请，大意是一方面庄稼很快就可以收割了，没必要造成新的损失；另一方面则说村人祖祖辈辈靠庄稼过活，实不忍心看到即将成熟的庄稼被挖掘机糟蹋……说得言之凿凿，其情殷殷，初读之下，忍不住为之动容。尤其是，当挖掘机开进稻田时，在村里已活了八十多岁的铁匠老汉竟然向着倒下的庄稼跪下了，秋风拂起他苍白的胡须，古铜色的脸上老泪纵横，仿佛时间在岁月深处设下的一场庄严的祭悼，以至于当天所有的挖掘机都停止了挖掘，戏剧性的场面让在场的人嘘唏不已。而我总是想，相对千秋榜，还有坟墓以及其他物事，一粒粮食的重量竟然高过神灵，这是否也是村人内心的又一奇观呢？——在村人心中，究竟还隐藏着多少我所不知晓的秘密？

好在这些都没了实在的意义。真正能进入视线的是：很快，该征拨的，都征拨了；该拆迁的，也都拆迁了；该覆盖的，也都覆盖了——山峰、河流、土地、房屋、坟墓已被新起的事物替换，一条笔直的铁路清晰地映现出来，一个规模浩大的火车站的雏形也轮廓清晰起来。火车站四周，贴满了宣传工程获得重大进展的各种报道，2012 年显然成为某支队伍的重大荣耀。只是他们完全忽略了在自己的身后，这一年份已成为一个村庄贯穿前世与今生的疼痛。就像某句谶语，它必将让我在多年后想起一个消失的村庄和某个接近荒凉的时间刻度，连同那些混乱的和破坏的场景，以及一切的是是非非。

秩序内外

1.改　变

因为征地拆迁，我回村给曾祖他们迁坟。我从未想过要给他们迁坟。以前，我跟着爷爷来给曾祖他们上坟、挂纸、添土；后来我又来给爷爷挂纸、添土。我一直觉得，爷爷跟他们一起排在死亡的队列里，其间风吹雨打、云聚云散已然尘埃落定。我从没想过有一天他们还会被干扰——时间真讨人嫌，即使已经沉寂的事物，也不放过；时间总在猝不及防之际，就将某些意想不到的茫然推置前台。

譬如现在，我不得不承认，当我把坟墓揭开，目睹曾祖们残剩的骨殖，除了恍惚，还是恍惚。骨殖是恍惚的，荒草是恍惚的，蝴蝶是恍惚的，天空是恍惚的，泥土也是恍惚的，时间以“恍惚”的形式，让我刹那间变得恍惚起来，一切都恍惚起来。其他道具纷纷退去，“恍惚”作为某种事物，作为茫然的代言人，成为这个现场的主角。

我恍惚看见，一座座坟墓，像一株株植物被连根拔起。

我们常说植根于泥土，说的是一种不变的生命或是信念，但现在看来，这实在只是我们自己的一厢情愿。你说植物有根吗？当然有。但这根总有一天会被拔起，最多只能算风中的一个影子，或者某个苍凉的手势，只轻轻一挥，就消失了。我曾经痴迷于这句话：你的亲人埋在哪里，哪里就是你的故乡。这句话说的还是根——坟墓是根，我们就像一株植物，双脚插在亲人们骨殖的深处。但现在，我还会为这样的叙述和视觉所痴迷吗？——当一切都在改变，当那个根终于显得不可靠时，我想我已经失望了，至少是动摇了，有的只是落寞，甚至是惘惘的威胁。

最后一句原是民国一个女子说的。女子身处乱世，一切都在改变，时代在改变，爱情也在改变，也一切都显得不可靠，所以她感到了惘惘的，还有威胁。那是漫过心灵的孤独与荒芜。而现在,因为建设需要,一座接一座的坟墓被拔起,一株又一株的植物被拔起,这是不是另一种形式的改变呢?肯定是。这个时代一切都在改变。坟墓在改变,土地在改变,庄稼在改变,天空在改变,河流在改变,我们自己也在改变,唯一不改变的,根本不存在。以前有地老天荒的说法,现在我怀疑它仅仅是一种传说——所谓传说,就是不真实的,也是不可靠的。

一切都显得不可靠。包括梦。就在给曾祖们迁坟的头天晚上,我父亲说他梦见我爷爷坐在我们家老屋里。爷爷是曾祖的儿子。爷爷去世已十年,为什么会突然梦起他呢?一直联系起迁坟,父亲才恍然大悟——父亲认为,要给曾祖们迁坟,爷爷就回家来看看了——时间的巧合让父亲觉得,死去的亲人一定是有灵魂存在的;作为亲人,虽然他们去世了,但他们一直还在那里,还在默默地注视我们。

父亲的灵魂之说,再一次让迁坟事件变得恍惚起来。

恍惚。恍惚。一切都是恍惚的,一切都是不可靠的。

只有曾祖们的骨殖是真实的,但也真实得那样恍惚。关于他们,我从未见过,他们去世时,我远还没来到这个世界,再加上他们并不曾留下任何一张照片,也无半个文字流传,关于他们,以前只能靠想象,现在也还是靠想象——想象的下一阶段就是恍惚,恍惚于他们脱落的骨殖,恍惚于他们斑驳的面容,恍惚于时间制造的残酷——血脉与亲情在这里如同一缕风的虚无,更像顷刻间溃不成军的某种认同。

这种“恍惚”还体现在:有人家的坟墓早已空空如也,即使掘地三尺,始终寻不到一块骨殖,在走失的背后,一切都像个秘密——消失的骨殖是恍惚的,血脉与亲情是恍惚的,往事是恍惚的,握不住与看不见的都是恍惚的,唯有时间的不可一世是真实的,唯有一份在时间面前俯首称臣的疼痛和忧伤是真实的,唯有一株连根拔起的植物的命运是真实的……

那么,你可不可以读一读这几句呢?“不管它们如何显现,都不是真实的。一切事物都是假的,不真实的。它们像幻影一般,不是恒常的,不是不变的。希求它们又有什么用呢?恐惧又有什么用呢?只不过是把不存在的当作存在而已……”(藏传佛教语)

读一读,或许你会感受到在改变中的一份安详?但我们需要安详吗?不知道,也无法确定。

2.声　音

我和母亲都听到了那声音："哗啦啦——哗啦啦——"

我说的是挖机的声音。只一声，真的只是一声，很多事物就流水一样消失了。

房屋消失了，土地消失了，河流消失了，野草消失了，稻谷消失了，玉米消失了，时间就像某个脆弱的页面，鼠标轻轻一点，就覆盖了，就消失了。

没有谁有错。挖机没有错。鼠标没有错。被覆盖的事物更没有错。如果硬要说有错，仅仅是时间在这里拐了个弯，一拐弯，方向就发生了变化；而方向也没有错，要说有错，最多只是时间出了个意外。

一切都是意外。在村里建火车站是意外，在村里建新县城是意外，房屋被推倒是意外，土地被推倒是意外，野草、稻谷和玉米被推倒是意外，就连村人本身也还是个意外——在那些声音里，他们意外地感知了一切，也意外地遭遇了一切。

没有谁能够预料到这一切。他们不能。我也不能。

唯一可以确定的是，自从征地拆迁以来，我们每天都能听到那声音——"哗啦啦——哗啦啦——"以前是鸡鸣狗吠——"咯——咯咯——咯——""汪——汪汪——汪——"此外就是鸟鸣声"叽——叽叽——叽——"虽然杂乱，却是安静的——庄稼安静地生长，鱼儿安静地游动，花朵安静地开落，四时秩序安静地不动声色，一切都是安静的，就像《圣经》所描绘的那种安静之境——"你们要守我的安息日，敬我的圣所。"澄明，可以接近神祇。现在的环境却已经俗不可耐，而且充满了暴戾之气，"哗啦啦——哗啦啦——"全是石头与钢铁碰撞的声音，全是硬邦邦的声音，全是摧毁性的声音——说它像流水，那是一种有意的淡化，其实它藏着火，不单要烧灭一切，还要吞噬一切。

母亲是胆战心惊的。我也是胆战心惊的。每天，我跟母亲坐在老屋，听那声音一点点逼近，"哗啦啦——哗啦啦——"每响一次，我似乎看到正有一座老屋，就像一个人的身子，被捣起一截肠子，或是被挖下一片肉，总之是血肉模糊的那种；我仿佛还看见，那锋利的铁爪，每一次声响之后，离我们又近了一步；我甚至觉得，那铁爪，分明是要赶尽杀绝，要掳走村子哪怕是残剩的最后的一鳞半爪的时光……

“哗啦啦——哗啦啦——”一座又一座的房屋被推倒了。一起被推倒的，还有人心。都说人心是最复杂的事物，这其实是一种误解。譬如这时候，当那些声音不断地响起，心就只剩下两个字：“彷徨。”事情其实很简单——在不断消失的过程里，一切都被吓跑了，整个人心，只剩下不知所以。

有点疼痛。能不疼痛吗？

为了这份疼痛，其实我早就想逃离了。只是母亲舍不得，说她一定要坚持到最后——她要亲眼看到她一手修建的老屋，也安顿了她一生的老屋是如何被推倒的，是如何在他眼前消失的。从心的层面而言，这近似于某种信仰，充满悲情的信仰。我知道这是很残酷的一件事，但我更知道我无法避免这一时刻的到来。我唯一能安慰自己的，就是尽量陪着母亲，跟她一起困守在老屋里，一直到最后。

幻觉就是此时产生的。我觉得自己恍惚置身于一座孤城——四周的城池在一座座陷落，天空在陷落，牛马猪羊在陷落，鸟儿在陷落，我们也在一点点陷落——陷落就像被蚕食的感觉，一点点地，不断推进的过程，一点点地让人感到死亡的气息，绝望的气息。

最后一点很关键。我认为绝望比死亡更可怕。死亡不过是一种过程，绝望却是一种彻骨的荒芜——这样说是不是有点夸张呢？一定不是。在我而言，当我跟母亲困守在老屋，当那“哗啦啦——哗啦啦——”的声音像洪水一样要将我们吞噬，我没有惧怕老屋的最后消失，没有惧怕时间的消失，我只是触摸到了心在一点点变得荒芜的模样。

有多少人有这样的感觉呢？

我希望除我之外，不要再有他人。我希望每个人都活在原来的秩序中——不变的秩序很多时候即是难得的幸福。这样一说，我似乎就显得有些居高临下，悲悯有时也讨人嫌——你为啥就要为别人而悲悯？你为啥就觉得你要高出他们？——这真是个很麻烦的问题，谁也无法说清，包括时间在内。

也就是说，除了我和母亲，关于那些声音，那些感受，我想最好还是不要声张，更不能夸大其词(但愿我所说的“绝望”真属于夸张)。我希望这仅仅是一个个案，最好是我一个人意外的内心感受，——因为，旧事物消失，就意味着新事物的到来；而新事物，它们应该都是美好的，至少是顺应时间而生的；至于那份“彷徨”，我也相信，它不过是某个暂时的心情驿站，并不妨碍我们对美好事物的理解与接纳。

3.混　乱

一切都混乱了。天空不再是原来的天空，土地不再是原来的土地，村子不再是原来的村子，就连人，也不再是原来的人了——我说的是秩序，已经混乱的秩序。

自从征地拆迁以来，一切都在朝着混乱的方向挤。就好像凑热闹，你往里挤，我也往里挤，他还是往里挤，我们大家都往里挤。往里挤的原因是，你慌了，我也慌了，他还是慌了，我们大家都慌了——不慌能行吗？征地拆迁，原来的土地不在了，原来的房屋不在了，原来习惯了的生存秩序不在了，一切都只剩下陌生，只剩下不确定，就像被突然端了窝的鸟巢，除了混乱，还是混乱。

说到鸟雀，鸟雀真的也混乱了。树被砍了，房屋被推倒了，树上的乌鸦和喜鹊，屋檐下的麻雀和燕子，一下子找不到窝了，找不到窝的鸟雀，整日里乱飞——该怎样比喻它们呢？还是反过来说人吧，对了，它们就像突然遭遇大变的人群，惶惶然，也戚戚然；它们四处乱窜——此时此刻，最基本的身体归宿，一份现实的生存与生活，显然已经构成它们的末路，以及末路上的迷茫。

蚂蚁也变得混乱了。一群蚂蚁聚集在那里有序地迁徙——它们要迁徙到何处去呢？或许它们已经感知到了正在来临的那份“改变”？并在远方找到了属于自己的家园？但已经来不及了——还没走远，卷起复又落下的泥土与石头就吞噬了它们的身子，生命转瞬间成为混乱的殉葬品。

还有那只可怜的野兔——它显然也变得混乱了，至少是心灵已经混乱了。一个最突出的表现是，先前它只在白日里出没，现在却换在月亮下行走了。现在，它就蹲在某块岩石上，耳朵贴着风，似乎在嗅着什么气息，也仿佛真的嗅到了什么气息，总之它是在某个月夜，趁着星光逃亡了……于是所有的月夜都显得混乱了，一方面是那些植物不断地被割倒，另一方面是那些不断裸露出来的无处隐身的其他的兔子、野鸡、黄鼠狼……也纷纷趁着夜色逃往他乡……

就连词语也混乱了。如果说“种树”,你肯定觉得天经地义;但如果说“种房子”,你也不要觉得惊诧。在一个混乱的环境里,任何怪异的事都有可能发生。房子在这时候完全是可以“种”的,房子就像一株植物。而且这种说法还来源于官方,来源于白纸黑字清清楚楚明明白白的红头文件,你大可不必怀疑,怀疑是没有意义的。

为什么要“种房子”呢?因为要拆迁,就要赔偿;要赔偿,就要“种房子”,房子“种”得越高,赔偿的价格就越可观——很简单的逻辑,不用推理也能明白。但关键是,许多人却不明白另一个词:“抢种。”抢种庄稼可以,如果“抢种房子”,就是违规建筑,要强拆,分文不赔。我们说房子就像一株庄稼,那仅仅是个比喻,比喻从根本上是靠不住的。于是矛盾往往就给制造出来了——一方面是政府要执行国家政策,一方面则是群众要维护自己的利益,拆迁瞬间变成一种对抗,变成一种混乱。

就连村庄内部也混乱了。先是村邻之间,先前你堆放茅草也行、我搁置农具也可以的土地,现在突然寸土寸金了,于是界限必须分明了,争执也不可避免地发生了——你说土地是你的,我说土地是我的,来回拉锯,最后甚至刀枪相向;最后是家人与家人也在制造混乱了,夫妻之间,父母儿子之间,兄弟之间,甚至是出嫁多年的女儿也跑回来高声嚷着要分钱了……

而我必须强调的是,关于“混乱”,时至今日,我觉得它实在是一个最具摧毁性的词。它可以瓦解一切,包括我们的情感,我们对事物的认识,甚至还包括时间在内。它一定程度上让我们觉得——这个世界原来不堪一击!

为什么这样说呢?因为混乱还没开始前,整个村子都是安静的,整个人心都是安静的,安静得可以让一碗滚烫的水可以瞬间冷却下来;一切都是没有争议的,一切都可以礼让,可以谅解,一切都是亲近与和睦的,心与心之间,就像某个整体。现在可不一样了,一涉及金钱,一切都在朝着疏远的方向走——村人与村人之间疏远了,父母子女之间疏远了,兄弟与兄弟之间疏远了,兄弟姊妹之间疏远了,——就像云和云之间也疏远了,树叶与树叶之间也疏远了,湖面与湖面之间也疏远了,水滴与水滴之间也疏远了,一切均已经被切割,都已经七零八落。而时间的本质似乎就凸显了出来——时间总在改变一切,也摧毁一切;就像凌厉的风,风过处,万象纷纷坍塌,一切都如梦如幻,一切的假象或真相,纷纷浮出水面。

而我终于相信,只有“混乱”才具备这一“凸显”功能,“混乱”仿佛一面魔镜。而我该不该为之欣慰吗？因为，我毕竟在混乱中看到了很多原来被遮蔽的东西——或许还可以说，这便是发现，是收获？

4.故　事

我觉得有必要补充一些故事。关于拆迁，关于那些在风中起起落落的内心秩序，我想，只有说出这些故事，它的混乱与无序，它的紧张与亢奋，它的无奈与叹息，才会显得血肉丰满。

故事都是灰色的。所有的故事，在拆迁的背景下，从一开始就是灰色的，而且也只能是灰色的——所谓灰色，它一定不是明媚的，阳光无法照耀到这里，这里最多只能有风雨，有雾霭。阳光是普照，是泽被；风雨和雾霭是光的反面，你说要有光，一定不会有光。

故事一：《赌徒甲》。甲被称为赌徒，是拆迁后的事。先前，甲只是好赌，因为没钱，只赌小钱，譬如用卖了粮食的、蔬菜瓜果的钱去赌，偶尔大一点的是用卖了牛马的钱去赌，所以不能算大钱，自然只能算个“好赌者”。“好赌者”和“赌徒”是有区别的，其区别就在于“小”和“大”之分。征地拆迁后，土地卖了，房屋卖了，钱一下子像洪水灌进来，甲心底那点爱好也就膨胀起来。先是在村里赌，赌不过瘾后，索性当起了“山寨王”——拉起一支“人马”，昼伏夜出，把赌场设置于深山密林处，放哨的、送餐的、卖饮料和烟酒的，一应俱全，应有尽有，活脱脱一个小江湖。豪赌之外，还玩女人，也总有女人自愿送上山去。一时间，倒也乐不思蜀，似乎天上人间，不知今夕何夕。不料好景不长，大约三两月后，某个月黑风高夜，警察仿佛从天而降，赌场被毁，赌资没收，人也换于铁窗之下，想要后悔，却已经无法后悔。而更让人惊奇的是，甲前脚刚迈进铁窗，其妻后脚就稳不住了，说是土地没了，房屋没了，钱也没了，人再不走，只能喝西北风了，说完脚底抹油就跟着别的男人跑了。只是至今我都不知道，她丢下的三个娃儿，最大的不过十岁，最小的三岁，他们究竟由谁收养？也或许没人收养，他们注定只能像一缕风，任意飘荡？

故事二：《吸毒者乙》。吸毒者乙，也是拆迁后才出场的。先前，无论如何去看，乙都应该列为本分人。所谓本分，就是遵纪守法、洁身自好的意思。但拆迁后，人一夜之间就变了。据说乙有一次自县城某间小屋前路过，小屋装扮得古色古香,尤其是,竟然还有三两个古色古香的女子,安静地坐在那里刺绣。乙读过几本书,知道这场景只在古书里才能见到,忍不住就停了下来,忍不住就多看了几眼,就像某个张生或是李生,在月亮下偷窥某个狐仙女。故事就此发生了,先是绣花中的某女,站起来,从那木格的雕花的窗棂里,从那挂着的一长串的吊兰里为乙抛来了如水秋波,于是乙就被那秋波淹没了,脚步也收不住了……再下去,可以回到故事的标题了,总之乙就在这里开始了吸毒,先是用嘴吸,后来索性注射了,一条路,往黑越走越深。钱一旦用完,乙就跑回村子,用刀逼着年迈的父亲索要毒资,每一次都如法炮制,每一次都会卷走大把钞票。到最后,剩下的钱越来越少了,父亲终于拒绝了,乙毒性真正发作,一刀就捅进了父亲的肚里……故事一直拖到前些日子才结束,乙因为吸毒死亡,据说剥开他的衣服时,血管弯弯曲曲,像一些爬满的蚯蚓,最后还破裂了,液体流了一地,像猪血,黯红,凝滞……父亲一边老泪纵横,一边说:“解脱了,解脱了……”只不知是他解脱了,还是乙解脱了?没有谁知道,也没谁过问,谁还会在此时去记挂一个跟自己并不相关的老人的内心呢?

故事三:《艾滋病患者丙》。丙即将咽气前,村里一大帮人到县城为他购置棺材,恰巧被我遇上。我问丙究竟患了什么病?每个人都说不知道,尤其是他弟弟,几次欲言又止,留下无限神秘。一直到他死亡的消息确凿地传来,秘密才一步步打开——丙先前有妻子,有一个女儿,后来因为贫穷,妻子远嫁外省,女儿病亡,丙从此成为光棍一根。拆迁有钱后,便进妓院,便染上了艾滋病,便死在了病上,死时离四十岁还有几年距离。关于丙的死亡,倒也无须多说。有一件事却不得不说——大约是去年,随着丙的土地全部被征拨,随着丙荷包里的人民币越来越鼓,就有一陌生妇女送来一年轻女子,说此女是她儿媳妇,只因自己儿子好赌不成器,而她深感媳妇乖巧听话,不愿让媳妇跟着儿子吃苦,一气之下想把儿媳嫁给丙做妻子,但有一个条件,为了表示慎重和庄严,必须张灯结彩、洞房花烛才过门。丙对此深信不疑,一切照办。不料此事却像极了某个古老的也是落入俗套的很蹩脚的小说情节,不用我说,大概你也猜到了——就在洞房花烛夜时,新娘却神秘失踪了,跟陌生妇女一起失踪的,还有丙的银行存折……每一次说起,我都觉得了疼痛,觉得时间与金钱,似乎都是制造迷乱的罪魁祸首,而我们每一个人,似乎都是身陷其间的一只可怜的虫子,由不得你去选择,更由不得你去挣扎……好在一切都随丙的死亡画上了句号，就像那缕风，终于吹过山谷，被人遗忘了——我相信，在茫茫尘世，被人遗忘有时应该是一件幸运的事。但愿如此吧。

世上人家

1

第一次见小姨,记不得在何时。第一次独自去小姨家,却印象深刻。那时我读小学三年级,某天放晚学后,跟小姨寨上的几个同学一起去的,其时黄昏,漫天大雪,跌跌撞撞一身雪白敲开某扇柴门,小姨大吃一惊,一边替我擦去头上的雪花,一边将我拉到火塘边,一边忙着为我炒猪肉。第二日清晨,小姨亲自送我到学校。我坐在教室里,目睹她的身影在雪花中一点点模糊。

又某个夜里,不知为何惹恼父母,挨打后夺门而去,借助月光的照亮,一口气翻越罗家大屯,直奔小姨家。一见小姨,眼泪忍不住夺眶而出。小姨一边心疼地抱着我,一边责怪我父母,大黑夜的竟然让一个孩子离家出走。到后来小姨还陪我落了泪,那场景就好比一对失散的母子,各自天涯零落重聚后的悲喜交集。

小姨是母亲的亲妹妹,却长得跟母亲判若两人。母亲瘦小,小姨却高大,为此母亲常说,那是因为在饿饭时期,母亲是大姐,将饭菜都留给了小姨,她是饿了所以不长个。小姨则不以为然,说人是生定的骨头长定的肉,总不承认抢了姐姐的养分。于是姐妹俩你来我往,你不让我,我不让你,正像民间里说的"缘分妯娌,冤家姊妹",而来自尘世的亲,也如风吹涟漪、面目温润了。

母亲不常去小姨家。虽小姨家跟我们仅隔一座罗家大屯,路不过三五里,母亲却难迈步。有时小姨便有些恼,责怪母亲姊妹情浅。母亲却只轻描淡写地说:"难不成要天天走动才算亲?"这又是她们姐妹的不同,一个如火,凡事讲究热烈;一个如冰,凡事均不在意。我先前一直倾向于小姨,总觉人世便在于一份热闹,亲情亦需要风生水动;后来慢慢觉得,在母亲而言,亦不失一种境界，所谓的世事淡然，即使如亲情，或许亦是那深沉的言说。

我们兄弟姊妹却常常去小姨家。一到小姨家，便可吃上炒猪肉。小姨家孩子少，负担轻，生活相对富裕，过年还要杀年猪；不像我们家，孩子众多，父母虽竭尽全力，生活总如民间里说的“五至六月，青黄不接”的状态，杀年猪已属妄想，即使果腹的粮食，亦常常吃了上顿断下顿。加之小姨从未对我们表示不喜，虽然频繁地有我们兄弟姊妹的嘴凑到她家饭桌上，她亦总要端上一碗炒猪肉，而且，一边看着我们狼吞虎咽的样子，一边便是她笑眯眯的模样，就像对待亲生的孩子，如三月春光，新枝新叶，融融暖意让人觉得亲切无比。

小姨父拥有一辆牛车。牛车很简陋，两根柏树做的车轭，中间铺上楸树的板子，没有车厢，更没有涂漆和雕龙画凤，只一副泥土和石头的样子，敞露在太阳和风雨里。尤其是我们跟着小姨父坐上去，当他把鞭子扬起来，尽管他的鞭子不断地扬起，但牛车依然不紧不慢地在一枚通红的夕阳下前行时，便有浓浓的古意从一幅水墨里凸显得淋漓尽致。我平生坐过很多类型的车，包括飞机在内，但都觉得不如小姨父的牛车来得亲切，总觉得唯有那个场景，最是贴近尘世与心灵，最能诠释所谓人间烟火里的瓷实与安稳。

有时候，小姨父不想翻越罗家大屯，便驾着牛车绕公路到我们家来。牛车不像马车，总是很慢，就像一个步履蹒跚的老人，不慌不忙的神情，急不来，却悠闲有余。我们村有的只是马车，看惯的是那奔驰如箭的速度，所以小姨父一来，村人便要挤来看稀奇。刚一进村，牛车背后便挤满了人，总还有几个胆大的孩子，爬到了牛车上。小姨父也不拒绝，更不会觉得难堪，依然旁若无人般吆喝着前行。到我们家，只见他轻轻地勒了一下缰绳，牛便停住了，一停住，牛便扔下小姨父，独自在一边开始回嚼起来，眼睛半睁半闭，就像小姨父一样，亦是旁若无人的样子。

有几次父亲跟小姨父开玩笑，说他驾牛车就像老虎骑公鸡，实在搞笑。小姨父却不在意，依然时不时就驾着牛车到我们家来了，尤其是五六月间，不用父亲招呼，在估算着我们家已经断炊时，小姨父驾着牛车便来了。一听到小姨父的吆喝声，父母紧锁的眉头便悄悄地舒展了。赶紧走出院子，便看见了牛车上的三两袋粮食，以及从口袋里露出的滚圆的土豆，我们兄弟姊妹便一起欢呼起来，小姨父的脸上，始终漾着浅浅的笑，把东西卸下后，小姨父有时坐坐，有时不坐，调转车头便回家了。我们跟着父母，一起站在院子里，一直要目送小姨父的背影消失在村外，一直到消失了，我仍然会看见那个背影，驾着缓缓的牛车，在夕阳中缓缓移动的样子；一直到多年后，即使小姨父早已隐身于一抔黄土之下时，那背影仍然停在那里，并越来越清晰，像一面温暖的墙，紧紧贴在我的内心之上……

2

十五岁那年，我考取师范后便很少去小姨家了。这时候，我有了自己的学业，还有了同学朋友需要时间去应对。小姨亦不责怪我。只是假期快到时，便听母亲说小姨早就打听我回家的消息了。一方面，小姨知道我长大了，再不能像从前一样紧贴在她身边；另一方面，她却希望所有时间均像从前一样，希望某一刻的美好能永远停留。只是我即使放假回家了，同学之间亦总是来来往往，尽管小姨希望我能到她家去，但短暂的假期很快就在这种来来往往间溜掉了。一转眼，我又要回校了。这时候，小姨到我们家来了，她来送我，总是千言万语，母亲却安静地坐在一边做自己的事，那样子好像小姨才是我的亲生母亲。到最后，母亲还嫌小姨烦了。接下来便又是她们姐妹间的一顿争吵，你说我缺少母子情谊，我说你"咸吃萝卜淡操心"，一时间煞是热闹异常。我则瞅准这个间隙躲到一边，一任这尘世里的两姐妹，在那舌尖的战火中不依不饶。

过年时，我却必定是要去小姨家的。很早小姨就捎话过来，告诉了她家杀年猪的日子，并让人告诉我，一定要去，吃肉倒是其次，关键是要帮她们家写春联。我如期翻过罗家大屯时，小姨已经坐在村口等我了，她坐在那里，眼睛一直朝着罗家大屯的方向，似乎很焦急很紧迫的样子。一看见我的身影从山这边拐过去，小姨便弹簧般站起来，远远地便喊上了我的名字。到她家，小姨父与一般子人却在忙着杀年猪——而我也才明白，为了等我，小姨竟然丢下活路到村口去了！

小姨显得很兴奋。一到家，便急不可耐地给帮忙的人介绍我，说我现在长大了，考取师范了，就要端铁饭碗了，有出息了，——这不，还赶着杀年猪时来给她们家写春联了。小姨一路说下来，连珠炮般，如数家珍般恨不得把所有最出彩的话都往我身上装。小姨显然在为我而自豪。那时候，邻近村子能考取职业学校的，少之又少，能考取的，自然都是人们羡慕和敬重的人，尤其是还能写上几手春联的,简直就是“人上人”了。总之在我身上,小姨显然收获了沉甸甸的幸福。

世事总在出人意料之中,就在小姨觉得我就要像一只羽毛丰满的鸟儿一去不复还时,我却又回到她身边了。师范毕业后,我患了严重的肾病。除了待在家里,其余的便是去小姨家散心。看见我,小姨一边觉得时间倒流般的高兴,一边却替我忧心忡忡。小姨懂得一些草药,为了帮我治病,她走遍了附近的山野,找来了一切有可能治愈我肾病的草药。只可惜每一次都让她失望了,失望后,就总是沉默,然后叹息,从前笑眯眯的模样,被一脸冰霜深深地锁住。倒是我不断安慰她,然后便是我的强装笑颜和她继续的忧心忡忡。

日子却坚持着它的流向,并不会因为某个人的变故而停下。一转眼,我的同学,还有身边的同龄人便到了结婚的年龄,也无一例外地都结婚了,只剩下我,如一朵零落的花,在残剩的枝头堪堪可怜的模样。小姨显然慌了,多次催促母亲快点想办法治愈我的肾病。这一次母亲却出乎意料地没有反驳小姨,而只是表现出从未有过的沉默,就像一股冷峻无比的风,让人感到彻骨的冰凉。也只有这一次,这对尘世里的“冤家姊妹”,终于握手言和了。

接下来,不单是我对疾病妥协了,就连小姨和母亲也妥协了。在反复治疗均无效果后,我们便都承认了这一现实。好在我虽然放弃了治疗,但并不等于放弃了生活的信心。相反,我由此懂得了对生命的珍惜,——在无数次对死亡与孤独的想象里,我觉得应该紧紧抓住有生之年的时光。尤其是后来,当我在阅读中遇到了史铁生,以及他的地坛。在那里,我的那盏虽然坚强但毕竟微弱的生命之灯一下子变得强大起来,就像茫茫荒野里的一束探照灯,让我肉体与精神的每一个角落均变得明朗与通透无比。从此开始,我还走上了写作的道路,只可惜的是,多年后,当我用文字的形式对抗疾病并一次次取得胜利时,小姨却已经沉入死亡与孤独的那一边了;我想,要是她能活到今天,或许她那久违的笑眯眯的模样,又会再一次出现吧?

但我会跟小姨说史铁生吗?不会的,她不可能知道史铁生的世界;我还会跟她说起文字吗?也不会的,她不可能知道在这尘世之上,除了她替我找回的一株株草木外,还有文字可以入药,比之于肉体的那份健康,精神的强健显得更为重要!这又是小姨跟我们的不同,尘世之上,她只双脚贴在草木之上,人世的气息,除了草木的清洁和简单外,再无其他。

3

再后来，我调进了县城，还改了行，工作突然之间变得很忙了，复又很少去小姨家了。倒是每个周日，小姨一家来县城赶集时，均要到我的住处来和我坐坐，并每次都要给我带来一些瓜果蔬菜之类的。这个时候，时代已然迁新，我们家的生活早已摆脱了一碗炒猪肉的桎梏。小姨在给我送瓜果蔬菜的时候，也不像先前的从容坦然了——或许也还有因为我身份改变的缘故，总之小姨甚至是有几分谦卑似的小心翼翼了，一边掏出瓜果蔬菜的同时，一边还替自己解释，说我现在大酒大肉吃惯了，所以送点瓜果蔬菜帮我调调胃口。

也有那么一段时间，小姨一家不再来了。我先前是不在意，总以为他们是因为农活忙或者其他事情的缘故，一直到后来，一直很长一段时间后，有一天，我在街上遇到小姨后，才知道小姨父患病了，不单是小姨父患病了，小表弟也患病了，为了给他们父子俩治病，小姨一直忙着四处找药——我觉得了愧疚，总觉得对不住小姨一家；但小姨显然并不计较我对于他们一家的疏忽，相反一再对我说，叫我安心工作，等他们父子俩病好后再来看我。

我一直没有等来他们父子俩病愈的美好音讯，倒是等来了祸不单行的坏消息——小表弟有一天从二楼上摔下来，全身多处骨折，差一点就丧命了，经此一劫后，原本就病得很深的小表弟几乎就是一个霜打的茄子，只剩一口气残存于世了。而我得知消息的时候，小表弟出院已经很久了，我急急地赶到他们家，责怪他们这么大的事为什么瞒着我。小姨和小姨父始终一脸堆笑着说，怕我分心影响工作，所以没告诉我。在那一瞬间，我第一次发现，原来我跟小姨一家的关系，已经在时间中悄悄发生变化了，尽管我们彼此之间并没有要让它变的意思，但就像时间里的某条河流一样，那些流水，终究朝着它们要去的方向，自觉或不自觉，一直往前了。

小姨终于觉得了心力憔悴。为了给他们父子俩治病，小姨耗尽了多年辛勤劳作换来的积蓄，而且还缺钱了。在原来，小姨一家可从来不缺钱的，虽不至于很宽裕，但应付日常之需，则是绰绰有余的；而现在，因为父子俩突如其来的一场疾病，小姨第一次觉得了生命与生活的脆弱——其实又何尝只有小姨如此呢？这世上人家，这贫贱的生命与生活，谁不是脆弱的呢？一场意外即可让原来的秩序更改，甚至面目全非！好几次，小姨甚至哭了；好在有母亲劝她，母亲说："你这是过好日子惯了，你若像我一直从穷日子中走过来，你就会觉得这人世间的苦难再平常不过了……"好在小姨终于从母亲那里学会了坚强，一方面虽是身陷于疾病和钱的双重困境，但另一方面却也有了一份对于不幸现实的豁达与从容。

好在健康的大表弟终于结婚了。大表弟婚后一年，便生下了一个女儿。新生命的到来，让小姨感觉到了生活的无限美好。小姨忙不迭地就为她的小孙女绣下了一个红色的小提包，同时，还为我的孩子也绣了一个，——那时我还没有结婚，还没有孩子，但小姨却已经在想象我的孩子了，她一起在她的孙女以及想象中我的孩子的红色提包上绣下了一对鸳鸯，——直到如今，当小姨已经故去多年，绣给我孩子的小包仍然被我仔细地珍藏，记得有一日，妻子和女儿均已出去游玩，我一个人在午后的阳光下拎出小包，红色的鸳鸯已然有些褪色，院子很静，院子前面的小山上，一声悠长的鸟鸣如孤独般不断响起，又不断落下，光阴仿佛被拉得长长的，人就像这长长光阴里的一粒尘，飘忽而又恍惚，突然间就想起了小姨，想起了她的生前身后，对小姨的思念，最后如潮水般汹涌而至；一个人的阳光，一个人的午后，一个人的院子，一把躺椅的世界，在那潮水深处，全都恍惚和迷离不已……

4

小姨死于车祸，跟她一起死的，还有大表弟。母子俩共骑一辆摩托车去给癌症晚期的小姨父寻药，结果在高速路上被一辆猎豹撞了。猎豹车头被生生地撞出一个大大的窟窿，上面残留着暗红的血渍。大表弟当场就死了。小姨在送进医院后不久，也死了。

那是某个初秋的早晨，母亲一个人站在我们家老屋的院子里，抬头看着老墙外的梧桐树。树叶已经变得枯黄了，几乎每一片叶脉上，都被秋风撕开了一个个细小的裂口，像一张张被疾病吞噬得千疮百孔的肺叶。阳光却很好，阳光落下来，清凉的空气里浮起一层淡淡的柔暖。母亲从水池里舀满一铅壶水，正准备要把壶口盖上时，一只绿色的青蛙就从壶口蹦了出来，青蛙撞在母亲的额头上，留下一朵梅花印。回过神的母亲发现这只绿色的青蛙正静静地蹲在她的脚下，一双蓝色的眼睛静静地看着她，两颗小眼珠向外凸着，像一对玻璃球，在一缕飘过的秋风中显得诡谲无比。眼珠上分明沾着水滴，极像一个人的泪。母亲当时就觉得了不祥，对于奇异的事物，母亲总有几分迷信。果然，就在母亲和青蛙紧紧凝视的那一刻，母亲就接到了小姨和大表弟的死讯。

接下来就通知小表弟。小表弟的病虽然一直没有治愈，但为了生活，早已外出打工了。我们不敢跟他说实情，只说小姨跟大表弟受伤住院，需要他回来照顾。电话接通后，他就去了火车站，一天后就赶到了家。好在小表弟是坚强的，悲伤之后，很快就承担起了处理丧事的重担。

小表弟回来，让小姨父觉得踏实了些。每天，小姨父都逼着自己多吃些饭。他说，至少他要强撑着送小姨跟大表弟上山，他才死去。偶尔，他还要叫人搀扶着，颤巍巍地走到停灵的地方，跟前来哀悼的乡亲们说上一些话，有时还陪着挂上一丝笑容。只是跟我独处时，就不停地流泪。小姨父不断责怪自己，后悔不该让小姨和大表弟去为他寻药。他总是狠狠地两手抓住自己的头发，然后是长久的沉默。但我分明听到了他的哭声。他是把哭声，藏在了心里。我分明听到那哭声，正如汹涌的洪水，在他心底咆哮。我劝他不必伤心。我说这个家还需要他的呵护，没有他的呵护，这家恐怕是要散了。接下来的日子，他果然坚强了许多，也似乎释然了许多。后来，他还平静地跟一个漆匠谈生意，谈如何给他自己准备的棺材刷上黑漆。跟漆匠谈生意时，他坐在院子里的躺椅上，秋天的阳光使他的脸更加苍白瘦削，疾病让他积水的肚腹高高耸起。他说他很痛苦，全身疼痛，气息不通。但他的确是平静的，在讨价还价的过程里，我甚至觉得他并不是在说自己的事。疾病、疼痛、死亡、后事，似乎都是别人的，这还让我感到了一丝安慰。

小姨跟大表弟下葬不到一月，小姨父终于熬不住了。小姨父临死的头天，我接到他的电话。他说他恐怕不行了。那时他口齿和思路都还很清晰。我并没有想到这已经是他跟我最后的告别。我一直相信，凭姨父内心的那份平静，我想他总会多熬些时日的，甚至还盼望着奇迹对他的照临。但我没想到，就在第二天，小表弟却告诉我，说小姨父已在昨夜哑声，快不行了。我以最快速度赶到他家时，小姨父已经被抬到了一堆破棉絮上。小表弟紧紧抱住他干瘪的身子，周围挤满了小姨父至亲的人。人们不停地叫唤着他，但除了越来越喘急的呼吸声外，他始终没有任何回应。但当我凑近他，大声说出我的名字后，他却突然发出了声音，喉结涌动，发出“呵呵”的声音，并挣扎着想要坐立起来。我知道他想跟我说话，但已经说不出话了。头也很快垂了下去，最后挤出两滴泪，接着就溘然长逝了。我最后为他抹去了泪水并合上双眼。

最后的时间终于缓缓来临。天亮了。起灵的时间到了。我扶着棺材，跟着乡亲们的脚步，缓缓地护送着小姨父向山上走去。山野里的庄稼已全部收割完毕，玉米地里的枯草，似乎还在疯长，细碎的菊花开得正盛，细雨秋风中，小姨父即将抵达的山脉，罩着一层浅浅的雾，一只乌鸦飞过山顶，留下几声空茫的啼鸣……下坡了，领头的乡亲开始唱起来：“下坡龙呢——”抬棺的乡亲们紧跟着和起来：“下坡龙呢——”上坡了，领头的又唱起来：“上坡龙呢——”抬棺的乡亲们紧跟着又和起来：“上坡龙呢——”声音缓慢、凄怆，像古老的曲调；曲调在细雨秋风中起落，拖着一个长长的颤音，最后跌落在菊花和荒草上，像是一段安魂曲，又仿佛一个恒久的梦，让人慰藉，更让人失落。

墓地终于开启了，一抔抔黄土，经过乡亲们的手，洒落在小姨父的棺材上。一个秋天的疼痛终于在最后的早晨止息。我也终于承认了一个事实，那就是，小姨家从此散了，一个家的从前，以及关于一个家的所有思念，或许就都像这个秋日的早晨一样，风一吹，就散了……

母亲的尘世

有一种尘世，很窄，也很沉重，就像一只蜗牛以及压在它身上厚厚的壳；有一种情愫，微小，却辽远无际，紧贴尘土，虽风雨摧逼而不屈，而不悔，始终微笑着，如一朵野地上的花，独自在那里，不为人所知，亦不需人所知。这大概就是我所要写到的母亲了，尘世在她那里，平凡中不失动容。

母亲姓刘，名卓英。不过，人们称呼母亲，先前，只是将其隐在了我父亲的姓氏之后，称为“老李家那口子”；再后来，又隐在了我们兄弟姊妹名字的背后，称为“某某的母亲”。母亲的名字，自始至终均是被忽略和淹没的，就像她置身的尘世，始终处于被遗忘的位置。

母亲嫁给父亲时，乘坐的是轿子。几十里山路，抬到洞房时，因为颠簸，红红的盖头下早已花容失色。那时民国已过去若干年，坐轿的风俗已流到最末时间，母亲刚好赶上了最后一趟，再之后，移风易俗，轿子隐入时间长河，一段余波尚存的时代彻底终结。所以这出嫁的细节，一直被母亲视为最美的记忆，似乎一朵花得到一缕风倾心和眷顾于春天，即使只一瞬的粲然，亦足够作一生的点缀。

不过，真要问及母亲的身世，其所出身的刘氏，虽算不上显赫，在当地却也算得上名门大户。这一殊荣是从母亲的远祖开始，一代又一代积累下来的，据说母亲远祖中出过将军、进士，到零落的清末，最不济时，亦是秀才满门，书香盈户。再到她父亲，也即我的外祖父，到母亲出嫁时，亦是区委副书记，名望依旧延续。只我们李氏，祖上虽有几亩地产，但亦是久远的事了，到父亲时早已只剩下寒微之身。推理下来，母亲该算是下嫁于父亲的，尽管母亲出嫁时，尊卑的秩序早已退居于时代的背后。

而这些推理，亦仅是出于我多年后的一时兴起。对于母亲，不管是否下嫁，她并不在意，也不可能在意，只是，当父亲把她红红的盖头揭下，她便跟父亲生死不离了，便一起将共有的命运，种在这尘世里了。

母亲嫁给父亲时，正是“文革”时期，其时时势不济，人事正汹汹。父亲在某煤矿当工人，派仗四起时，父亲亦被卷入其中，甚至成为招风的某棵树木了。母亲不识文化，却懂得木秀于林、风必摧之的道理。在经历了许多担心后，母亲劝父亲，人世不过在于安稳。只一句，父亲便萌生退意，进而就回到了村里。再之后，不管外间风起风落，父亲跟母亲，只活在自己的一隅里，虽几多苦幸艰难，却也算觅得了岁月的静好，正如那深山四季，花开花谢、叶荣叶枯，无物可扰，无物可牵可挂，一切均只是独自梦里的安然。

不过，跟母亲不同的是，父亲虽在母亲的一句话里退到村里，其实在他却有很多的不甘心。尤其是后来沉重的生活不断地向他压逼时，他就觉得了悔意，尽管他没有明说出，但他一次次对自己命运的假设，以及在假设那一端的春暖花开，却分明流露出对母亲的抱怨。

母亲却从未恼过。对父亲的抱怨，对生活的艰难，始终没有表现出不快，甚至是一丝的烦恼，也不曾流露。即使在多年后，我亦会被母亲的淡定所感染，总觉得在母亲那里，是深具哲学与佛的情怀的，尽管她大字不识半个，但她以她质朴的修持，完成了自己内心的涅槃。也由此，我懂得了所谓的人世与境界，其实很多时候都存在于那简单处，在那里，温暖与从容往往如浮云退去的天空，如澄明的双目，直抵人心。

总之，回村后，母亲便在真正属于她的尘世里过活了。从此，纵有千般巨变，人世在母亲这里，也仅是土里刨食的生活了，当然，亦还有承受，对生活的承受，对丈夫的承受，对孩子的承受，进而对爱的承受，满满的承受始终如土地上的风和庄稼一样，成为母亲生命里从未缺席的事物。

母亲留给我最深的印象，要数她落在土地上的那个影。虽事隔多年，乡村早已隐于城镇匆匆的步伐里，土地被钢筋水泥覆盖，往事如烟缥缈难觅，外加我个人生命跌宕起伏，人世总在那变化的浮云、翻来覆去之间，但那个影，却依然还在那土地上，并招我惹我的目光。

春天了，不，确切地说仅在立春伊始，就连桃红李白都还没有赶来时，只要有那么一缕阳光落下来，母亲便要扛上锄头往地里走去了。此时年节的气息尚在空中飘荡，母亲却等不及了，在母亲眼里，农事是一个抢先的活，人生亦是个抢先的活，更主要的是，母亲希望她的潜移默化能影响我们。我们先是不情愿，也不明白此间的深意，但后来的人生证明，我们兄弟姊妹，均在这里悄然形成了对于人世的积极进取，想来，这也该是母亲最重要的欣慰吧？

母亲长得瘦小，土里刨食的沉重让她较之于别人更加艰辛。母亲却从不说苦，更不曾想到逃避。在母亲那里，除了土地，并无其他生存路子，所以她只能面对这一现实，而且还要力争活得人模人样。多年后我逐渐明白，这便是母亲对于人世最大的哲学，虽然朴素，却抵得过诸多长篇大论。

这种哲学亦可视为某种情感。一个最突出的表现是，到后来，当我们兄弟姊妹都有了工作，当我们家的生活已不再依靠一块土地，当母亲已然老去之时，她仍然不愿意走出土地，不论我们如何劝告她，她始终一直坚持着在那里耕种，不曾有半步离弃。一直到今年，土地全被征拨，母亲才不得不放弃。而她也分明觉得了内心的苦，无事可做时，总会一个人走到被覆盖了的我们家先前的土地的位置，一站就是很久，目光散淡无神，失落与不舍在那里此起彼伏，无论谁都劝不住她，——谁又能劝得了呢？所谓尘世，还能有什么事物敌得过深入骨髓的情感？

母亲一生，除了种活庄稼外，无外乎就是相夫教子。母亲虽然生长在新时代，她所接受的教育，却是从旧时代的外祖母那里得来的。在外祖母那里，一株庄稼和相夫教子的事，就是一个女子的全部世界。不仅如此，在外祖母看来，一个女子，是不需识文断字的，“女子无才便是德”的旧礼俗，一点一滴地通过外祖母传到了母亲身上，并烙下了母亲生命的底色。

母亲的女红手艺，正是这旧时代影响的产物。在外祖母那里，一个有德的女子，除了无才之外，却要精通女红——所以母亲除了能种活一株庄稼外，还能在飞针走线中绣出一束束的花朵，而那些花朵，总仿佛刚从枝头上生长出来，摇曳的瞬间，生命映衬出灼灼其华的质地。母亲的尘世，亦因此获得了无限的生动。一朵朵花影乱颤的时候，沉重的生活便轻了许多，也淡了许多；来自心的愉悦，即使不能够得上诗意，也一定有春天的色彩荡漾。这种温润的感觉，一直到多年后，我们都还能一点一滴地感受得到。

母亲一生，除农忙外，几乎就扎在一朵女红之中。那些时候，或是在一盏煤油灯下，或是在某缕温暖的阳光下，总会有几个伯母和婶婶，她们跟母亲围在一起，一边穿针引线，一边说说笑笑，——身外的世界，即使在悄然地发生沧桑变换，在母亲们这里，亦是无所闻，也无需闻的；尘世的风起风落，在一朵女红之上，均显得遥远；而由此之上，我还进一步悟到：一朵女红之上的相聚，还可视为维持一段纯朴透明的乡村时光的美好姻缘。

我们年少时的生活，几乎都出于母亲手中的女红。印象最深的是，即使如一张笋壳之类的东西，只要经母亲剪刀绕几个弧线，一只鞋的样子就出来了，再之后，母亲便会将其纳成鞋底，再接下去，随着剪刀绕过的弧线，像模像样的一只鞋帮也给弄了出来；再到最后，鞋帮和鞋底也缝在了一起，一只布鞋就这样出炉了。很多年，我们兄弟姊妹穿的均是母亲自制的这种布鞋，或者说，我们正是穿着母亲自制的布鞋学会了走路，一直到后来的远走天涯，生命之路跟母亲的一只布鞋的关系，一定有着深远并诱人的意义。

母亲亦或多或少地继承了外祖母的旧式思想，一方面，她自觉接受了她所生活的新时代的影响，坚持送她的三个女儿上学读书；但另一方面，她也希望女儿们能学得女红的手艺——新与旧在她这里，均被视为美好的东西。然而母亲终于是失望了，她的女儿们除了对书本表现出浓厚的兴趣外，对针线之类的东西，虽不至于到嗤之以鼻，却以其笨拙的表现让母亲不得不生起失望——好在那失望并没有持续很久，仅仅一番怅惘之后，母亲便在那些涌来的新式的思想里得到释然了，释然之后，尘世又重归于平静。

尘世在母亲这里，平静之外，就只一个“爱”字。

在我们兄弟姊妹中，就我天生体弱多病。用母亲的话说，从小到大，我不是三天两头感冒，就是三天两头发烧，几乎没有消停过。母亲说，有一年，某个夜晚，当她和父亲正吃饭时，我突然就晕倒了下去，一晕倒下去就直接往死里赶——母亲说当她和父亲抱着我一路朝医院飞跑时，还未走得半路，我早已经气息全无。此时父亲已失望了，说将我扔掉算了。母亲却不甘心，坚持把我抱到医院。到了医院，医生却不接收，说人都死了你还抱来做啥？母亲却坚持说我还没死，理由是我的身体还没有变得冰硬。一直到后来，当任区委副书记的外祖父闻讯赶来，医生才从母亲手里接过我……再后来，直到现在，几乎是整整一生，我均是拖着个病患之躯，始终让母亲悬着的心不能落地。我亦曾做过很多努力，总想以一个健康的身体让母亲放心，但始终不能如愿，只是在心底，我始终相信奇迹总会伴随我，相信自己该是个命硬也命大的人，我一定能活着为母亲送终，绝不会先母亲而去，我一定要送给母亲一个完整的尘世。

母亲对我们的爱，可说是用心一点点积累起来的。在她爱的深处，我始终会看见一座心之塔，在那里耸立，虽岁月更迭，时间模糊，那塔却不会坍塌，而且风霜越久，那颜色和质地越加明亮——譬如，当母亲老了，当我们兄弟姊妹均已住到城里时，她仍然一个人在老屋里把对子女的牵挂演绎到极致：为了能随时跟我们联系，不识文化的她硬是把我们每一个人的电话号码背得滚瓜烂熟，即使有时很晚了仍会接到她的电话，正担心有什么突发之事时，却原来是她怕我们有事所以打电话问问。虽仅是一个日常的细节，我却能看见有一种郁郁葱葱的情愫，正春水般地在那里让尘世生动无比；还有就是每到赶场天，母亲总要到城里来，土地还未被征拨时，她一来，就要给我们带来满箩筐的瓜果豆类等蔬菜，而母亲晕车，从村里到城里几十里的路，她都是一步一脚地走过来的。在这里，母亲用心筑起的爱之塔，一砖一瓦，叠印的，其实均是尘世光洁和温暖的一面；同时，在那春水泛起的瞬间，亦可看得到那迷离动人的光芒。

在以前，母亲只求安稳的一隅岁月，然而后来，这一隅安稳终究是坍塌了。这不得不要说到父亲。父亲从"文革"汹汹的人事里退回到村里后，即使随母亲有着相同的想法(更何况他还有很多的不甘心)，却有那么一点"树欲静而风不止"的意思——父亲始终被组织安排在村支书的职务上。这样的结果是，在村里，父亲复又置身于那"汹汹"的另一种人事里了。正是这"汹汹"人事，终在某天弄塌了母亲内心的岁月。

长期以来，由于贫困与落后，质朴之外，村里也还有着许多阴暗的一面，正是这许多的阴暗，酿成了村里所谓"汹汹"的人事，终于，一直想跟父亲争支书职务的某堂叔，于某大年三十的晚上组织了他的表兄弟若干人，狠狠地对父亲施与了暴力。母亲的世界就是在这一刻"轰"的一声坍塌了，尘世在她那里，一下子惊慌失措起来，原来的秩序遭遇了更改。母亲不断找派出所，她多么希望有人能出面主持公道，还她安稳的生活。然而，因为堂叔的弟弟在县委上班，在他的打点下，母亲的愿望只能落空。甚至是，母亲还被某所长以帮她为由骗了三百元钱。其时一斤猪肉不过两元钱的价格，三百元钱对母亲已是一个不小的数字。但钱都是其次的，关键受骗后，母亲的无助被推到了极致，进而觉得那最初的理想，将从此如改道的河流，并面目全非，不堪正视了。

母亲的判断并没有错。经此后，村人因为惧怕堂叔他们的暴力，纷纷地跟我们保持了很远的距离。一个最明显的现象是，几乎再没有谁愿意跟母亲一起劳动(村里有互相帮着劳动的习惯)，就连平时经常跟母亲围在一起做女红的伯母婶婶她们，也远远地躲着母亲了。我无法想象母亲内心的孤独与惶然，倒只是记得，短暂的沉默后，母亲重又把欢笑抛洒在了我们兄弟姊妹的面前，仿佛什么也没发生似的，而现在想来，母亲是将那孤独与惶然深深地让自己独自承受了，她并不愿意我们跟她一起经历尘世阴暗的一面，她一定是希望我们的世界，永远那般晴和，那般美好……

我亦终于明白，母亲的尘世无疑是卑微如尘土的，但正因为如此，那从尘土里长出的情愫，她是有根的，虽然算不上什么大爱，抬不上桌面，却带着山川雨露的湿润之气，无论何时何地，只要吸上一口，一定就会觉得神清气爽，心旷神怡——而我自己的所谓跌宕起伏、翻来覆去的人世，也必将跟着风轻云淡起来。

乡村老屋

我一直以为，真正的老屋，它只属于乡村。

城市过于疏离，它不生长乡情；只有在乡村，一幢老屋，它才是有根的。一幢没有经历过炊烟熏染的屋子，它是不配成为老屋的；只有堆过庄稼和承载过稼穑的屋子，才会构成回忆——那里有时间弄丢的东西，譬如走失的老祖父母；譬如某个母亲留在灶台边忙碌的身影；譬如某个简单的火塘，以及火塘边永远睡着的某只小猫；譬如屋檐下某块长满青苔的石阶，以及水滴石陷的印痕；再譬如多年后屋檐下一直随风飘荡的某根茅草，以及你置身其间的一缕失落和怀念，它们一定都是从内心的最深处长出来，就像某棵庄稼，其灵魂一直深扎于泥土内部。

一幢真正的老屋，它从来都是属于心灵的。

只不过，一幢老屋，它也是从新然后变旧的——就像时间，从早到晚，其间的过程，它其实是一步步的，缓慢或者迅疾，更多的只是岁月制造的一种错觉，或者说是内心的某种沦陷。

一幢乡村老屋，在多年前，某个做父亲的或者用新泥一层层地垒上去，或者用石头一块块往高处砌，再或者就用几根新砍下来的木头把架子搭起来，上面盖些茅草、石片或瓦片，它就搭建起来了，虽然简陋和潦草了些，但毕竟是新的。尤其是，当母亲在灶台上燃起炊烟，当一群孩子——至少都有三五个，有的甚至七八个围着一锅冒着热汽的土豆或红薯转来转去时，屋子就热闹起来，一幢新房就更像新房的样子了。

孩子们虽然多，但父母们并不认为这是累赘，相反，那时候人们普遍认为，一幢房屋，如果没有孩子在其中转动，它就真的老了——在村人们最初的眼里，所谓老屋，并不以修建的时间而论，老与否的标志，主要看是否有活蹦乱跳的孩子生活其间。

在这样的屋里，总有一些鸡鸭飞出飞进，秩序虽然有些混乱，但在村人眼里，并不会觉得有丝毫的不适；尤其是当一只雄鸡跃上门槛引颈高歌，当一只母鸡下完鸡蛋，以一脸的得意和幸福从鸡窝里“咯咯”地一路奔向母亲们犒赏它们的玉米籽时，母亲们甚至有些恍惚，总觉得在自己眼前穿梭的就是一个个调皮的孩子，一份幸福不自觉盈满心间。

除了鸡鸭之外，牛马猪羊也是乡村老屋的主人。通常是，人住在里面，牲畜也住在里面，彼此间的呼吸，互相出入，时间长了，你甚至分辨不出谁是谁的气息；有时候你甚至还会为之疑惑，不知道人与牲畜之间，究竟谁才更重要。而人们却一定是喜笑颜开的，六畜兴旺与五谷丰登对乡村而言，就像一个美丽的梦，在那梦境之上，永远是春花灿烂的季节。

只是，时间并不会因为梦境的美好而就此停留；在乡村的屋子之上，时间总在不经意间，几阵风后，就悄悄改写了曾经的热闹，把一地的沧桑，猝不及防地摔在每个人的眼前。

譬如有些房屋，先是做父亲的满怀希望地将之修建起来，有个别人家，因为做父亲的无论各方面都是村里的领头人，修建新房时还请了吹唢呐的和摆了酒席之类，其热闹的场面让村人一度羡慕并憧憬不已。但没有想到，到做儿子的出来当家时，或者因为其人不成器，或者因为没有生育，再或者因为遭受意外，做儿子的先父亲而逝，而此时，做父亲的已老了，时间已让他无力重新支撑起这个家。于是，先前的新房，也就逐渐破败下去，就像一张被逐渐蚕食的叶片，先是茅草、石片或瓦片落下来，然后是木头被砍掉烧火，最后仅剩下几根柱子，一张胶纸从残存的一截墙壁上搭过来，勉强遮住风雨；再几年，做父亲的死去，柱子很快被拆除，大凡村人，均忍不住嘘唏。

还有一种老屋的结局也颇为尴尬。

先前，做父亲的因为有好几个儿子，于是兴冲冲地就克服一切困难修建了拥有三个或是五个房间的一幢新房，其意是让儿子们长大后各有一间，并永远住在一起，永远热热闹闹。但让父亲预想不到的是，儿子们长大后，尤其是都娶了媳妇后，矛盾却突然来了，再然后就分家，先是大儿子搬出去，搬走的同时锯走了属于自己的那一间，紧接着二儿子、三儿子，及至所有的儿子都纷纷锯掉了属于自己的那一间……于是乎，曾经偌大的一幢新房，转瞬间就已七零八落，像风中落下的一个老人。至此，一个做父亲的曾经美好的心愿，也终于落空。

不过，在乡村，更多的老屋却是给人以温暖的。

譬如我出生的那间老屋。老屋是我的二曾祖父修建的。我的曾祖父死得早,曾祖父死的时候,我爷爷还不到三岁。二曾祖父无子,就收养了我爷爷。在二曾祖父一生的时光里,他将全部的爱都给予了我爷爷,尤其是后来,他节衣缩食为我爷爷盖起了一幢草房(在我的乡村,每个父亲都以给儿子盖一幢房屋作为自己毕生的责任),以一个乡村父亲的姿态,给了我爷爷完整的爱。

后来父亲们几兄弟和姑姑相继在这幢老屋出生,后来我们兄妹以及堂弟堂妹们相继在这幢老屋出生,几代人,二十余口之家,像一棵繁茂的家族树,在这里开枝散叶,一只只鸟儿,飞出飞进,彼此相亲相融;只可惜这间老屋,后来焚于一场大火,焚毁后再没有修复,一家人,也以父亲们几兄弟为单位,分别另寻屋基建起了新房。

老屋从此只剩下一块空地,母亲们每年在上面种些瓜果蔬菜,四季之中爬满各种植物的藤蔓和叶片,近似于时间纵横的纹理。但在我看来,那老屋似乎还在,每次从那里经过,我都会伫立良久,哪里曾经是灶台,哪里曾经摆放着一个红色的木柜,哪里曾经有一棵开花的桃树,甚至是祖父在某一天不知为何就砍掉桃树,以及红艳艳的桃花铺满庭院的那些细节,均会一点点地在心里浮现;尤其是想起多年前老屋热闹和欢乐的场景时,如水流逝的时间还会让我心疼;那些不可再来的温情,则像一些锋利的箭镞,让我无处逃遁。

因为我深知,一幢老屋,它就是我们的血脉之根。不管我们走得多远,走得多么绝情,一幢老屋,就像我们身体上的脐带,后来虽然脱落了,但它留下的印记,却是生死不灭的。即使有一天它被我们视为一座荒冢而彻底湮没时,我们依然会从那里看到一种永世的牵挂:一头是我们已逝去的亲人,一头是我们一生都无法绕开的追思与呼唤。

而我一定还要说起另一幢老屋。直到现在,我的父母依然住在那里。老屋是父亲修建的,不过三十多年的历史,但自从十多年前我们兄弟姊妹离开老屋后,屋子就慢慢地显出了老相。偌大的屋子,很多房间都空了出来,从前我们用过的物具,都孤独地留在原来的位置,从没有人挪动过,甚至就连灰尘,父母也无力去擦拭;屋檐下的燕子,早已经不再回来,只剩一个空空的巢,仿佛苍老的一个眼神;一张多年前贴上去的年画,沧桑爬满其上;每天,父母在里面蹒跚地走着,面容枯晦,说话的声音上气不接下气,喉咙里的哮喘扯风箱一样衰败;而我们是很少回去的,即使回去了,也总是匆匆地就回城了,从没在老屋住上一夜;一幢老屋,与我们分明是越走越远了。

像我们家这样的老屋,虽然有些孤独,但毕竟还有父母在,毕竟我们偶尔也回去,总算还有尘世的气息。倒是村里的很多老屋,已是人去楼空了,很多人家都已外出打工,并业已失踪多年,只剩下一幢老屋立在原地。有的老屋倒也完好无损,但大多的,跟所有坍塌的乡村老屋一样,都是房梁先塌了下来,接着盖在上面的茅草、石片或瓦片接二连三地落下来,再然后是某个早晨或黄昏,所有的物件都纷纷垮了,一幢房屋就此成了废墟。

在那里,许多人许多事分明都走远了,只有门前的某棵树,不管岁月如何迁徙,始终陪着它;偶尔的几只鸟雀,譬如乌鸦或是麻雀,偶尔也有画眉和蝴蝶之类的,也从多年前的阳光和风雨中飞出来,落在枝丫间,地上落了一层狼藉的叶;一年比一年杂乱的狗尾草、艾蒿、野百合、蒲公英从庭院中的每一块石板下长出来,上演着寂寞与荒凉的热闹……

每一次,只要一闭上眼睛,我就会情不自禁地看见这些老屋;它们在那里,就像乡村与时间较量之后的惨败——在乡村落荒而逃的背影里,每一次,都会有深深的孤独与忧伤将我击中;每一次,我也都会看见在那些仓皇的影子里,至少有一个是我——他是那样无助,那样长久地泪流满面……

而我更知道,当时间至此,我心中的乡村老屋,早已跟我一起走失;就像一些不可避免要消失的物事,我们终究要被时间之尘所掩埋;但另一方面,我又真切地知道,在消失的同时,却一定会有永不忘却的回忆与怀念,从我这里,从你那里,像秋风卷过枯草,胡乱地迅猛地刮过我们恍若隔世的灵魂……

后 记

收集整理近些年写下的乡村散文，一直是我的心愿。此前，在《漏网之鱼》和《草木黎人》两本散文集里，均有一些零星的乡村篇章，但始终觉得这样分散的方式并不足以表达我对乡村的那一份“惦记”，只有把它们收拢，似乎乡村的一事一物以及自己的那一份灵魂契入，才会得到整体的清晰的呈现，于是便又有了现在这个集子，在读者而言，是重复，可在我而言，是了却一个心愿。

应该说，我是怀着总结以及珍藏式的心理做这个集子的。一是总结近些年来自己对乡村的记忆以及现实的观察和思考；二是把这些用心用情写下的文字用“一本书”的形式珍藏下来。当然，这样的总结和珍藏并不是告别，而是企图借用这样的形式，更深入仔细地体味乡村的一切。或许还会因此有新的发现，并有深度的乡村文字出来，于我便是最大的安慰和释然。

我笔下的乡村，如今都已经成了回忆中的事物，先前的一切，均在时间中变得面目全非，一直到后来拆迁，就彻底地消失了。那些温馨与冷硬的同在，那些美好与龌龊的共存，那些爱与恨的相互交织，到后来均变成了一种“孤独”的情愫，始终折磨着我。而不论是乡村的行进时间，抑或是我自己的年龄，似乎都好像到了“秋天”的季节，那“丰盈”之后的“荒芜”，似乎正适合我现在对于乡村的情感，所以我便固执地把集子取名为《秋天的孤独》，其中况味，或许只我自知。

收录在《秋天的孤独》里的文章，应该说均是杂乱的、片段性的，更是破碎不全的，它们完全不足以承担起所谓乡村历史的“宏大叙事”；它们甚至是重复的，只属于一个人的“精神念叨”与“思想梦呓”，完全不够资格作为一个乡村的“历史记录”；还有，从所谓散文的艺术角度来说，它们充其量只不过忠实并从属了自己的“心灵的真实”，只不过是纪念意义大于写作意义，它们注定只能是朝生暮死的一群，但我又相信，通过它们，我的乡村的“历史的轮廓”,甚至是“时间的真相”或许都可以浮出水面;那些正在快速消逝的事物,作为彼时的牧歌似的过去,作为此时乡村的自私、谵妄、分裂的诸多真实的存在,都一起在这些“散章”当中被记录,被观察和思考。

这是我的祈祷,更是我的梦想。

李天斌

2017 年 2 月于贵州关岭